높은 곳에 오르다

登高

바람 세고 하늘 높은데 원숭이 울음소리 애절하고

강가 물 맑고 모래 흰데 새 맴돌며 난다

끝없이 나무들에선 낙엽이 우수수 떨어지고

그치지 않는 장강은 출렁출렁 밀려온다

風急天高猿嘯哀 渚清沙白鳥飛廻

無邊落木蕭蕭下 不盡長江滾滾來

일도양단

일도양단 4

장영훈 新무협 판타지 소설

초판 1쇄 찍은 날 § 2005년 8월 26일
초판 1쇄 펴낸 날 § 2005년 9월 6일

지은이 § 장영훈
펴낸이 § 서경석

편집장 § 문혜영
편집책임 § 유경화
편집 § 장상수 · 이재권

펴낸곳 § 도서출판 청어람
등록번호 § 제1081-1-89호
등록일자 § 1999. 5. 31
어람번호 § 제2-0682호

주소 § 경기도 부천시 원미구 심곡1동 350-1 남성B/D 3F (우) 420-011
전화 § 032-656-4452 팩스 § 032-656-4453
http://www.chungeoram.com
E-mail § eoram99@chollian.net

ⓒ 장영훈, 2005

ISBN 89-5831-694-2 04810
ISBN 89-5831-484-2 (세트)

일도양단

Fantastic Oriental Heroes

4

장영훈 新무협 판타지 소설

도서출판

청어람

목차

第31章

협객과 고수

협
객
과
고
수

*사*람들은 언제나 자신의 능력 이상의 일을
꿈꾼다.

다른 사람의 주목을 받고 싶은 허영이든, 억울한 일을 당했을 경우
든 대부분 그런 기대는 자신의 존재감을 지키고 부각하기 위한 인간
본연의 욕망일 경우가 대부분이다.

그리고 아주 가끔은… 진심으로 누군가를 돕고 싶을 때, 그런 욕심
이 생긴다.

지금 난희의 경우가 바로 그러했다.

무인에게 매질을 당하는 기녀를 보자, 같은 여인으로 참지 못하고
충동적으로 나섰지만, 이미 그녀는 후회를 하고 있었다.

더구나 자신에게 집중되는 수많은 낭인들의 시선에 그녀는 숨이 막
힐 지경이었다.

강호인의 일에, 그것도 마구잡이 폭력을 휘두르는 난폭한 사내를 향해 자신이 나선다는 것은 불과 한 달 전만 해도 상상도 못할 일이었다.

그 일을 가능하게 해준 것은 바로 자신의 옆에 앉아 묵묵히 술잔을 기울이는 한 노인 때문이었다.

노인은 물론 검성이었다.

빨래를 걷어 말리며 한가로운 오후 시간을 즐기고 있던 난희에게 검성이 방문한 것은 한 달 전의 일이었다.

난희는 검성의 등에 매달린 검을 보며 그런 생각을 했다.

'이렇게 검이 잘 어울리는 사람도 있구나.'

난희는 원래 검을 싫어했다.

불길하고 위험한, 그래서 언젠가는 오라버니의 목숨을 앗아갈지도 모를 무서운 것.

그때까지 검에 대한 난희의 생각이었다.

그러나 노인의 등에 메어진 검은 뭔가 다르다는 느낌이 들었다.

위험하다는 느낌보다는 온화한 느낌, 왠지 저 노인의 등에 메어지기 위해 검이 만들어진 것 같은 조화로움이 느껴졌다.

그 첫인상의 검성이 대뜸 품 안에서 하나의 붉은 기운을 내뿜는 비수를 꺼내놓았다.

"이것을 본 적이 있느냐?"

검성의 손 안에 들린 것은 바로 혈옥수였다.

물론 난희는 그것을 본 적이 있을 리 없었다.

"처음 보는 물건입니다."

난희의 공손한 대답에 검성이 당연히 그러하리라 여겼다는 듯 고개를 끄덕이며 다시 물었다.

"네 오라비는 지금 어디에 있느냐?"

강호인이 자신을 찾아왔을 때는 당연히 오라버니가 관련이 있을 거라 생각했지만 막상 검성이 비영의 행방을 묻자 난희는 두려운 생각이 들었다.

"모릅니다."

"언제 집을 떠났느냐?"

"서너 달은 된 듯합니다."

난희는 고분고분 사실대로 대답했다.

검성이 내뿜는 독특한 기운.

준엄하면서도 고귀하고, 따스하면서도 거역할 수 없는 무서움이 느껴지는 검성에게 난희는 거짓말을 하고 싶어도 가슴이 떨려서 할 수 없었다.

난희의 눈을 뚫어질 듯 들여다보던 검성의 눈에 이채가 스쳐 지나갔다.

검성이 다짜고짜 손을 내밀어 그녀의 팔목을 살짝 쥐었다.

화들짝 놀랐지만 난희는 감히 그 손길을 뿌리치지 못했다. 무섭기도 했거니와 검성에게서 추악한 욕망 따윈 찾아볼 수 없었기 때문이다.

잠시 그녀의 맥을 짚어보던 검성의 입에서 나지막한 탄식이 흘러나왔다.

"묵룡대환단!"

난희는 묵룡대환단이 뭔지 알지 못했다. 다만 자신을 치료해 준 약이 그것이리라 짐작만 할 따름이었다.

"너는 네가 복용한 약이 무엇인지 알고 있느냐?"

"모르옵니다."

과연 검성이 보기에도 난희는 무공이라고는 전혀 알지 못하는 평범한 소녀였다.

"혈옥수에 이어 묵룡대환단이라니……."

검성이 눈을 지그시 감고 잠시 생각에 잠겼다.

다시 눈을 번쩍 뜬 검성이 담담하게 말했다.

"나와 함께 가겠느냐?"

난데없는 말이었지만 난희는 최대한 침착함을 유지했다.

오늘의 이 일은 분명 오라비와 관련있는 일.

"제 오라비와 관련이 있는 일입니까?"

검성이 묵묵히 고개를 끄덕였다.

'가지 않는다고 하면 어떻게 될까?'

난희가 검성의 눈치를 살폈다.

그렇게 대답한다 해도 노인은 자신에게 아무런 해도 가하지 않고 그냥 돌아갈 것 같았다.

당연히 가지 않겠다고 대답해야 옳겠지만 난희는 고민을 하기 시작했다.

왠지 따라가야 할 것 같은 기분이 자꾸 들었다.

두근두근.

마음속 깊은 곳에서의 이상한 떨림.

난희는 그것이 오라버니와 관련이 있어 그렇다고 생각했지만… 사실 그것은 다른 성격의 떨림이었다.

운명의 부름.

강호가 그녀를 부르는 외침.

무엇인가에 홀린 듯 난희가 흔쾌히 고개를 끄덕였다.

"준비할 시간을 잠시 주시겠습니까?"

검성은 고개를 까닥하곤 몸을 돌려 담 너머의 푸른 하늘을 올려다보았다.

집으로 들어가 몇 가지 옷가지와 물건을 챙기는 난희는 가슴이 방망이질 치듯 두근거렸다.

그렇게 따라나선 길이었다.

그때까지만 해도 그녀는 그 한순간의 선택이 그녀의 운명을 송두리째 바꾸어놓을 것이란 생각은 전혀 하지 못했다.

어쨌든 지난 한 달간의 여행을 통해 난희는 한 가지 사실을 확신할 수 있었다.

노인은 강호에서 말하는 고수란 사실을… 그것도 보통 고수가 아니라 대단한 고수란 사실을.

보름 전 묵었던 객잔에서의 일이었다.

두 사람이 식사를 하던 그때, 우락부락한 사내들이 객잔에 들이닥쳤다.

그들의 행패가 하루 이틀이 아니었는지, 객잔 주인은 물론 식사를 하던 손님들마저 사색이 되어 눈치를 살폈다.

아니나 다를까, 안주가 맛이 없다는 등, 생긴 게 마음에 안 든다는 등 그들의 말도 안 되는 행패가 시작됐다.

객잔 주인이 희롱을 당하고, 흠씬 두들겨 맞아도 검성은 요지부동이었다. 마치 그들의 패악(悖惡)이 눈에 보이지 않는다는 태도였다.

결국 그날 참지 못하고 나선 것도 난희였다.

동태 눈깔을 달았는지, 눈에 뭐가 씌었는지 알 수 없었지만 결국 놈들은 난희마저 희롱하려다가 검성에게 혼쭐이 났다.

검성의 가벼운 손짓 한 번에 칠팔 명의 장정들이 줄줄이 쓰러졌다.

만약 난희가 비영을 통해 강호의 고수들에 대한 귀동냥을 듣지 않았다면, 그들이 천벌을 받아 쓰러졌다고 생각했을 것이다.

오늘 그녀가 용기를 내어 나선 내심에는 검성이 다시 도와주리라 믿었기 때문이다.

쓰러진 기녀의 입가에 흐르는 핏물을 바라보며 난희가 담담하게 말했다.

"그녀에게 사과하세요."

기녀에게 손찌검을 했던 사내의 표정이 기이하게 바뀌었다.

지금의 상황에서 참으로 순진한 발언이었다.

강호인에게 기녀가 손찌검을 당하는 일은 흔하다 못해 당연하다고 생각되는 일이 아니던가?

그것을 증명이라도 하듯 주변에서 키득거리는 소리들이 흘러나오고 있었다.

사내의 시선이 난희의 뒤에 자리한 검성을 향했다.

장내를 스윽 훑어본 검성은 이미 고개를 돌려 술잔을 기울이고 있었다.

'보통 노인이 아니다.'

사내는 노인의 내력이 심상치 않다는 것을 직감했다.

과연 그 사내는 기풍한의 예상대로 단목세가의 무인이었다. 물론 그에게 얻어터지던 기녀 역시 세가의 여무인이었다.

그들이 이러한 연극을 꾸민 것은 바로 이곳에 모인 낭인들 중 눈에 띄는 이를 미리 색출해 내기 위해서였다. 즉, 기풍한이 말한 가시 발라내기였다.

물론, 고수는 쉽게 나서지 않는다.

더구나 어떤 목적을 지니고 이곳에 잠입했다면 더욱 그러하리라.

그러나 묵묵히 자리를 지키고 있든, 아니면 앞에 나서서 자신의 무위를 자랑하든 폭력에 대한 어떤 반응이 있을 것이다.

그 숨겨진 행동 하나하나를 이곳에 섞여 있는 단목세가의 무인들이 유심히 관찰하고 있었다. 그만큼 이번 일은 중요했고 단목세가의 존립이 달린 문제였다.

무인이 입가에 비릿한 조소를 머금었다.

"정히 불쌍하다고 생각하면 어디 네년이 와서 말려보거라."

순간 난희의 얼굴이 굳어졌다.

주위에서 지켜보는 낭인 무사들은 그저 흥미롭다는 표정으로 방관할 따름이었다.

아무도 말리지 않았고 오히려 키득거리며 지금의 상황을 즐기고 있었다.

'이것이 강호?'

막연히 오라버니의 말로만 들어왔던 강호였다.

달빛 아래 자신의 손을 잡고 비영이 들려준 강호에는 이런 어이없고 몰상식한 강호는 존재하지 않았다.

약한 자를 돕고 악인을 처치하는 정의의 강호.

그것이 바로 그녀가 알고 있는 강호.

분명 자신을 믿고 난희가 나섰음에 틀림없을진대 무슨 생각인지 검성은 그저 술만 홀짝일 뿐 나서지 않고 있었다.

다시 그녀의 입에서 그야말로 순진하기 짝이 없는 말이 터져 나왔다.

"왜 아무도 나서서 막지 않는 것인가요? 상대가 기녀라서인가요?"

낭인들 중 누군가가 참지 못하고 웃음을 터뜨렸다.

"으하하하, 용감한 어린 아가씨, 자넨 결자해지(結者解之)란 말도 들어보지 못했나? 원래 자신이 벌인 일은 자신이 해결하는 것이 이 강호의 법칙이라네."

그 말에 난희가 한숨을 내쉬었다.

그녀의 입장에서 그 말은 궤변이자, 핑계였다.

이웃이 아프면 서로 팔을 걷어붙이며 달려가 도와주는 것이 그녀가 아는 세상의 이치였다. 강호 역시 결국은 사람들이 살고 있는 곳이 아닌가?

그러나 이들은 그저 즐기고 있을 뿐이다.

등과 허리에 멋들어지게 매어진 날카로운 검은 그저 구경하는 검이자 방관하는 쇠붙이일 뿐.

주위를 돌아보는 난희의 마음이 오히려 차분하게 안정되기 시작했다. 방금 전까지 너무 무서워 눈도 마주치지 못했던 낭인들의 얼굴 하나하나가 그녀에게 들어오기 시작했다.

이제 그녀는 그들이 무섭지 않았다.

비겁한 상대는 무섭지 않다.

정말 무서운 상대는 나의 비겁함을 준엄하게 꾸짖는 사람.

그녀의 얼굴이 오히려 차분해지자, 힐끔 그녀를 돌아보던 검성의 얼굴에 감탄의 빛이 스쳐 지나갔다.

감탄한 것은 검성뿐만이 아니었다.

기풍한 역시 내심 감탄하고 있었다.

단 한 번도 강호인을 접해본 적이 없는 시골 처녀의 여린 마음으로 보기에 난희의 용기는 높이 살 만한 것이었다.

'과연 묵룡대환단의 기연은 그냥 온 것이 아니었구나.'

그것이 바로 기풍한의 생각이었다.

물론 옆에 서서 마음을 졸이고 있는 비영은 그저 지금의 상황이 무사히 마무리되기만을 바랄 뿐 다른 생각을 할 겨를이 없었다.

주위를 둘러보던 난희가 용기를 내어 기녀를 향해 걸어갔다.

한 발 한 발.

물론 두려움이 담긴 발걸음이었다.

그러나 주저함이 없는 걸음이기도 했다.

지켜보고 있던 비영의 신형이 굳어지며 긴장하기 시작했다.

혹시라도 난희가 다치기라도 할까 하는 비영의 걱정 어린 시선이 황급히 기풍한을 향했다.

기풍한이 말없이 고개를 가로저었다.

함부로 나서지 말라는 신호였다.

물론 기풍한의 판단이 옳다는 것은 비영 역시 알고 있었다.

자신들은 비밀 임무를 위해 잠입한 상태.

지금 다른 이들의 이목을 끄는 것은 결코 옳은 선택이 아니다.

하지만… 그 대상이 난희가 아닌가?

그렇게 비영이 망설이던 사이 이미 난희는 쓰러진 기녀의 옆으로 다가섰다.

"괜찮나요?"

난희가 쓰러진 기녀를 부축해 일으켰다.

"고마워요."

오히려 당황한 것은 기녀와 무인 쪽이었다. 설마 무공을 전혀 모르는 여인이 나설 줄은 상상도 못했던 것이다.

"저 노인!"

"좀 더 도발하세요."

무인과 기녀 사이에 재빠른 전음이 오고 갔다.

비록 내키지 않는 일이었지만 임무를 위해 무인의 입에서 험한 말이 쏟아져 나왔다.

"보아하니 무공을 모르는 년 같은데, 죽는 것이 두렵지 않느냐?"

그야말로 삼류 파락호 무인들의 전형적인 대사였다.

"그대같이 비겁한 사람에게 죽는 것은 두렵지 않아요."

난희는 무인의 사나운 눈빛을 피하지 않았다.

그 모습에 주위에서 감탄이 흘러나왔다.

물론 지금의 흥미로운 상황을 즐기는 감탄이었다.

무인의 표정이 일그러지며 반사적으로 손이 번쩍 들려졌다.

"이 미친년이!"

무인이 자신을 때리려 들자 난희가 고개를 돌리며 눈을 질끈 감았다.

그 순간.

기풍한의 눈빛이 깊어지면서 온몸의 세포 하나하나가 열리기 시작했다.

기풍한의 눈에 비친 광경이 느리게 흘러가기 시작했다.

고수들이 보는 세상.

극쾌(極快)의 경지.

마치 각각의 그림을 이어 붙인 것처럼 무인의 손이 서서히 난희의 얼굴로 날아들고 있었다.

옆에 서 있던 비영의 몸이 난희를 향해 날아들려고 땅을 박차려는 모습이 느린 그림으로 기풍한의 시야로 들어왔다.

분명 주변의 움직임보다 빠른 움직임이었지만, 기풍한의 눈에는 여전히 느린 그림이었다.

기풍한이 슬쩍 손을 내밀어 비영의 움직임을 막았다.

그 와중에도 기풍한의 시선은 여전히 검성을 향하고 있었다.

'반드시 검성이 나선다.'

그것이 바로 기풍한의 생각이었다.

힐끔.

검성이 몸을 돌린 것은 무인의 손이 거의 난희의 뺨에 접근했을 때였다.

마치 정지된 그림 위에 홀로 검성이 움직이는 것만 같았다.

지금 검성의 눈에 보이는 세상 역시 기풍한이 보는 세상과 같았다.

모든 것이 느릿한 가운데 단 두 사람, 기풍한과 검성만이 빠르게 움직이고 있었다.

검성이 손에 든 젓가락을 튕겼다.

쉬잉!

시원스런 한줄기 바람 소리를 내며 검성의 손을 출발한 젓가락이 빠르게 허공을 갈랐다.

마치 정지된 그림 위를 빠른 속도로 날아가는 그런 모습이었다.

젓가락을 던진 후 그 결과를 지켜볼 필요도 없다는 듯 검성이 다시 자신의 술잔을 향해 고개를 돌리던 그 순간이었다.

미처 시선을 피할 사이도 없이 기풍한과 검성의 시선이 딱 마주쳤다.

자신을 바라보던 검성이 고개를 갸웃하는 순간, 기풍한은 자신도 모르게 미소를 짓고 말았다.

그것은 머쓱한 미소였다.

비록 자신이 반박귀진의 경지에 이르러 이제 검성을 능가하는 무공을 지녔다고 해도 검성 앞에서 자신의 무공을 속일 정도까지는 아니란 것을 인정하는 순간이기도 했다.

이제 겨우 반박귀진의 초입에 들어선 까닭이기도 했다.

검성의 입가에 알지 못할 한줄기 미소가 번졌다.

검성은 기풍한의 예상보다 훨씬 더 고수였던 것이다. 앞서 상대했던 법왕이나 혈번주에 비해 적어도 두세 수는 위인 고수.

아마도 근래 검성은 큰 깨달음을 얻어 무공이 비약적으로 발전한 것이 틀림없었다.

퍽!

"크윽!"

젓가락은 정확히 무인의 어깨에 박혔고 무인의 비명이 터져 나오는 순간, 기풍한의 정밀한 집중력이 정상적으로 돌아왔다.

주위 사물이 정상적으로 움직이기 시작했다.

이미 검성은 기풍한에게서 고개를 돌려 버린 이후였다.

난희가 눈을 떴을 때, 그녀는 볼 수 있었다.

어디선가 날아온 젓가락이 자신을 때리려던 무인의 어깨에 박혀 있는 것을.

"와아아!"

주변에서 감탄과 놀람의 탄성이 연이어 터져 나왔다.

젓가락이 얼마나 빨리 무인의 어깨에 박혔는가 하면 원래부터 그것이 무인의 어깨에 꽂혀 있었다는 착각이 들 정도였다.

장내에 있던 낭인들은 물론이고, 유심히 그들의 동태를 살피던 세가의 무인들조차 누가 젓가락을 던졌는지 알지 못했다.

장내는 숨 막히는 정적만이 감돌았다.

"으으으."

어깨를 제압당한 무인의 입에서 가늘게 신음성이 흘러나왔다.

눈치 빠른 낭인 몇이 주변을 살피며 젓가락이 하나인 사람을 찾기 시작했지만 이미 검성은 또 다른 젓가락을 챙겨 들고 안주를 집어 먹고 있었다.

세상 이치가 원래 그렇듯 사람들이 많이 모이면 꼭 나서는 이들이 있기 마련이었다.

오늘의 주인공은 바로 지금의 상황이 자신의 인생을 역전시킬 호기라고 판단한 곽숭(郭嵩)이었다.

탁. 탁.

제법 단단한 근육질을 자랑하는 곽숭이 짝 잃은 젓가락 하나로 탁자를 두드리기 시작했다.

"아가씨는 이만 자리로 돌아가시오. 이만하면 저자도 자신의 잘못을 알았을 것이오."

그 말에 사방에서 감탄의 목소리가 터져 나왔다.

"와아아!"

"실로 멋진 한 수였소. 대협의 존성대명을 물어봐도 되겠소이까?"

주위에 있던 낭인들이 감탄하며 소리쳤다. 오해도 보통 오해가 아니었지만 그들은 조금 전 곽숭이 허겁지겁 안주를 집어 먹던 젓가락 하나를 탁자 밑에 재빨리 숨겼다는 것을 알 리 없었다.

"대협이란 말은 어울리지 않소. 소인은 그저 곽숭이라 불리는 무명 소졸일 뿐이오."

"오! 그대가 바로 공수검(空手劍) 곽숭 대협이시구려. 가히 강호의 소문은 믿을 것이 못 되는구려."

그 말은 곧 곽숭 자신의 무공이 그토록 뛰어나다는 소문이 아니었는데 오늘 그 진가를 보게 되었다는 말이었다.

곽숭이 껄껄거리며 손을 흔들었다.

유난히 그의 손에 들린 젓가락이 반짝반짝 빛을 내고 있었다.

"하하, 과찬의 말씀이시오."

공수검 곽숭.

그의 본명은 곽유숭(郭柳嵩)으로 강호인들의 등을 쳐 먹고 사는 사기꾼이었다.

본디 강서 일격방(一擊幇)의 제자였던 그는 천성이 나서기 좋아하고, 다른 이들의 이목을 받기 좋아했다. 또한 유난히 재물을 탐하며 이런저런 사고를 치다 결국 방에서 쫓겨나게 되었다.

이후 강호를 떠돌며 강호초출의 철부지들이나 삼류낭인들의 등을 쳐 먹고 살았던 것이다.

흑점에서 은밀히 거금을 주고 낭인들을 모은다는 소문에 돈 냄새를 맡고 이곳에 참석한 그였다.

어떻게든 건수를 만들어 크게 한탕 하려던 그였다. 중년 무인의 어깨에 귀신같은 솜씨로 젓가락이 꽂히고 아무도 나서지 않던 그 짧은 순간, 그의 타고난 본능이 꿈틀거리기 시작했다.

실제 젓가락을 던진 숨은 고수는 결코 나서지 않으리란 확신을 한 것이다.

함부로 나서지 않는 것이 고수의 습성이 아닌가?

또한 나설 것이면 진작 나섰을 터.

그러한 것이 머리 속을 스쳐 지나가는 순간, 그는 이 일생일대의 기회를 놓치지 않았다.

오늘 그는 자신의 이름을 날릴 절호의 기회를 얻은 것이다.

그는 단지 젓가락 한 개를 흔들며 일어섰을 뿐, 자신의 입으로 자신이 상대 무인을 제압했다는 말을 꺼내지 않았음을 내심 변명거리로 삼고 있었다.

참으로 간도 큰 곽승이었지만, 그것이 바로 사기꾼의 기본 마음이기도 했다. 사기꾼은 겁이 없어야 한다. 보통의 사람들이 사기를 치지 못하는 것은 언제나 그 결과를 걱정하기 때문이다.

난희가 곽승을 향해 정중하게 인사를 했다.

"도와주셔서 감사드립니다."

그러자 곽승이 멋쩍은 표정으로 답했다.

"나야, 뭐 아무것도 한 것이 없소이다."

그야말로 솔직한 말이었지만, 지금 상황에서 그 말은 당연히 겸손의 말로 들렸다.

다시 장내가 웅성거리며 흥청거리기 시작했다.

주위의 낭인들은 곽승과 동석을 청하며 술을 권했다.

이미 얼큰하게 취한 곽승이 그들과 술잔을 나누기 시작했다.

검성과 기풍한이 동시에 어이없는 미소를 지었다.

그 미소는 분노의 감정이라기보다 뭐랄까, 가소로움이 가득한 미소였다.

"죄송합니다."

비영이 함부로 나서려고 했던 것을 사과했다.

기풍한이 미소를 지으며 고개를 가로저었다.

그럴 리는 없었겠지만 검성이 나서지 않았다면, 결국 자신이 나섰을 것이다.

한편, 검성의 옆 자리로 돌아온 난희가 조금 화가 난 얼굴로 말했다.

"왜 도와주지 않으셨죠?"

검성은 그저 담담한 미소를 지을 뿐이었다.

난희는 검성이 젓가락의 주인이란 사실을 알 리 없었기에 그녀의 분노는 정당하다 할 만했다.

검성은 굳이 그러한 내막을 설명하지 않았다.

그보다 검성이 그녀에게 하고 싶은 말이 따로 있었다.

"악을 보았을 때 반드시 나서서 그것을 바로잡는 이를 무엇이라 부르는지 아느냐?"

난희가 고개를 가로저었다.

"협객이라 한다."

"…협객?"

"한 번쯤은 들어봤겠지?"

"네."

난희는 문득 오라비인 비영을 떠올렸다. 분명 오라버니는 강호의 협객으로 이름을 날리고 있을 것이다.

검성은 잠시 말을 아꼈다.

왠지 그의 얼굴이 쓸쓸해 보였다.

난희가 검성의 눈치를 살피며 조심스럽게 입을 열었다.

"이런 말씀을 하시는 까닭이 혹시 할아버지께서는 협객이 아니니 나서지 않으셨단 말이신가요?"

난희의 단도직입적인 물음에 검성이 묵묵히 술을 마셨다.

사실 더 이상 물을 필요가 없는 말이었다. 아니, 물어서는 안 될 말이었다.

그러나 난희는 검성의 속마음을 알지 못했다.

"…불의를 보았을 때 반드시 나선다는 것. 그것은 참으로 힘든 일이지. 반드시란 말 속에는 상대의 무공 수위가 자신보다 높을 때도 나서야 한다는 뜻이 담겨 있으니까."

검성은 말을 빙빙 돌리고 있었다. 상대가 강호인이라면 절대 꺼내지 않을 이야기였다.

검성의 마음을 가장 먼저 이해한 것은 검성과 난희의 대화에 모든 신경을 곤두세우고 있던 기풍한이었다. 시끄러운 장내의 상황에서도 그들의 대화를 기풍한은 똑똑히 듣고 있었던 것이다.

검성이 말한 협객.

그것은 어쩌면 강호의 많은 고수들의 열등감을 불러일으키는 말이었다.

협객(俠客)과 고수(高手)는 분명 다르다.

고수가 아니라도 협객은 될 수 있다.

무공이 높아질수록 귀찮은 일은 피해 버리게 되는 것이 고수의 생리.

그 귀찮음은 언제든지 상대를 박살 내버릴 수 있는 강인함에서 나오는 것이었다.

그러나 협객은 부지런하다.

상대가 귀찮은 조무래기든, 자신의 모든 내공을 쥐어짜 처절한 칼춤

을 추며 덤벼도 이길 수 없는 고수든, 언제나 악을 향해 검을 뽑아 겨
눈다.

왜?

상대가 올바르지 않다고 믿기에.

협객이 위대한 것은 고수라서가 아니라, 그 믿음이 옳기 때문이었
다.

그런 점에서 검성도 기풍한도 협객은 아니었다.

무도의 끝을 보기 위해 끝없이 정진하면서 귀찮은 수많은 일들을 피
해 버린 검성이었다. 기풍한 역시 임무를 위해서 묵인할 수밖에 없는
수많은 악을 경험해 왔다.

이제 강호의 그 어떤 악도 단숨에 박살 내버릴 힘을 얻은 검성이었
다.

하지만 그것은 천하제일고수라 불릴 수는 있을지언정 협객이라 불
릴 수는 없는 일이었다.

내 눈에 거슬린다고 오늘의 악을 때려 부순다고 그것을 협이라 말할
수 없다. 그건 자기만족을 위한 힘 자랑일 뿐.

협객은 지나온 삶의 자취로, 그 결과로 만들어지는 것이다. 단 한 번
의 불의도 그냥 지나치지 않은 부지런함의 화신(化身).

기풍한은 검성의 마음을 잘 이해할 수 있었다.

무공 한 줌 없는 난희가 불의를 보며 나서는 것에서 협기(俠氣)를 읽
은 검성의 서글픔을.

협객은 만들어지는 것이 아니라 타고나는 것임을.

검성이 앞서의 말을 꺼낸 까닭은 난희에게서 그러한 자질을 발견했
기 때문이다.

검성과는 조금 다른 의미였지만 이현 역시 난희에게 조금 감탄하고 있었다.

"동생인가요?"

이미 비영의 눈매를 쏙 빼닮은 그녀를 보며 비영과 난희의 관계를 짐작한 이현이었다.

"네."

비영의 짤막한 대답에 이현이 미소를 지었다.

"좋은 동생이군요."

이현 역시 무공을 모르는 이가 강호인을 상대로 나서는 것은 보통 용기로 가능한 일이 아니란 것을 잘 알고 있었던 것이다.

그럼에도 여전히 비영은 불안한 표정을 감추지 못하고 있었다.

조심스럽게 난희 쪽을 바라보던 비영이 문득 물었다.

"조장님."

"왜 그러느냐?"

"조장님은 일이 이렇게 되리라 알고 계셨습니까?"

난희를 두고 떠나올 때, 자신을 고용하고 배반했던 백이검문을 걱정하지 말라던 기풍한이었다.

그 이유가 혈옥수가 검성에게 들어갔기 때문이라고 했다.

기풍한이 솔직하게 말했다.

"그래, 널 검성의 손에서 구해올 때부터, 혈옥수가 그의 손에 들어가고 네 동생을 묵룡대환단으로 살릴 때부터 왠지 네 동생의 운명이 그와 연결되어 있다고 생각했다."

비영이 묵묵히 고개를 끄덕였지만 마음은 여전히 불안했다.

난희만큼은 강호에 휩쓸리지 않기를 바라던 그였다.

"불안하냐?"

"네."

"그래… 그렇겠지."

"강호가 어떤 곳인지 저 아이는 알지 못합니다. 그 화려함 뒤에 감추어진 추악함을 저 아이에게 보여주고 싶지 않습니다."

비영이 짤막한 한숨과 함께 다시 말을 이었다.

"하지만 그것이 저 아이의 운명이라면……."

묵묵히 비영을 바라보던 기풍한이 말했다.

"피할 수 없다면… 저 아이에게 가장 화려한 강호만을 보게 하자꾸나."

"네?"

영문을 모르겠다는 비영에게서 고개를 돌린 기풍한의 시선이 검성을 향했다.

그의 서늘한 눈빛이 깊어지기 시작했다.

비영은 더 이상 아무 말도 묻지 않았다.

언제나 그렇듯이 기풍한은 헛된 말을 꺼내는 사람이 아니었다.

멀리서 들려오는 곽숭의 허풍 가득한 웃음만이 장내를 뒤흔들고 있었다.

그날 밤, 장원의 뒷문으로 한 대의 마차가 은밀히 도착했다.

마차에서 내리는 중년 무인은 바로 이번 낭인 모집의 책임을 맡고 있는 단목세가의 인독이었다.

그를 맞으러 나온 수하 무인이 채 인사를 하기도 전에 인독이 물었다.

"일의 진행은?"

"순조롭게 진행되고 있습니다. 지금까지 일흔 명의 천자 급 낭인들을 모았습니다."

"천자 급 일흔 명이라."

"그들을 각기 일곱 개의 조로 편성했습니다. 남궁가의 선봉을 상대하기에 조금 부족한 감이 있습니다만… 그들의 시선을 분산시키는 일은 충분히 해내리라 여겨집니다."

어차피 칼받이로 사용될 이들이었다.

인독은 장원의 뒤채에 마련된 별채로 들어설 때까지 더 이상 아무 말도 하지 않았다.

인독은 왠지 씁쓸한 마음이 들었다.

자신 역시 낭인 출신의 무인.

그럼에도 이들을 칼받이로 사용할 수밖에 없는 현실이 안타까웠다.

하지만 대안은 없었다.

자리에 앉으며 인독이 다시 입을 열었다.

"수상한 자가 끼어든 흔적은 없나?"

인독의 물음에 수하 무인이 저녁에 있었던 일을 보고했다.

"혹시 곽숭이란 자를 아십니까?"

"곽숭?"

인독은 전혀 모르겠다는 얼굴이었다.

"공수검이라 불리는 자인데, 제법 놀라운 무공을 소유하고 있었습니다."

"그래?"

"일단 그자를 제일조에 배치했습니다."

인독은 크게 대수롭지 않은 표정이었다.

어차피 하루가 다르게 명성이 바뀌는 곳이었고 오늘의 고수가 내일의 고수이기 어려운 곳이 바로 낭인들의 세계였다.

다시 수하 무인이 잠시 망설이며 말을 꺼냈다.

"그리고… 노인 하나가 마음에 걸립니다만."

"노인?"

"네. 무공을 모르는 여자 하나를 데리고 들어왔는데……."

인독의 눈매가 날카로워지며 목소리에 짜증이 실렸다.

"자넨 낭인이 무공을 모르는 여인을 데리고 다닌다는 소리를 들어본 적이 있나?"

"없습니다."

"한데?"

"그래서 따로 조사를 해봤는데… 노인을 소개한 사람이 바로 숙대선생(叔大先生)입니다."

인독의 표정이 복잡하게 바뀌었다.

"숙대선생이?"

숙대선생은 강호의 배분 높은 명숙으로 단목세가와 인연이 깊은 고수였다.

단목세가의 가주 단목유기와는 호형호제할 만큼 친분이 깊었고, 근래의 사정을 짐작한 그가 팔방으로 나서 단목세가를 돕고 있다는 것을 알고 있었다.

"쓸데없는 일을 하고 계시군."

그것은 그다지 반가운 일이 아니었다.

이번 낭인들이 어떻게 쓰일지는 뻔한 일. 반면 숙대선생은 골수라고 불릴 만한 정파인.

"좋지 않군."

인독이 인상을 찡그렸다.

숙대선생 딴에는 아는 고수들을 끌어들여 돕고자 한 일일 것이겠지만, 혹여 그가 소개한 고수가 낭인들과 함께 죽기라도 하면 골치 아픈 일이 될 수도 있었다.

"그 외에는?"

"그다지 눈에 띄는 이들은 없습니다."

"실수가 있어서는 안 되네."

"걱정 마십시오."

인독이 의자에 몸을 깊숙이 파묻었다.

"…어려운 싸움이 될 것이네."

수하 무인이 목소리에 결의를 담아 말했다.

"걱정 마십시오. 목숨에 이미 미련이 없습니다."

다시 인독이 애써 미소를 지으며 말했다.

"우린 살아남을 것일세… 반드시."

그들의 대화가 이어지던 별채의 창문에서 한줄기 바람이 불었다.

스르르륵.

바람을 타고 어둠 속을 날아오른 이는 바로 기풍한이었다.

방 안에서 대화를 나누던 수하 무인은 물론이고 단목가주의 오른팔인 인독 역시 기풍한의 기척을 전혀 알지 못했다.

휘이이잉—

극상승의 경지에 이른 기풍한의 신법에서는 그저 바람 소리만 들릴 뿐이었다.

"어라? 방금 뭐였지?"

별채의 지붕 위에서 매복을 하고 있던 무인이 눈을 껌뻑이며 말했다.

"무슨 일인가?"

동료 무인은 아예 아무것도 보지 못한 듯 보였다.

"뭔가 본 것 같은데."

그 말에 동료 무인이 눈을 부라리며 사방을 둘러보았지만, 주위는 고요할 뿐이었다.

"잘못 봤나 보네."

"그런가 보이. 요 근래 잠을 설쳤더니."

그들이 그렇게 결정을 내린 것은 그들로서는 당연한 일이었다.

두 사람의 무공은 이곳에 모인 낭인들쯤은 우습게 볼 단목가의 최정예 무인이었고, 그들의 눈을 피할 고수는 적어도 오늘 이 장원에는 없을 것이란 확신이 있었기 때문이다.

그렇게 순식간에 기풍한은 장원을 빠져나갔다.

장원에서 십여 리 떨어진 숲 속에는 네 마리의 들고양이가 거목의 나뭇가지에 나란히 앉아 재잘거리고 있었다.

"요즘 애들은 기본이 안 돼 있어. 어떻게 하면 멋있어 보일까 이 생각뿐이지."

첫 번째 미남고양이 곽철은 몹시 못마땅한 얼굴이었다.

"저놈이 사용하는 보법은 단목가의 독문보법 무한보(無限步)라 불리는 것이지."

곽철에게 요구하지도 않은 품평을 받으며 저 멀리 사라진 무인은 부지런히 낙양과 장원을 오가며 소식을 전하는 단목세가의 무인들 중 하나였다.

"본래 무한보는 허리를 최대한 앞으로 숙이고 발에 힘을 빼야만 제대로 효과를 볼 수 있지. 근데 저놈 봐. 잘난 척 허리를 꼿꼿이 세우고 딛는 발에 힘이 가득 들어가 있잖아. 멋에 죽고 멋에 산다. 이게 요즘 아이들의 주류라더군. 강호가 변했어. 변해도 너무 변했어!"

그러자 옆에 있던 살쾡이라 불러도 좋을 만큼 덩치 큰 고양이, 팔용이 혀를 날름거리기 시작했다.

"멋에 죽고 멋에 산다. 어디서 많이 들어본 소리군. 음, 그러고 보니 저놈의 꼿꼿한 보법이 누구랑 많이 닮아 있네. 멋 부리지 말고 달리라며 조장님한테 숱하게 혼나던……."

딱딱!

곽철이 손가락을 튕겨 팔용의 민대머리를 공격했고 팔용이 그 손가락을 깨물려고 입을 한껏 벌리며 달려들었지만, 곽철의 손가락은 기어코 한번은 잡고 말겠다는 비장한 삼류무인의 젓가락 사이를 요리조리 빠져나가는 파리처럼 재빨랐다.

두 사람의 실랑이를 지켜보던 말없는 고양이 서린이 입을 가리고 소리없이 웃었다.

곽철이 짐짓 애처로운 표정을 서린에게 지어 보였다.

"모함 맞지? 억울해야 하는 거 맞지?"

서린이 혀를 쏙 내미는 한 동작으로 팔용에게 한 표를 던짐과 동시에 억울해할 필요 없다는 자신의 의사를 밝혔다.

그러자 곽철은 언제나 그렇듯이 마지막에 앉은 품위있는 고양이, 연화를 향해 응원 요청을 시작했다.

"단주님."

"네?"

"사랑합니다."

"호호."

연화가 환하게 웃었다. 예전 같으면 깜짝 놀랄 발언이었지만 곽철의 장난에 익숙해진 그녀는 이제 농담을 농담으로 받아들일 수 있게 되었다.

언제나 곽철과 함께 있으면 기분이 좋아지는 그녀였다.

웃고 즐기다간 언제 목이 떨어져 나갈지 모를 비정한 강호라는 것을 까맣게 잊을 정도로.

"이놈아, 그만 떠들고 약이나 처먹어라."

나무 아래에 약 짓는 고양이 화노가 하나의 단약을 곽철을 향해 던졌다.

곽철이 입을 커다랗게 벌려 날아오는 단약을 그대로 받아먹었다.

"큭, 쓰다."

"이놈아, 약이 쓰지, 달것냐?"

"뭐, 옛날 책을 보면 그러잖아요? 청아한 향기가 사방으로 풍겨나며 입 안에 들어가자마자 살살 녹는……."

"언제적 이야기냐?"

"아! 역시 강호는 변해 버렸어."

곽철이 과장된 한숨을 내쉬었다.

두 사람의 아웅다웅을 지켜보던 팔용이 조금 걱정스런 얼굴로 물었다.

"몸은 좀 어때?"

"불행히도 하루가 다르게 좋아지고 있다."

그 말에 연화가 미소를 지었다.

"좋은 일이잖아요?"

"아니지요. 다 나으면 조장님이 또 부려먹기 시작할 텐데. 아, 지금 이대로가 딱 괜찮은데… 이대로 야반도주라도 해서 도박장이나 하나 열고 평범하게 살까 보다."

곽철의 시선이 자연스럽게 하늘을 향했다.

모두들 하늘을 올려다보았다.

오늘따라 밤하늘의 별들은 유난히 반짝이고 있었다.

곽철의 농담처럼 하루가 다르게 강호는 바뀌어가고 있었다.

어제가 다르고 오늘이 다르듯이 내일의 강호 역시 또 다른 강호일 것이다.

연화는 문득 앞으로의 자신의 모습이 궁금해졌다.

기풍한 일행을 만나 자신의 삶이 바뀐 것처럼… 또 다른 많은 변화를 겪을 것이다.

연화가 저 멀리 보이지 않는 어둠 속에 있을 장원 쪽을 바라보며 걱정스럽게 말했다.

"기 조장님은 별일없겠지요?"

"조장님에게 별일이 생겼다면… 그 상대는 얼마나 처참해졌겠습니까? 걱정해야 할 대상은 그쪽이지요."

기풍한의 진면목을 완전히 모르는 연화로서는 곽철의 그러한 말이 그저 농담으로 들렸다.

"그래도 전 걱정이 되네요."

곽철이 어둠 속을 뚫어져라 응시하며 담담하게 말했다.

"정 궁금하면 직접 물어봐요."

"네?"

어둠 속 저 멀리서 무엇인가 날아오고 있었다.

연화의 눈에 뭔가 스쳐 지나간다는 생각이 드는 순간, 기풍한은 그들이 앉아 있는 거목 아래에 도착해 있었다.

"흑, 이제 나보다 더 빠르네."

곽철이 기풍한의 신법에 울상을 지었다.

"기 조장님?"

나무 아래 서서 자신을 올려다보며 미소 짓는 이는 정말 기풍한이었다.

얼떨떨한 표정의 연화를 비롯한 네 사람이 훌쩍 뛰어내렸다.

인독과 수하 무인의 대화를 통해 기풍한은 그들이 남궁세가와 생사 결전을 준비하고 있다는 것을 짐작할 수 있었다.

지금까지 밝혀진 바에 의하면 남궁세가는 분명 천룡맹과 손을 잡은 상태였다.

단목세가가 그들과 일전을 벌인다는 것은, 그들의 뜻에 동조하지 않았다는 뜻.

기풍한이 간략하게 일행에게 그 이야기를 전달했다.

"그렇다면 단목세가만이 그들과의 연합에서 빠진 것이군요."

팔용의 말을 곽철이 받았다.

"그럼 지금 낭인들을 모으는 이유는… 남궁세가와의 일전을 위해서 군요. 하지만 이 정도로는 그들의 상대가 되지 못할 텐데?"

"단목가주는 이미 세가의 몰락을 짐작했을 것이다."

그러자 곽철이 미간을 일그러뜨렸다.

"가려면 그냥 갈 것이지, 불쌍한 낭인들까지 데려가려나 보네."

모두들 잠시 생각에 잠겼다.

문득 화노가 기풍한에게 물었다.

"다시 돌아가야 하나?"

장원에서 빼내야 할 정보를 다 알아냈음에도 홀로 장원을 빠져나온 것에 대한 의문이었다.

"네. 해결해야 할 일이 생겼습니다."

기풍한의 일 처리 방식을 너무나 잘 아는 그들이었기에 장원 내에 생각지 못한 일이 발생했다는 것을 알 수 있었다.

연화가 조심스럽게 물었다.

"이제 저희는 어떻게 하면 됩니까?"

기풍한은 이미 이곳으로 달려오면서 어떤 결심을 굳힌 모양이었다.

"단목세가를 이대로 몰락시킬 순 없습니다. 그렇다고 우리가 그들을 도와 정면으로 나설 수도 없지요."

연화가 문득 생각이 난 듯 말했다.

"단목 일가를 잠시 피신시키는 것은 어떨까요?"

기풍한이 미소를 지으며 고개를 가로저었다.

"아마 불가능할 겁니다. 단목가주가 원하지도 않을 것이며, 혹 그렇게 된다 하더라도 남은 삼대세가에서 그 일을 꼬투리 삼아 모함을 하게 될 겁니다. 자취를 감춘 것이 오히려 화가 될 가능성이 높습니다."

연화가 그 말에 수긍하며 고개를 끄덕였다.

그것은 질풍조의 입장에서 당연하면서도 매우 어려운 문제였다.

"단목세가를 보호할 방법이 두 가지가 있다. 조금 어려운 방법과 조금 쉬운 방법."

곽철이 배시시 웃으며 말했다.

"가끔 조장님이 이런 식으로 이야기하면… 너무 귀엽다니까요."

"이놈!"

굳어졌던 분위기가 잠시 풀어졌다.

다시 곽철이 진지한 얼굴로 물었다.

"언제나처럼, 어려운 방법은 옳은 방법이고, 쉬운 방법은 옳지 않겠군요."

기풍한이 솔직하게 고개를 끄덕였다.

"그래."

"어려운 방법만 말씀하십시오."

기풍한이 대수롭지 않게 말했다.

"남궁가주를 체포한다."

"네?"

그 말에 화들짝 놀란 것은 연화였다.

질풍조를 만난 이후, 워낙 놀랄 일이 많아 이제 더 놀랄 일도 없는 그녀였지만, 남궁가주의 체포란 말은 또다시 충격을 안겨주기에 충분했다.

강호사대세가 중 으뜸인 남궁세가가 아닌가?

천룡맹도 그들을 대할 때면 조심스러웠다. 더구나 단목세가를 제외한 나머지 두 세가 역시 그들을 지지하고 있는 입장이었다.

"무슨 죄목으로 체포를 한다는 거죠?"

"어떻게든 엮어넣어야겠지요."

기풍한의 말에 연화는 놀랍기도 하고, 한편으로는 기풍한의 숨은 의도가 이해 가지 않았다.

"천룡맹주가 가만히 있겠나?"

화노의 걱정에 기풍한의 대답은 그야말로 점입가경이었다.

"천룡맹 모르게 진행해야겠지요. 이번 계획의 승패는… 강호의 여론입니다."

그쯤 이야기가 나오자 눈치 빠른 곽철은 기풍한의 생각을 읽을 수 있었다.

"그와 협상을 하려는 거군요."

기풍한이 미소를 지으며 고개를 끄덕였다.

연화는 이번 임무가 아무리 질풍조라 할지라도 불가능하다는 생각이 들었다.

사실 연화를 더욱 놀라게 하는 것은 곽철과 서린, 팔용은 이 말도 안 되는 작전을 그렇게 심각하게 생각하지 않는 듯 보인다는 것이었다.

"이번 작전은 곽철이 지휘한다. 세부 사항은 알아서 처리하도록."

"컥! 전 환자라구요!"

기풍한의 예의 그 서늘한 미소에 곽철이 머리를 쥐어뜯으며 소리쳤다.

"그럼 조장님은 뭘 하시려구요!"

기풍한이 피식 웃으며 말했다.

"처리해야 할 일이 하나 생겼다."

"거짓말! 기녀들과 실컷 즐기려고 그러죠? 바꿔요! 제가 그거 하렵니다!"

"그럼 잘 부탁드립니다."

기풍한이 곽철의 말을 슬쩍 무시하곤 화노와 연화에게 인사를 한 후, 다시 장원을 향해 몸을 날렸다.

멀리 사라지는 기풍한을 향해 곽철이 볼멘소리를 질렀다.

"부탁한다는 말은 제게 해야지요!"

이미 기풍한은 사라지고 없었다.

연화가 떨리는 목소리로 조원들을 돌아보며 말했다.

"정말 하시려고요?"

그러자 곽철이 마치 정신이 오락가락하는 광인처럼 고개를 좌우로 흔들며 말했다.

"하라잖아요."

"…그래도?"

놀란 마음을 추스르며 연화가 다시 물었다.

"그럼 쉬운 방법은 무엇이었을까요?"

대답은 화노의 입에서 나왔다.

"아마… 단목가주를 체포하라는 것이겠지. 강호의 이목을 집중시켜 보호하려는."

"그럼 기 조장님이 처리하실 일은 무엇일까요?"

참으로 궁금한 것도 많은 연화였다.

모두들 잠시 말이 없었다.

곽철이 장난기가 사라진 얼굴로 말했다.

"아마… 지금 저희가 맡은 일보다 열 배는 더 어려운 일이겠지요."

"아!"

"만약 그 일이 더 쉬웠다면 분명 저희에게 맡기셨을 테니까요. 조장님은 그런 분이니까요."

연화는 새삼 감격스런 눈빛으로 기풍한이 사라진 어둠 속을 바라볼 뿐이었다.

第32章

기연

기풍한이 장원으로 돌아와 자신의 거처에 당도했을 때 방 안에서는 곽승의 일장 연설이 한참이었다.

"과거 낭인들의 우상이셨던 낭인왕께서 돌연 실종되신 후, 우리 낭인들은 강호에서 설 자리를 잃어버렸소. 현재, 녹림이나 수적들보다 더욱 못한 대접을 받고 있는 것이 엄연한 현실이 아니오?"

낭인왕은 혈옥에 갇히면서 강호에 실종된 것으로 알려졌다.

"드넓은 하늘을 이불 삼아 강호를 떠도는 일이야말로 사내라면 한 번쯤 걸어갈 만한 멋진 삶이었는데……."

과연 사기꾼답게 이야기는 막힘없이 술술 흘러나왔다.

기풍한이 자신의 거처에서 곽승의 시끄러운 허풍을 들을 수밖에 없는 이유는 단순했다.

불행히도 그와 같은 조가 된 것이다.

그나마 다행인 것은 검성과 난희는 제오조에 배치되었다는 것이었다.

어차피 자신의 무공은 검성에게 들통이 나버린 상황이지만, 난희와 비영이 한 방에 있게 된다면 결국 난희가 비영을 알아보게 될 것이다.

낭인들은 열 명씩 모두 일곱 개의 조로 나누어졌고 각 조에 하나의 방이 배정되었다.

곽숭이 때마침 방 안으로 들어서는 기풍한을 향해 눈을 부라리며 말했다.

"그대는 낭인이 된 것을 후회하시오?"

대충 자신이 자리를 비운 사이의 방 안 분위기를 알 것 같았다.

"후회하지 않소."

그대로 순순히 놀아줬다가는 귀찮아질 것이 뻔했기에 기풍한이 싸늘한 눈빛으로 그를 노려보았다.

섬뜩.

기풍한의 어깨를 두드리며 입을 놀리려던 곽숭이 흠칫 뒤로 물러섰다.

'뭔 놈의 눈빛이.'

내심 간담이 서늘해진 곽숭이 기풍한의 시선을 피해 자신을 존경하는 눈빛으로 바라보는 몇몇 낭인들을 돌아보았다.

곽숭에 대한 낭인들의 반응은 두 가지였다.

첫째는 좋든 싫든 그와 가까워지려는 부류였다.

고수와 함께 있으면 아무래도 좀 더 살아날 확률이 높지 않을까 하는 막연한 기대.

돈이 아쉬워 이번 일에 뛰어든 그들은 막상 모인 인원들을 보며 내심 불안해들 하고 있었다.

각자 자신들이 받은 보수는 이천 냥.

그렇다면 칠십 명의 숫자라면 십사만 냥이란 돈이 드는 일이었다.

십사만 냥이란 돈을 동원할 수 있는 조직은 강호에 그리 많지 않았다. 그런 조직이 낭인들을 끌어 모으고 있다는 사실은 그들을 불안하게 만들기에 충분한 이유였다.

두 번째 부류는 그와 멀어지고자 하는 부류였다.

그들의 논리는 앞서의 논리와 반대였다.

고수와 함께 있으면 더욱 죽기 쉽다는 판단이었다.

고수가 낀 조는 분명 더욱 위험한 임무를 맡게 될 것이다.

따라서 적당히 끼어 있다가 목숨을 부지하는 것이 최선이란 생각이었다.

기풍한 일행을 제외한 일조가 된 여섯 명의 낭인들은 제각기 생각들은 달랐지만 기왕지사 곽승과 같은 조가 된 이상 그와 친해지려고 노력을 하는 중이었다.

그만큼 아까 보여준 한 수는 대단한 것이었고, 인상적인 것이었다.

기풍한이 방의 가장 구석진 침상 쪽에 자리잡은 비영과 이현에게 다가갔다.

비영은 실내에 들어와서도 죽립을 벗지 않았다.

혹시 검성과 난희가 불시에 이곳을 방문할지도 모를 걱정 때문이었다.

강호인들, 더구나 얼굴을 내보이기 싫어할 만한 낭인들이었기에 특별히 그에 의아함을 갖는 이는 아무도 없었다.

두 사람을 보며 기풍한이 살짝 고개를 끄덕였다.

나갔던 일이 잘 해결되었다는 뜻이었다.

그때 낭인 중 하나가 문득 생각이 난 듯 말을 꺼냈다.

"참, 각 조에서 조장을 뽑으라고 하지 않았나?"

그러자 옆에 있던 또 다른 낭인이 재빨리 나섰다.

"우리 조야 이미 정해졌다고 볼 수 있지. 당연히 곽 대협이 하셔야지."

곽승은 입이 함박만큼 커지려는 것을 억지로 참으며 애써 태연하게 말했다.

"일 처리는 매사 공평해야 하는 법이오. 여기 다른 분들의 의견도 물어보고……."

시커먼 속이 뻔히 들여다보이는 그의 말이 끝나기도 전에 기풍한이 한마디 던졌다.

"우리 형제는 모두의 뜻에 따르겠소."

곽승은 내심 안도의 한숨을 내쉬었다.

그에게 있어 기풍한 일행은 왠지 가까이 가고 싶지 않은 느낌을 주는 이들이었다.

그럼에도 곽승은 그 두려운 마음이 정확하게 무엇인지 알지 못했다.

참으로 우습다 할 만한 상황이었다.

정과 사를 대표하는, 강호에서 가장 강하고 유명한 두 개 조의 조장이 함께 있는 자리였다.

그런 그들 앞에 조장으로 나선 곽승은 그야말로 새에게 날갯짓을 가르치고, 물고기 앞에서 수영하는 법을 자랑하는 격이었다.

뭐, 지금의 기세 좋은 곽승이라면 검성에게 검리를 설파하려 달려들지도 모를 일이었다.

곽숭은 조장이 되자, 드디어 기회가 왔다는 것을 깨달았다.

곽숭이 슬슬 미끼를 던지기 시작했다.

"나 곽숭은 낭인이란 사실을 단 한 번도 후회해 본 적이 없었소. 하나 이제 좀 지치는구려."

그 한숨 가득한 말에 주위의 낭인들이 공감한다는 듯 고개를 끄덕였다.

"강호를 떠돈 지 벌써 이십 년. 이제 한적한 곳에 정착해서 제자들을 키워볼까 생각 중이오."

대부분의 낭인들 역시 비슷한 생각을 가지고 있었기에 모두들 그의 말에 관심을 가지기 시작했다.

"내 친우 하나가 산동에서 무관을 운영하고 있소. 듣자니 생각보다 돈이 꽤 된다고 하더군. 달에 오륙천 냥은 쉬이 벌 수 있다던가?"

오륙천이란 말을 슬며시 강조하는 곽숭이었다.

낭인들의 귀가 솔깃 열리기 시작했다.

평소 은퇴하면 무관이나 하나 차려볼까 막연히 생각해 오던 낭인 하나가 놀랍다는 듯 물었다.

"애들을 가르쳐서 그렇게나 돈이 된단 말이오?"

"그렇다 하더이다. 뭐, 돈이 안 되면 어떻소? 평생을 돈에 연연하지 않고 살아온 한평생이었는데……."

그 말을 듣고 있던 기풍한과 비영, 이현의 입가에 미소가 지어졌다.

곽숭의 시커먼 속에서 구란내가 풀풀 풍겨 나오고 있었던 것이다.

다시 곽숭이 조금 안타깝다는 얼굴이 되었다.

"하나, 보기보다 무관 하나 차리는 데 돈이 꽤 든다고 들었소. 그래서 내 뜻을 함께 할 동료들을 찾고 있었소."

낭인들이 제각각의 표정으로 그 말을 듣고 있었다. 눈을 가늘게 뜨며 의심의 눈초리를 보내는 이부터 군침을 삼키며 진지하게 은퇴를 생각하는 순진한 이까지.

곽숭의 사기 행각이 본격적으로 시작되려던 바로 그때였다.

"곽 대협 계시오?"

칠팔 명의 낭인들이 방 안으로 들이닥쳤다.

앞장선 털보무인이 신이 난 얼굴로 목청을 높였다.

"여기 이 친구들은 아까 그 자리에 없던 이들이오. 귀에 대못을 쳐박았는지 내 말을 믿지 않기에 내 이렇게 데려왔소. 시원하게 한 수 보여주시오."

그 말에 곽숭의 심장이 철렁 내려앉았지만 표정 하나 변하지 않고 버럭 소리를 내질렀다.

"이 사람들이! 자네들은 무공을 뭐라 생각하는가? 떠돌이 약장사도 제 나설 자리가 아니면 약봉지를 풀지 않는다 했거늘, 이게 무슨 짓인가?"

그러나 털보무인은 작정을 하고 왔는지 쉽게 물러서지 않았다.

"뭐, 한솥밥 먹는 식구끼리 뭘 그러시오. 어차피 이번 일을 하면서 자연히 보게 될 일. 빼지 마시고 이 우매한 자들을 개안(開眼)시켜 주시오."

그러자 주위의 낭인들도 털보무인의 편을 들기 시작했다.

자고로 강호인의 가장 재미난 구경이 무엇이겠는가?

싸움 구경에 버금가는 것이 바로 상승무공을 구경하는 것이 아니겠는가?

"허허, 안 된다 하질 않소."

곽승의 거절이 이어지자 낭인들의 의심이 커져 가기 시작했다.

특히 조금 전, 곽승의 돈 이야기에 거부감을 가졌던 낭인들의 눈빛이 본격적으로 가늘어지기 시작했다.

'이거… 낭패군.'

당황한 기색을 애써 숨기는 곽승의 난처한 표정을 보며 이현이 억지로 웃음을 참았다.

이현의 웃음기 묻은 전음이 기풍한에게 전해졌다.

"좀 도와주시지 그래요?"

기풍한이 미소를 지으며 곽승에게 시선을 돌렸다.

그 순간.

스르릉.

한옆에 세워둔 곽승의 검이 저절로 뽑혔다.

"헉!"

그 모습에 모든 낭인들이 숨소리를 죽였다.

허공에 떠오른 곽승의 검이 서서히 허공을 가로질러 곽승에게로 다가가기 시작했다.

"허공섭물(虛空攝物)이다!"

"우아아!"

이제 겨우 검기를 일으키는 그들에게 허공섭물은 그야말로 상승의 경지였다.

물론 가장 놀란 사람은 당사자인 곽승이었다.

자신의 검이 허공에 뜬 채 멈춰 있었다.

손을 내밀어 검을 쥐려는 곽승은 땀을 삘삘 흘리고 있었고, 손이 부들부들 떨리고 있었다.

오히려 그 모습에 낭인들은 그의 내력 소모가 심해 그러하다고 믿고 있었다.

이윽고 검이 곽숭의 손에 들어갔다.

"으하하! 정말 대단하시오!"

모든 의심이 사라지는 순간이었지만, 곽숭은 내심 놀란 눈빛으로 주위를 살폈다.

'누가 날 도와준 것일까? 설마 이 방에 그 고수가 있는 것인가?'

곽숭의 시선이 힐끔 기풍한을 향했다.

기풍한의 옆에 있던 이현이 박수를 치기 시작하자, 모든 낭인들이 환호성을 지르며 박수를 치기 시작했다.

'에라, 모르겠다.'

마른침을 삼키며 숨은 고수를 찾던 곽숭이 결국 두 눈을 질끈 감았다.

"이렇게 멋진 무공을 보았는데, 그냥 있을 순 없지요. 자, 갑시다! 내가 한잔 사겠소!"

털보무인이 곽숭을 잡아끌었다.

그렇게 곽숭이 낭인들에게 둘러싸여 밖으로 나갔다.

일대 소동이 끝나자 이제 방에는 기풍한 일행만이 남았다.

비영이 걱정스럽게 물었다.

"철이 녀석은 어떻습니까?"

"많이 회복되었다."

비영이 안도의 한숨을 내쉬었다.

"낭인 부대를 언제 움직일 것 같나요?"

이현의 물음에 기풍한이 대답했다.

"조만간 움직일 것으로 보입니다."

"시간이 많이 없군요."

기풍한이 곽철에게 내린 명령을 짤막하게 설명했다.

이현은 내색은 하지 않았지만 내심 놀라고 있었다.

"철이라면 분명 확실하게 해낼 것입니다."

비영의 확신에 기풍한이 미소를 지었다.

"그래, 그렇겠지."

"낭인들은 어쩌실 작정이십니까?"

"모두 해산시켜야⋯⋯."

기풍한이 갑자기 말문을 닫으며 문 쪽으로 고개를 돌렸다.

끼이익.

문이 살짝 열리더니 누군가 모습을 드러냈다.

바로 검성이었다.

"잠시 나 좀 보세."

마치 산책을 하듯 느긋하게 장원을 나선 두 사람이 향한 곳은 장원의 뒷산이었다.

두 사람은 낭인들을 감시하기 위해 매복하고 있던 단목세가의 무인들이 무안해질 정도로 손쉽게 그곳을 빠져나왔다.

장정 삼십여 명이 서면 꽉 찰 것 같은 협소한 정상의 공터에 이를 때까지 두 사람은 단 한 마디도 나누지 않았다.

이윽고 정상에 이른 두 사람이 서로를 말없이 응시하였다.

기풍한의 서늘한 눈빛이 검성의 장강과도 같은 유장한 눈빛 위를 유유자적 흐르기 시작했다.

'정(正)도 사(邪)도, 마(魔)도 아니다.'

기풍한의 눈빛에서 무엇인가를 읽어내려 하던 검성은 더욱 혼란스러워졌다.

검성이 나지막이 물었다.

"이름을 물어봐도 되겠나?"

"풍한이라고 합니다."

기풍한은 순순히 자신의 이름을 밝혔다.

"풍한이라."

몇 번이나 이름을 되새기던 검성은 자신의 얼굴에서 피어오르는 의아함을 굳이 감추지 않았다.

"아마… 들어보지 못하셨을 겁니다."

"이상한 일이군."

검성은 이미 기풍한의 무공이 자신에 육박하거나 어쩌면 그 이상일지도 모른다는 짐작을 하고 있던 터였다. 앞서 젓가락을 던지던 자신의 수법을 알아본다는 것이 그것을 증명하는 것이었다.

그런데 한 번도 들어보지 못한 이름이라니?

게다가 상대의 외모에서 짐작할 수 있는 나이는 검성의 자존심이 꿈틀거릴 정도로 젊어 보였다.

"자넨 이런 곳에 있을 사람이 아닌 듯하네."

검성의 말에 기풍한이 정중하게 대답했다.

"선배님께서도 계시지 않으십니까?"

검성이 미소를 지었다.

"개인적인 볼일이 있어 강호에 나왔다네. 한데 강호에 괴이한 일들이 벌어지고 있더군."

혈옥수의 주인을 찾기 위해 난희를 데리고 강호로 나선 검성이었다.

한데 자신의 출도를 어떻게 알았는지 숙대선생이 은밀히 연락을 해와 단목세가를 돕기를 청한 것이다.

숙대와 검성은 오랜 지기로 그 부탁을 쉽게 거절할 수 없었던 것이다. 잠시 어떻게 돌아가는지 구경이나 해볼 심산으로 낭인 모집에 개입하게 된 것이다.

"자네는 이번 일의 전후 사정을 알고 있는가?"

왠지 눈앞의 심상치 않은 젊은이는 사대세가의 분쟁을 비롯한 강호의 괴사에 대해 잘 알고 있을 것 같았다.

과연 기풍한의 대답은 예상대로였다.

"대충 짐작하고 있습니다."

"말해 줄 수 있겠나?"

기풍한이 검성을 바라보며 잠시 고민했다.

어디부터 어디까지 이야기를 해주어야 할 것인가에 대한 고민이었다.

이윽고 기풍한이 짧은 고민을 끝냈다.

기풍한이 몇 가지 이야기를 요약해서 설명했다.

천룡맹과 구파일방, 단목세가를 제외한 삼대세가가 사도맹과 연합해 어떤 일을 꾸미고 있다는 이야기가 이어졌다.

다만, 질풍조의 존재에 대해서는 말을 하지 않았다.

어쨌든 기풍한의 말은 강호에서 온갖 일들을 다 겪은 검성마저 깜짝 놀랄 이야기였다.

"공연한 짓들을 하는군."

검성의 이마에 주름이 짙어졌다.

문득 검성은 이러한 배경에 대해 상세히 알고 있는 기풍한의 정체가
궁금해졌다.

"자넨 누군가?"

"…이번 일을 바로잡으려는 사람입니다."

기풍한이 더 이상 정체를 밝히기를 꺼려하는 것을 눈치챈 검성이 다
시 물었다.

"이런 이야기를 해주는 까닭은 내 도움을 바라기 때문인가?"

검성의 말에 기풍한이 고개를 가로저었다.

"오히려 그 반대입니다."

"흐음, 반대라?"

"이번 일을 전적으로 제게 맡겨주십사 하는 이유입니다."

"강호가 발칵 뒤집힐 일이 진행되고 있는데 그냥 지켜봐 달라…….
허허허."

검성의 너털웃음이 차가운 밤 공기 속으로 흘러나갔다.

이내 그의 눈빛이 차분하게 가라앉았다.

"그럼 자네에게 맡겨야 하는 합당한 이유를 들어보게."

"이번 일은… 지극히 더러운 일이기 때문입니다."

또다시 검성의 웃음소리가 이어졌다.

"허허허, 강호를 살아감에 어디 깨끗한 일만 가려 할 수가 있겠는가?
혹 자네는 이 검성은 더러운 일을 처리할 만한 주변머리가 없다고 생
각하는가?"

"아닙니다."

"그럼 무엇인가? 마음에 지난바 그대로 말하라."

검성의 눈빛에는 준엄한 꾸짖음이 담겨 있었다.

기풍한이 솔직하게 자신의 마음을 털어놓았다.

"선배님께서 나서시면 이번 일은 그때부터 진짜 강호의 일이 됩니다."

"……?"

선뜻 기풍한의 말을 이해하지 못하는 검성이었다.

"음모는 언제나 그릇된 환상… 이번 일 역시 애초에 있어서는 안 될 일이라 생각합니다. 그래서… 애초부터 아무 일이 없었던 것처럼, 이번 일을 처리하고 싶습니다. 지난 강호사에 아무도 모르게 묻혀갔던 수많은 음모들과 마찬가지로… 묻혀 버리길 바라기 때문입니다."

묵묵히 듣고 있던 검성은 기풍한이 진심을 말하고 있다는 것을 느낄 수 있었다.

하지만 이해할 수 없는 것이 하나 있었다.

그것은 눈앞의 젊은이가 이번 일을 맡아야 하는 사명감 같은 것을 지니고 있다는 점이었다.

검성이 다시 물었다.

"자네가 해낼 수 있겠는가?"

"최대한 노력을 할 것입니다."

"좋네. 자네 뜻을 따르겠네. 하나 그전에……."

검성의 눈빛이 깊어졌다.

"내게 증명을 해 보이게."

믿음에 대한 증명.

잠시 후, 망설임 끝에 이어지는 기풍한의 말은 다시 검성을 깜짝 놀라게 하였다.

"그 증거는 선배님의 품속에 있습니다."

"……?"

잠시 멍한 표정을 짓던 검성의 얼굴에 격동이 솟구쳤다.

"…설마?"

검성이 떨리는 손으로 품 안에서 무엇인가를 꺼내 들었다.

그것은 바로 혈옥수였다.

"자네가 말하는 증거가 바로 이것인가?"

기풍한이 묵묵히 고개를 끄덕였다.

"자네가 이 물건의 주인인가?"

검성의 목소리는 매우 떨리고 있었다.

"그렇습니다."

"그럼 그날 내게 이것을 던진 것도 자네인가?"

"수하를 구하기 위해 본의 아닌 무례를 저질렀습니다. 부디 용서해
주십시오."

검성의 격동은 그 일 때문이 아니었다. 이미 그날의 일 따윈 잊은 지
오래였다.

"이것이 어디서 났나?"

"제게 무공을 전수해 주신 선배께 받았습니다."

"아! 자네가 바로 그 사람의 제자였구먼."

정확히 말하자면 기풍한과 그와의 관계는 사제지간은 아니었다. 그
는 앞대의 질풍조 조장이었고, 그 역시 전대의 조장에게 무공을 배우고
혈옥수를 전해 받았을 테니까.

"그는 지금 어디에 있나?"

"이미 강호에서 은퇴를 하셨습니다."

"아!"

나지막한 탄식과 함께 검성의 표정이 시시각각 변하기 시작했다.

마침내 찾아야 할 것을 찾았다는 기쁨과 더불어 아쉬움이 가득한 표정으로 바뀌었다.

검성이 긴 한숨과 함께 오랫동안 가슴 한구석에 담아두었던 이야기를 시작했다.

"이십 년 전의 일이네. 검성이란 이름으로 막 불려지기 시작했을 때지. 당시의 난 그야말로 안하무인이었지. 내 검을 십 초 이상 받아낼 고수가 이 중원 땅에 결코 없을 것이라 믿었으니까."

검성의 얼굴에 지난 세월에 대한 회한과 추억이 깃들었다.

"그러던 어느 날이었네. 우연히 한 고수를 만났지. 당시에는 그의 신분을 알지 못했지만 그는 당시 마교의 최고검객이라 불리던 검마(劍魔)였네."

검마는 전대 마교의 칠마존 중 일인이었다.

"그는 진정으로 강했네. 그와 검을 나눈 지 백 초가 지났을 때 난 직감할 수 있었네. 내가 죽게 되리란 것을. 그 생각에 미치자 난 완전히 공포에 질려 버렸지. 몇 수 더 버티지 못하고 그의 검에 팔이 잘리려던 순간이었네. 그때 바로 자네의 선배가 나타났네."

혈옥수를 내려다보던 검성은 그때 일이 생생히 떠오르는 것 같았다.

"…이 혈옥수에 검마가 죽었지. 난 그때 처음 알았네. 고수들의 호신강기만을 전문적으로 파훼하는 비수가 세상에 존재한다는 것을……. 목숨을 구해준 것을 고마워해야 했지만 난 그에게 따져 물었네. 왜 날 구했느냐고? 이런 비겁한 마물로 그를 죽인 것은 부당하다고. 무너진 자존심을 위한 발악 같은 거였지."

검성이 눈을 뜨고 기풍한을 응시했다.

"그가 그러더군. 검성이란 이름은 중원의 자랑이 아니냐고. 검을 처음으로 드는 모든 아이들이 나 하나를 목표로 수련을 시작하지 않느냐고. 죽어서도 안 되고, 패배해서도 안 되는 것이 검성이라고. 아이들이 배워서는 안 될 더러운 일은 자신이 할 테니… 부디 검성의 이름을 잘 지켜달라고……. 그날 이후 이 혈옥수는 내 평생의 짐이었네."

검성이 혈옥수를 보고 그토록 놀랐던 일이나, 그 주인을 찾기 위해 강호를 나선 이유가 밝혀지는 순간이었다.

"…그날 검성은 새로 태어났다네."

기풍한의 입가에는 어느새 미소가 드리워져 있었다.

자신을 가르친 선배에 대한 추억 때문이었다. 과연 선배다운 모습이었고, 그 선배를 닮기 위해 부단히 노력했던 자신의 과거가 떠올랐다.

검성이 혈옥수를 기풍한에게 던져 주었다.

기풍한이 말없이 혈옥수를 받아 원래 그것이 있던 팔목의 가죽띠에 찔러 넣었다.

검성이 지난 회한을 털어버리며 환한 미소를 지었다.

"좋네. 이번 일은 자네에게 맡기겠네."

"감사합니다."

"대신 한 가지 부탁이 있네."

"무엇입니까?"

"검을 뽑아 들게나."

"……!"

막연히 예상은 한 일이었기에 기풍한은 동요하지 않았다.

과거의 은원을 청산하기 위함인가?

그렇다고 보기에 검성의 눈빛은 너무나 맑았다.

잠시 망설이던 기풍한이 흔쾌히 부탁을 받아들였다. 어차피 피해갈 수 없는 일이라면 기꺼이 받아들이는 것이 그의 성격이었다.

"알겠습니다. 대신 저도 부탁드릴 것이 하나 있습니다."

"무엇인가?"

"난희 그 아이를 제자로 받아주십시오."

검성이 조금 의외라는 표정으로 물었다.

"이유를 물어봐도 되겠나?"

"그 아이에게 밝은 강호를 보여주고 싶어서입니다."

비영에게 말한 것은 바로 이런 뜻이었다.

검성이 밤하늘을 올려다보며 나지막이 말했다.

"혹 아까 내가 그 아이에게 말한 것을 들었는가?"

"들었습니다."

"그 아이, 협기를 타고난 아이더군."

"좋은 아이입니다."

검성이 가만히 고개를 끄덕였다.

"평생을 검에만 매달렸지. 그 긴 세월 동안… 난 단 한 번도 협객이란 말을 듣지 못했네. 검성은 검성일 뿐, 협객은 아니었지. 아마 다음 검성은 반드시 협객이란 이름으로 불릴 것이야."

기풍한의 표정이 환하게 밝아졌다.

검성이 난희를 제자로 받아들이겠다고 허락을 한 것이다.

스르릉.

검성이 검을 뽑아 들었다.

평소 스스로 검이 뽑혀 나와 검성의 손에 들어가는 것과는 달리 검성은 손수 검을 뽑아 들었다.

검성이 자신의 검을 찬찬히 살펴보며 말했다.

"흔히들 말하지. 검에 인생이 담겨 있다고. 하나 평생 검을 휘둘러 왔지만 난 아직도 내 검에 담긴 인생을 알지 못하겠네……."

검성이 기풍한에게 물었다.

"자네의 검에 담긴 인생은 무엇인가?"

기풍한의 입에서 짤막한 한숨이 흘러나왔다.

"제 검은……."

그저 한낱 쇠붙이에 불과하다고 말하려던 기풍한이 말을 잇지 못했다. 검성의 검 앞에서 그 말은 사치스런 오만에 불과하다는 것을 느낀 것이다.

"저도… 아직 모르겠습니다."

그 대답에 검성이 환하게 웃었다.

"그럼 우리 확인해 보세."

평범한 한 자루의 철검이 그렇게 기풍한에게 겨눠졌다.

그 어떤 빈틈도 없는 완벽한 모습.

거대한 절벽 앞에 마주 선 인간의 나약함을 인식하게 만드는 완벽한 모습.

우우우웅!

기풍한의 허리에서 질풍검이 울기 시작했다.

그저 검과 검만의 대결이라면, 강호의 그 어떤 검도 질풍검을 당해 낼 수 없으리라.

그러나 기풍한은 검성이 내민 그 평범한 철검을 질풍검으로 잘라낼 수 없으리라 확신했다.

검성과 생사를 건 혈전을 펼친다면?

어쩌면 그를 죽일 수 있을지도 몰랐다. 기풍한에게는 고수를 상대하는 수많은 방법들이 있었으니까.

그러나 정당한 비무를 한다면?

기풍한은 결코 검성을 이길 수 없으리라 확신했다.

그럼에도 기풍한은 최선을 다하리라 마음을 먹었다.

스르릉.

기풍한이 시원스럽게 검을 뽑아 들었다.

실로 오랜만의 비무였다.

상대를 죽이기 위해 검을 뽑은 것이 아닌, 검 속에 담긴 것이 무엇인가를 찾기 위한 정당한 비무.

기풍한이 검을 쥔 손가락을 하나씩 다시 폈다가 다시 정성껏 쥐기 시작했다.

"검술의 시작은 검을 바르게 쥐는 것으로 시작한다."

무공을 가르쳐 준 선배가 자신에게 처음으로 던진 무언(武言)이었다.

"흔히 도가에서 검을 전수할 때 선수양(先修養)을 강조하곤 한다. 하지만 검을 쥔다는 것은 애초부터 수양과는 거리가 먼 일. 사람을 베는 일에 어찌 수양이란 말이 어울리겠느냐? 살검(殺劍)이 되느냐 활검(活劍)이 되느냐는 어차피 검을 쥔 이후에 결정되는 법. 일단 검이라도 제대로 잡아라. 검을 제대로 쥘 수 있다면, 검리(劍理)를 깨닫게 될 것이고 결국 자신의 검이 향하는 곳 또한 알게 될 것이다."

처음 기풍한이 그 말을 들었을 때는 제대로 이해하지 못했던 말이었다.

그러나 이제는 조금 알 것 같았다.

"좋구나."

검성이 기풍한의 자세를 보며 감탄을 숨기지 않았다.

"자, 이제 이 검을 한번 막아보려무나."

검성의 몸이 살짝 흔들렸다.

단 한 발을 내디뎠을 뿐인데, 이미 검성은 기풍한의 코앞까지 다가와 있었다.

허공을 가로지르는 한줄기 빛.

그 속도가 너무나 빨라 검의 형체조차 알아볼 수 없었다.

스스스스읏.

소리가 그 속도를 따라가지 못했다.

눈으로 확인해서 막을 수 있는 검이 아니었다.

본능적으로 기풍한이 손목을 틀었다. 몸의 모든 힘이 기풍한의 손목으로 집중되는 그 순간.

따앙!

두 검의 첫 만남을 축하하듯 경쾌한 소리가 울려 퍼졌다.

그 울림이 끝나기도 전에 이미 검성은 자신의 자리로 돌아가 있었다.

검성은 매우 흡족한 표정이었다.

"자, 이번에는 이 검을 막아보거라."

말이 끝나기가 무섭게 다시 검성의 검이 기풍한을 찔러오고 있었다.

이번에는 앞서와 같이 검이 빠르지 않았다.

쩌앙!

"컥."

검성의 검을 막는 순간 기풍한의 입에서 묵직한 신음이 터져 나왔다.

검성의 검은 마치 검날 위에 태산을 올려놓은 듯 무거웠던 것이다.

손아귀가 찢어질 것 같은 충격에 기풍한의 몸이 본능적으로 내공을 격발하려는 순간이었다.

기풍한이 의식적으로 내공을 흩어버리며 자연스럽게 검을 움직였다.

샤르르릉—

질풍검이 검성의 검날을 타고 서서히 미끄러지기 시작했다.

검성의 검이 가지는 무게 중심을 찾아내는 순간, 기풍한의 검이 정확히 멈추었고, 끊어질 것 같았던 손목의 고통이 사라졌다.

검성이 다시 자신의 자리로 돌아갔다. 그의 얼굴에 감탄의 빛이 더욱 짙어진 상태였다.

"자, 이번에도 막아보아라."

다시 날아드는 검성의 검은 앞서의 검과 또다시 달랐다.

세 번째 검은 너무나도 느렸다.

분명 검성의 몸은 앞서와 마찬가지로 빛처럼 빨리 다가왔지만, 그의 검은 몸의 빠름과 따로 움직이고 있었다.

어디를 찔러올지 몰랐기에 오히려 빠른 검보다 막기가 더욱 힘들었다.

그 순간 기풍한의 검이 빛처럼 휘둘러졌다.

따앙!

느린 검이 변화하기 전, 기풍한의 검이 먼저 검성의 검을 공격하듯 내질러 튕겨낸 것이었다.

검성이 크게 감탄하며 칭찬을 아끼지 않았다.

"훌륭하구나. 빠른 검은 무겁게 막고, 무거운 검은 느리게 막을 것이며 느린 검은 빠르게 막는다는 이치를 정확히 깨닫고 있었구나!"

검성의 세 공격은 바로 빠르고, 무겁고, 느린, 즉 쾌검(快劍), 중검(重劍), 완검(緩劍)이었던 것이다.

보통 일반적으로 하수일수록 쾌검을 막기 힘들고, 고수일수록 완검을 막기 힘들었다.

그러나 그것은 일반적인 모습일 뿐, 진정한 고수가 되려면 그 셋의 상호 보완의 이치를 정확히 깨달아야 진정한 검리를 깨칠 수 있는 것이다.

검성이 자신의 검을 앞으로 내던지며 버럭 소리쳤다.

"그 모든 이치를 알았으면서 어찌 검을 버리지 않느냐?"

정작 검성이 전해주려는 가르침은 따로 있었다.

그 말에 기풍한이 깜짝 놀라 검성을 응시했다.

검성이 눈을 지그시 감았다.

"마음이 가는 곳에 곧 검이 있으니, 풀잎에 날이 서면 그 또한 검이 됨을 모르는 어리석음이니, 마음이 가는 곳에 도(道)가 있고, 도(道)가 서는 곳에 세상이 있으니 만물의 모든 원리가 마음에 있음이라."

순간 기풍한이 무릎을 꿇었다.

놀랍게도 검성은 자신에게 심검의 경지를 전수해 주기 시작한 것이다.

"기는 곧 무소부재(無所不在)요, 불생불멸(不生不滅)이며, 무시무종(無

始無終)이니 마음을 열고 단전을 열면 만물의 기를 깨우칠 수 있을 것이
니……."

검성의 구결은 끝없이 이어지고 있었다.

기풍한은 눈을 감고 마음을 다해 그 구결을 되새기고 있었다.

이윽고 검성의 가르침이 끝을 맺었다.

"심즉검(心卽劍), 검즉심(劍卽心)이니 나를 잊고 검을 잊으니 그것이
곧 심검의 경지이리라."

그것은 또 하나의 기연이었다.

실전검(實戰劍)의 치열함 속에서, 기풍한은 어쩌면 잊고 있었던 진정
한 검의 도리를 깨우치게 된 것이다.

한참 후, 기풍한이 그 구결을 마음속 깊이 갈무리하고 다시 눈을 떴
을 때 이미 검성은 산을 내려가고 있었다.

저 멀리 산 아래서 검성의 우렁찬 목소리가 들려왔다.

"그를 다시 만나게 되면 꼭 전해주게나… 그날 중원의 검성은 새롭
게 태어났다고… 그리고 진심으로 고맙게 생각한다고."

뒤이어 장원으로 돌아온 기풍한은 이미 검성이 난희를 데리고 어디
론가 떠나 버렸다는 것을 알 수 있었다.

第33章

미인계

미
인
계

　낙양제일루의 이층에서 내려다보는 거리 풍경은 지극히 평화로웠다.

　행인들을 잡아끄는 장사꾼들의 호객 소리가 골목길을 뛰어다니는 아이들의 웃음소리와 섞여 노랫소리처럼 들려오고 있었다.

　창가에 매달려 몸을 반이나 내밀고 바깥 경치를 구경하고 있는 이는 바로 곽철이었다.

　평소보다 진중한 표정을 자그마치 반 시진 이상을 유지하고 있는 곽철이었다.

　그 옆의 탁자에서는 서린과 팔용, 연화와 화노가 술을 마시고 있었다. 정확히 말하면, 술을 마시는 팔용 옆에서 모두들 차를 마시고 있었다.

　술을 마시다 심심해졌는지, 팔용이 곽철에게 소리쳤다.

"뭘 그리 고민해! 불문곡직(不問曲直). 그냥 쳐들어가서 잡아오자."

곽철은 고개도 돌리지 않고 한숨을 쉬며 말했다.

"계속 술이나 드셔."

자신이 생각해도 영 도움이 안 된다는 것을 깨달았는지 팔용이 탄식했다.

"미안하다. 도움이 못 돼서. 에잇, 나같이 무식한 놈은 그냥… 콱 술이나 마시고 죽어야 해!"

말은 독주(毒酒)라도 마시는 듯 장엄했지만 술을 들이키는 팔용의 표정은 마냥 행복했다.

"지금 남궁가주는 어디에 있나요?"

연화의 물음에 팔용이 창문 밖을 바라보며 대답했다.

"사대세가의 가주들은 소룡지회로 모두 낙양에 와 있습니다. 남궁가주 역시 그들의 낙양지부에 묵고 있답니다."

차를 마시던 서린이 조금 안타까운 얼굴로 곽철을 바라보았다.

왠지 오늘따라 곽철의 어깨가 처져 보였다.

남궁가주의 체포.

그건 말처럼 쉬운 일이 아니었다.

물론 질풍조가 나선다면 그를 체포하는 그 행위 자체는 사실 불가능한 것은 아니었다.

기습적인 체포 작전을 펼치면 결국 제압을 할 수는 있을 것이다.

그러나 이번 작전은 정당하게 이루어져야 했다.

그래야만 불필요한 출혈이나 다른 두 세가의 개입을 막을 수 있는 것이다.

문제는 천룡맹주가 연화에게 절대 힘을 실어줄 리 없는 상황이라는 점이었다.

서린이 자리에서 일어나 창가의 곽철 옆에 나란히 섰다.

서린이 창틀에 몸을 기대며 창밖으로 몸을 내밀었다.

흔들흔들.

서린의 몸이 위태로울 만큼 기울어졌다.

슬쩍 건들면 아래로 떨어질 것 같았다.

물론 서린의 무공으로 떨어질 리야 없겠지만, 서린은 위태로운 장난을 계속하고 있었다.

그래도 곽철이 자신에게 관심을 보이지 않자, 서린이 두 손을 휘휘 저으며 아래로 떨어지려는 시늉을 했다.

서린이 곽철에게 잡아달라는 눈빛을 보냈을 때, 곽철은 그야말로 어이없는 표정을 짓고 있었다.

울적한 자신을 위로하기 위한 서린의 그 마음을 곽철이 왜 모르겠는가?

불퉁한 곽철의 얼굴을 보자, 머쓱해진 서린이 가볍게 중심을 잡고 다시 섰다.

그때 곽철이 기습적으로 서린의 볼을 잡아 좌우로 잡아당겼다.

"바보, 이걸 지금 위문 공연이라고 하는 거야?"

그 말에 서린이 머쓱하게 미소를 지었다.

곽철이 서린을 의자에 앉히고 그 옆 자리에 앉으며 말했다.

"시작하죠."

서린의 걱정과는 달리 이미 곽철은 작전을 구상한 듯 보였다.

화노가 기다렸다는 듯 말했다.

"견적이 나왔느냐?"

"원래 복잡하고 어려운 일일수록 그 해결책은 단순한 법 아닙니까? 대신 그전에 물밑 작업을 좀 해야겠습니다."

곽철의 눈빛은 이미 작전에 돌입했을 때의 그 눈빛으로 바뀌어 있었다.

순간 팔용의 입에서 속 보이는 아부가 쏟아져 나왔다.

"과연 우리 철이의 비상한 머리는 강호제일이라니까. 캬아, 멋져!"

곽철이 짐짓 눈을 지그시 감고 말했다.

"갑자기 엊저녁 날 모함하던 어떤 목소리가 들리네. 내가 멋만 부린다던가?"

"누가 그래! 내 그놈을 당장! 헤헤, 난 철이를 진심으로 존경해."

자신을 바라보며 아양을 떨기 시작한 팔용에게 곽철이 고개를 가로저었다.

"흐흐흐. 꿈 깨라. 이번 일에 네 역은 벌써 정해졌으니까."

"컥! 또 수하 무인 일(一)이나 이름 모를 보표 이(二), 이딴 걸 시키려고 그러지! 야, 덩치 큰 사람은 주연이 될 수 없다는 선입관을 버려!"

"이놈아! 선입관이 왜 선입관이겠어? 사람들이 다 그렇게 생각하니까 그런 거지."

그 모습을 말없이 지켜보던 연화는 흥분을 감추지 못했다.

도대체 어떻게 남궁가주를 체포하겠다는 것일까?

계획이 서자 곽철은 재빨리 일을 진행하기 시작했다.

곽철이 화노에게 물었다.

"두양(豆陽)이 그놈 요즘 뭐 한답니까?"

"두양? 귀수(鬼手) 말이냐? 그놈, 파락호 몇 놈 모아서 일을 벌이다가 천룡맹 수배 맞고 요즘 잠수 중이라더라."

"그놈 근거지가 이쪽 맞죠?"

"그렇지. 낙양 패거리들 사이에선 제법 큰소리를 칠 정도는 되지."

그러자 팔용이 나섰다.

"근데 그 추잡한 놈은 뭐 하려고?"

"그놈 손재주가 필요해. 그놈 하는 짓은 더러워도 손재주 하난 쓸 만하잖아."

"음… 직접 따고 들어가려고?"

"아무래도 그래야 할 듯싶네."

연화는 두 사람의 대화 내용을 전혀 이해하지 못하고 있었다.

"저기… 무슨 말인지 좀 쉽게 해주시면 안 될까요?"

그러자 곽철이 화노를 보며 장난스런 얼굴로 말했다.

"우리 화 선배께선 강호삼대절진은 잘만 뚫는데… 잠긴 문 따는 데 는 영 소질이 없거든요."

"이놈아! 잠긴 문을 뭐 하러 힘들게 따! 그냥 부수면 되지."

"맞아."

화노에게 팔용의 응원이 더해지자 곽철이 고개를 설레설레 흔들었다.

"약장사 둘이 죽이 척척 맞는구나."

화노가 네가 최고다란 표정으로 팔용의 머리를 쓰다듬었다.

이미 이름없는 무인으로 배역이 정해진 이상, 팔용은 아쉬울 것이 없었다.

여전히 연화는 무슨 말인지 이해를 하지 못했다.

"두고 보시면 압니다."

곽철이 히죽 웃으며 말했다.

"단주님께서는 섬서지단의 비룡일대를 이곳으로 소집해 주십시오."

연화는 의아한 표정으로 되물었다.

"비룡일대를 말입니까?"

"남궁가주를 체포하려면 이쪽에서도 기본적인 구색은 갖춰야 할 테니까요."

"네, 알겠습니다. 바로 연락을 하겠습니다."

팔용이 조심스럽게 말했다.

"하지만 귀수 그놈, 워낙 겁이 많고 조심성이 많아 찾기가 쉽지 않을 텐데."

"그놈 꼬셔내는 방법이 있지."

곽철이 연화를 보며 의미심장한 미소를 지었다.

화노는 그 미소의 의미를 눈치챘는지 알지 못할 미소를 지었다.

다시 곽철이 낙양제일루의 위장 점소이 아칠을 불렀다.

"부탁이 있소."

"뭡니까?"

"낙양 뒷골목 쪽으로 은밀히 소문을 하나 내줘야겠소. 모든 통이문 도들을 풀어서라도 최대한 빨리."

곽철의 몇 마디 전음이 아칠에게 전해졌다.

아칠에게 있어 질풍조는 여전히 혼란 그 자체였다.

'알다가도 모를 놈들! 또 무슨 일을 벌이려는 것이냐?'

그렇게 아칠이 사라지자 곽철이 연화를 돌아보며 씩 웃으며 말했다.

"화장 한 번 더 하셔야겠습니다."

강호에 화려하기로 이름난 큰 도시들의 뒷골목들은 대충 비슷한 점을 지니고 있었다.

화려한 도시의 추악한 욕망의 찌꺼기가 배출된 그곳은 언제나 가난했으며 동시에 위험했다.

낙양의 뒷골목도 그와 다르지 않았다.

쓰레기가 날리는 더러운 골목길 곳곳에는 잠시만 방심하면 배에 칼을 쑤셔 박으며 돈주머니를 털어 달아날 파락호들이 도사리고 있었다.

치안 부재(治安不在)의 무법 지대.

그 음산한 거리로 누군가 바삐 걸음을 옮기고 있었다.

왼쪽 뺨을 가로지르는 흉측한 칼자국이 인상적인 그의 이름은 바로 옥삼(玉三)이었다. 옥씨 집안 셋째라는 평범한 이름이었는데, 촌스럽다는 생각을 해서일까?

그는 그냥 칼자국이라는 이름으로 불리는 것을 오히려 좋아했다.

지나가던 파락호 몇이 그에게 정중하게 인사를 하는 것으로 봐서, 그는 이곳 뒷골목에서 제법 칼질 좀 한다고 소문이 난 듯 보였다.

몇 개의 골목길을 지나 칼자국이 도착한 곳은 낙양 뒷골목의 매음굴(賣淫窟)이었다.

낡은 판자로 지어진 허름한 건물 앞에 험악한 인상의 덩치 사내 하나가 의자에 앉아 졸고 있었다.

칼자국이 그의 옆으로 다가갈 때까지 그는 여전히 비몽사몽이었다.

딱!

칼자국의 주먹이 사정없이 덩치의 머리통을 강타했다.

졸고 있던 덩치가 내가 언제 졸았느냐는 항변을 하듯 발딱 일어났다.

"어떤 새끼야!"

욕설을 퍼부으며 대뜸 칼부터 뽑아 들려던 덩치가 상대를 확인하고 는 태도를 돌변했다.

"아, 형님, 나오셨습니까?"

"이 새끼. 대낮부터 잠이나 쳐 자고… 할 일 없지? 내가 할 일 좀 만 들어줘? 그래 볼까?"

칼자국이 인상을 구기자 덩치가 벌벌 기기 시작했다.

"어이구! 아닙니다, 형님!"

칼자국이 못마땅한 얼굴로 말했다.

"큰형님은?"

"안에 계십니다."

"잘 지켜, 새꺄! 다음에 또 걸리면 눈깔 뽑는다."

"네."

덩치의 구겨진 인상을 뒤로하고 칼자국이 매음굴 안으로 들어섰다.

좁은 복도에 옷을 반쯤 벗어젖힌 여인들이 칼자국을 향해 공손히 인 사를 했다.

존경의 느낌보다는 두려움이 가득한 인사였다.

그도 그럴 것이 이곳의 대부분 여인들은 납치되어 끌려온 처지였던 것이다.

자신들의 탈출을 막고자 지키는 사내들 중 칼자국의 성격이 가장 포 악하고 더러웠기에 그녀들은 놈 앞에서는 숨소리조차 내지 못했다.

작년에 이판사판 그에게 대들었던 여인 하나가 모두가 보는 앞에서 잔인하게 난자당한 이후로 그는 이곳 여인들에게 공포의 대상이었다.

두 평 남짓한 방이 따닥따닥 붙은 긴 복도의 마지막 방으로 칼자국 이 들어섰다.

침상 하나만이 덩그렇게 놓인 좁은 방이었다.

칼자국이 침상의 장신구를 조작하자 한쪽 벽이 자동으로 열렸다.

칼자국이 그곳으로 들어서자 벽은 다시 제자리로 돌아왔다.

비밀 통로는 다시 긴 복도로 이어져 있었다.

복도 끝에 앉아 있던 몇 명의 검을 찬 사내들이 자리에서 벌떡 일어났다.

"나오셨습니까?"

칼자국이 오만한 인상으로 고개만 까딱하고 방 안으로 들어갔다.

안으로 들어가자, 방 안은 밖에서 보는 것보다 훨씬 넓었다.

오십여 평의 너른 방에 놓인 거대한 침상.

그 위에 귀수 두양이 벌거벗은 여인 몇이랑 뒹굴고 있었다.

"왔냐?"

"대낮부터 뭐 하슈?"

"갇혀만 지낼라니 죽을 맛이다… 밖은 별일없지?"

"걱정 마시오. 이쪽 구역을 관리하는 천룡맹 놈들에게 확실히 구슬려 뒀습니다. 돈 싫다는 놈 봤습니까?"

"그래도 조심해."

"우리보다 뒤가 더 구린 놈들이오. 걱정 마시오."

귀수가 침상에 있는 여인들을 보며 인상을 찌푸렸다.

"새로 온 아이는 없냐?"

아무래도 지금 있는 여인들에게 질려 버린 모양이었다.

그나마 이곳 매음굴에서 가장 미모가 뛰어난 여인들이었지만 그의 타고난 색심을 만족시켜 주기에는 부족해도 한참 부족했다.

두양은 그의 별호가 말해 주듯, 귀신같은 손놀림으로 기관 해체에 으뜸가는 실력을 지닌 자였다. 거기에 어디서 훔쳐 배웠는지, 제법 제 몸 하나는 지켜낼 경공과 무공을 지니고 있었다.

그러나 타고난 색심이 강해 항상 여인과 관련된 지저분한 사고를 자주 치는 바람에 강호의 이름난 대도는 물 건너가 버리고 결국 뒷골목 신세가 되고 만 것이다.

귀수에게 바짝 다가간 칼자국이 넌지시 말을 꺼냈다.

"소문 들으셨소?"

"무슨 소문?"

칼자국이 손짓을 하자 여인들이 쪼르르 밖으로 나갔다.

여인들이 나가자 칼자국이 목소리를 낮추었다.

"낙양에 물건이 하나 들어왔는데… 지금 낙양제일루에서 신나게 돈을 뿌려대고 있답니다."

"뭐 하는 놈인데?"

"강북의 큰 상인의 자제라는데, 정인과 혼인 전에 강호 유람을 나왔다나 봅니다."

"새끼, 팔자가 늘어졌군."

"근데 그놈이 지닌 돈이 적게 잡아도……."

칼자국이 손가락을 쫙 폈다.

"오천 냥?"

칼자국이 그깟 돈에 내가 여기까지 왔겠냐는 표정이었다.

"오만 냥!"

귀수의 놀란 얼굴에 이내 의심이 들어찼다.

"혹시 천룡맹 놈들 함정 수사는 아니고?"

"그건 확실히 아닙니다. 천룡맹 쪽에 이미 확인을 해봤습니다."

"그렇단 말이지… 오만 냥이라……."

오만 냥이란 큰돈에 비해 웬일인지 귀수는 시큰둥한 반응이었다.

그 이유를 칼자국은 정확히 알고 있었다.

지금 귀수의 관심사는 돈이 아니었기 때문이다.

"근데… 그자와 함께 온 여인이… 천하절색이랍니다."

귀수의 두 눈이 이제 완전히 뜨였다.

"천하절색!"

말만 들어도 흥분이 되는지 귀수의 몸이 슬슬 달아오르기 시작했다.

"언제까지 이렇게 숨어만 계실 수도 없잖소? 그놈을 인질로 잡고 돈을 뜯어내면 적게 잡아도 몇십만 냥은 쉬이 뜯어낼 수도 있을 거요."

건성으로 듣고 있는 귀수의 마음은 이미 콩밭에 가 있었다.

"다시없는 기횝니다."

문득 귀수가 걱정스런 얼굴이 되었다.

"근데 그런 놈이면 보표도 대단할 텐데. 혼자 나오진 않았을 것 아닌가?"

"사내 하나와 계집 하나, 그렇게 둘이 붙어 있다고 하오."

"고작 둘? 그럼 꽤나 세겠는데."

"제법 힘깨나 쓰겠지만… 저희가 누굽니까?"

"흐흐."

"게다가 보표로 온 여인 또한 그 미모가 만만치 않다고 하오."

귀수로서는 더 이상 망설일 이유가 없었다. 이쯤되면 도랑 공사 끝에 달려오는 가재 몇 마리에 비할 바가 아니었다.

"애들 전부 소집해."

"흐흐흐."

그렇게 두 사람의 음침한 웃음소리가 방 안에 울려 퍼졌다.

그날 밤. 낙양제일루.

마누라 몰래 푼돈 몇 푼 꼬불쳐 객잔에 술이나 한잔할까 들른 술꾼들은 때 아닌 횡재를 맞고 있었다.

넝쿨째 굴러들어 온 호박치고는 너무나 훤칠하게 생긴 미공자 하나가 그날 술값을 모두 자신이 부담하겠다고 나선 것이었다.

횡재는 손님들뿐만이 아니었다.

이미 황금 한 냥을 수고비로 받은 점소이까지 생겼고, 낙양제일루의 점소이들은 평생에 한 번 올까 말까 한 기회에 모두들 흥분하고 있었다.

"으하하! 마음껏 드시오. 내 오늘 화끈하게 책임지겠소."

얼큰하게 취기가 오른 채 목청을 높이는 미공자는 물론 곽철이었다.

곽철 뒤로 팔용과 서린이 좌우로 무복 차림의 위협적인 모습으로 시립해 있었다.

곱게 화장을 하고, 비단옷까지 입은 연화는 곽철의 옆 자리를 지키고 있었다.

"하늘에는 천당(天堂)이 있고, 땅에는 소주(蘇州)와 항주(杭州)가 있다지만 그건 이곳 낙양에 와보지 않은 자들의 눈먼 이야기인 것 같소. 으하하!"

철부지 미공자 전문 배우 곽철이 아니던가?

그야말로 의심할 곳이라곤 한 군데도 없는 완벽한 모습이었다.

"과연 호탕한 공자시오!"

주위의 술꾼들이 박수까지 치며 곽철의 기분을 맞추자, 곽철은 더욱

기고만장하기 시작했다.

"어허, 강호 대협들에게 대접할 요리가 부족하구나. 노채(魯菜)에, 동파육(東坡肉), 불도장(佛跳牆), 초리척(炒里脊), 노파병(老婆餠)… 어서 다 내어오너라."

마치 자신의 견식을 자랑이라도 하듯 중원의 명물 요리들을 줄줄 꿰던 곽철이 귀찮다는 듯 다시 소리쳤다.

"아니, 아니다, 이 집에서 내놓을 수 있는 모든 요리를 내오너라."

점소이들은 이제 경공고수가 되어 내달리고 있었다.

점소이들이 혹여 눈먼 돈이라도 떨어질까 앞 다퉈서 근처를 맴돌고 있을 그때, 아칠은 주방 앞에서 인상을 잔뜩 쓰고 있었다.

'도대체?'

요리 값만 해도 몇백 냥은 족히 될 터인데, 게다가 낙양제일루의 모든 손님들의 계산까지 한다면 얼마가 더 들지 상상도 안 되었다.

'이놈들! 전문 사기꾼들이 틀림없어!'

반은 맞고 반은 틀린 아칠의 생각이었다.

'나중에 돈 떼먹으려고 수작만 부려봐라.'

그렇게 고리눈을 뜨는 아칠에 비해 흐뭇한 미소를 지으며 곽철을 지켜보는 이가 있었으니 바로 칼자국이었다.

'애송이 놈!'

그의 옆 자리에는 귀수 패거리 중 고르고 고른 칼잡이 셋이 술을 마시고 있었다.

뿐만 아니었다. 객잔 주위에는 이미 삼십여 명의 귀수 패거리들이 곳곳에 흩어져 매복을 하고 있었다.

그들까지 사용될 일은 없겠지만, 만반의 준비를 하고 온 것이다.

'그나저나 볼수록 대단한 미색이군.'

칼자국의 시선이 연화와 서린을 부지런히 오가기 시작했다.

고귀한 품위가 은은히 흘러나오는 연화나, 순수한 얼굴이 무복과 묘하게 어울리는 서린은 칼자국의 마음을 뒤흔들고 있었다.

칼자국은 비록 뒷골목 칼잡이에 불과했지만, 딴에는 강호인이라고 서린에게 더욱 마음이 끌렸다.

나중에 귀수가 이 여인들에게 질리면 자연 자신의 차례가 될 것이다.

그때 팔용의 전음이 곽철에게 전해졌다.

"저놈들인 것 같은데… 귀수는 안 왔군."

"그 겁쟁이 놈이 직접 올 리 없지."

"망할 놈. 그 역할 하니까 재밌냐?"

"흐흐. 부모님을 원망해. 아님 세상을 원망하든지."

전음을 마친 곽철이 자리에서 일어나 다시 술을 권했다.

곽철의 허세가 계속 이어졌다.

"자고로 사내로 태어나 강호를 주유하며 큰 뜻을 품지 않는다면 어찌 대장부라 할 수 있겠소!"

곽철의 객기에 다들 기분을 맞춰주며 박수를 쳤지만 칼자국의 인상은 서서히 구겨졌다.

'망할 놈!'

단지 부모를 잘 만난 탓에 흥청거리는 꼴이 볼수록 마음에 들지 않았던 것이다.

더구나 저렇게 아름다운 여인을 둘씩이나 데리고 다니는 것은 질투심을 넘어, 살심을 불러일으키고 있었다.

'나중에 네놈 골수까지 빨아먹고 나면, 내 손으로 직접 해치워 주마.'

그렇게 술자리는 점점 무르익어 갔다.

이윽고 칼자국이 옆 자리의 사내에게 눈치를 보냈다.

사내 하나가 일어나더니 주방 쪽을 향해 걸어갔다.

주방의 숙수 하나를 위협해 약을 타기 위함이었다.

딴 곳을 보며 모른 척하고 있던 팔용의 전음이 다시 곽철에게 들려왔다.

"한 놈이 주방으로 기어들어 갔다."

"약이라도 타려나 보네."

"큭! 젠장, 속 좀 쓰리겠네."

"싸구려 산공독(散功毒)! 그거 나중에 배 무지 아프지."

"저 새끼 딱 봐뒀어."

"어라, 저놈 이리 오네. 슬슬 재롱을 피우려나 보다."

전음이 끝나기가 무섭게 팔용이 앞으로 나섰다.

"멈추시오."

곽철의 탁자 쪽으로 다가오던 칼자국이 흠칫 멈추며 애써 미소를 지었다.

"하하, 경계하지 마시오. 오늘 호탕한 공자를 뵙게 돼서 인사나 하러 온 것이니."

우직한 얼굴로 팔용이 곽철을 돌아보았다.

취기가 잔뜩 오른 얼굴로 곽철이 혀 꼬부라진 소리를 했다.

"됐다. 이리 모셔라."

그러자 팔용이 제법 연기다운 연기를 펼쳤다.

"무기는 내게 맡기시오."

그러자 곽철이 버럭 소리를 질렀다.

"그 무슨 무례냐! 강호인이라면 자신의 무기를 생명보다 소중히 여기거늘!"

무공 한 줌 없어 보이는 곽철이 그런 말을 주워섬기자 칼자국은 내심 비웃고 있었다.

마음과는 다른 호탕한 웃음이 칼자국에게서 터져 나왔다.

"하하, 과연 공자께선 강호의 도리를 아는 분이시구려."

"과찬이시오. 자, 이리 앉으시오."

팔용이 물러나고 칼자국이 곽철의 앞자리에 앉았다.

다시 칼자국의 눈가에 살기가 짙게 피어올랐다가 이내 사라졌다.

가까이서 본 연화와 서린은 너무 아름다웠던 것이다.

"참으로 잘 어울리는 한 쌍이십니다."

칼자국이 곽철과 연화를 번갈아 보며 마음에도 없는 칭찬을 늘어놓았다.

곽철은 기분이 좋은지 연화를 보며 헤벌쭉 웃기 시작했다.

"강북 최고의 미인이지요. 본 공자가 여복 하나는 제대로 받았지요."

그 모습을 보며 연화는 내심 곽철의 연기에 놀라지 않을 수 없었다.

정말 알고 봐도 진짜 같은 연기였다.

연화가 미소를 지으며 고개를 살짝 숙였다.

그때, 점소이가 새로 몇 병의 술을 내왔다.

병의 모양이 조금 다른 술병 하나가 바로 귀수 패거리 중 하나가 약을 탄 약속된 술이었다.

칼자국이 술을 권했다.

"자, 마십시다."

"좋소. 내 오래전부터 강호를 동경해 무림의 영웅들과 교분을 나누는 것을 꿈꾸었다오."

그렇게 몇 순배의 술이 돌자, 칼자국이 본색을 드러냈다.

"공자."

"왜 그러시오?"

"뒤에 두 친구들도 수고하는데 제가 한잔 권해도 되겠소? 같이 칼을 쓰는 처지라……."

칼자국이 팔용과 서린을 보며 애써 안쓰럽다는 표정을 지었다.

"저희는 일하는 중에는 술을 안 마십니다."

팔용이 단호하게 거절했다.

그러자 곽철이 헤헤거리기 시작했다.

"오늘은 날도 날인만큼 한잔하거라. 이렇게 강호의 영웅들과 함께하는데 별일이야 있겠느냐?"

울상을 지으며 팔용이 어쩔 수 없이 고개를 끄덕였다.

칼자국이 약을 탄 술병을 들고 팔용과 서린에게 한잔씩 따라주었다.

두 사람이 못 이기는 척 술을 마셨다.

곧이어 곽철의 귀로 팔용의 울부짖음 섞인 전음이 들려왔다.

"으아악! 싸구려 산공독이다!"

한 시진 후.

낙양 뒷골목으로 한 무리의 무인이 달리고 있었다.

선두에서 달리는 칼자국과 그 뒤를 따르는 세 사내들이 각기 한 사람씩 둘러매고 있었다.

곽철은 이미 술에 인사불성이 되어 쓰러졌고, 산공독에 당해 내력을 잃은 팔용과 서린, 그리고 무공을 모르는 척했던 연화는 쉽게 혈도를 제압당한 상태였다.

객잔을 나오는 것 역시 간단했다.

더 좋은 곳을 안내하겠다며 곽철을 억지로 부축해 끌고 나왔던 것이다. 이미 아혈까지 제압당한 세 사람은 어쩔 수 없이 객잔을 나올 수밖에 없었다.

그런 그들이 인적이 드문 곳에 도착하자, 곽철 등을 업고 본격적으로 달리기 시작했다.

그렇게 그들은 낙양 뒷골목까지 한달음에 달려온 것이다.

귀수 패거리들이 사전에 단속을 해서 거리에는 쥐새끼 뒤를 쫓는 고양이 한 마리도 보이지 않았다.

이윽고 그들이 귀수가 숨어 있는 매음굴로 의기양양 들어섰다.

그들에게 업혀 들어가던 서린이 복도에서 한 여인과 눈이 마주쳤다.

짙은 화장기 때문에 나이가 들어 보일 뿐, 이제 열 대여섯을 넘지 않았을 소녀였다.

그녀의 눈빛에 담긴 서글픈 공허. 그 공허가 자신을 걱정하고 있었다.

서린의 마음이 시큰해지면서 굳게 다문 그녀의 입매가 무서워졌다.

"여기가 어디냐? 술 내놔라! 술!"

곽철은 반쯤 의식을 잃은 상태에서도 악을 쓰며 주사를 떨었다.

이미 칼자국은 안면 몰수를 한 상태였다.

"닥쳐라!"

"동생, 무섭게 왜 이러나?"

곽철의 혀 꼬부라진 소리에 칼자국이 버럭 소리를 내질렀다.

"이 새끼! 누가 네 동생이냐? 확 그냥 죽여 버릴까 보다."

당장에라도 베어버리고 싶은 욕망을 참으며 이윽고 그들이 귀수의 은거지에 도착했다.

문이 열리자, 귀수가 화려하게 옷까지 차려입고 이제나저제나 그들을 기다리고 있었다.

"으하하, 고생했다."

"이 정도야 식은 죽 먹기죠."

사내들이 연화와 서린을 침상에 눕혔고, 곽철과 팔용은 바닥에 아무렇게나 던졌다.

그리고는 칼자국을 제외한 무인들이 모두 밖으로 나갔다.

연화와 서린의 얼굴을 확인한 귀수의 입이 함박만하게 벌어졌다.

기대 이상이었다.

여자에 대한 관록이라면 강호에서 둘째가라면 서러운 그였다.

그런 그의 전문가적 입장에서도 두 사람은 최상의 미모를 자랑하고 있었다.

더구나 어떻게 이렇게 상반된 분위기까지 연출할 수 있단 말인가?

귀수는 말년에 하늘이 내려준 복이란 생각이 들었다.

"이 보표 놈은 어떻게 할까요?"

칼자국이 팔용을 보며 말했다.

"뭘 새삼 묻나. 그냥 파묻어."

"오다가 그냥 베어버릴까 하다가… 혹시나 이놈 집안에서 보표까지 함께 돌려달라 할까 싶어 데려왔소."

팔용과 서린을 번갈아 보던 귀수가 고개를 가로저었다.

"그렇기야 하겠어? 이년이라면 모를까… 그냥 묻어버려, 아니면 고 깃간에 내다 팔던지. 그놈 근수는 꽤 나가겠네."

"어쨌든 내일 아침, 곧 이놈 집안에 통지를 넣겠소."

"얼마쯤 요구하면 될까?"

"일단 크게 부릅시다. 한 오십만 냥쯤."

"좋아. 자네가 알아서 처리하게."

귀수는 어서 칼자국을 내보내고 싶어 안달이었다.

그때 바닥에 정신을 잃고 누워 있던 곽철이 불쑥 손을 내밀었다.

또 술주정을 하나 싶어 발길질을 하려던 칼자국의 행동이 딱 멈췄다.

자신을 올려다보고 있는 곽철의 눈빛이 너무나 맑았던 것이다.

이어지는 곽철의 말에는 취기라곤 찾아볼 수 없었다.

"뭐 해? 안 일으켜 주고?"

"……?"

칼자국이 멍하니 서 있기만 하자 곽철이 벌떡 일어났다.

허리를 두드리던 곽철이 귀수를 노려보며 말했다.

"힘들다, 힘들어. 너 이런 곳에 숨어 있었냐?"

귀수가 흠칫 놀라 뒤로 물러섰다.

"이놈 뭐냐?"

귀수의 외침에 칼자국이 본능적으로 검을 뽑아 들었다.

"무섭게 왜 그래?"

말은 그러했지만 곽철은 엉덩이를 긁적이고 있었다.

"이 새끼! 너 뭐야!"

그때 팔용이 부스스 일어섰다.

"헉! 네놈은 혈도가 제압당했었는데!"

칼자국의 놀람에 팔용이 나직이 이를 갈며 말했다.

"고깃간에 내다 팔릴 판인데 정신 차려야지."

그 순간 귀수와 칼자국은 일이 잘못돼도 크게 잘못됐다는 것을 직감했다.

"형님! 튀슈!"

거칠게 검을 휘두르며 칼자국이 소리쳤다.

귀수가 침상 아래의 비밀 통로 쪽으로 몸을 돌리는 순간이었다.

짜악!

어느 틈에 일어난 서린이 사정없이 귀수의 뺨을 후려쳤다.

귀수의 몸이 휘청거리며 그 자리에 주저앉았다.

순식간에 뺨이 부어오르기 시작했다.

연화 역시 일어나 침상 귀퉁이에 앉아 있었다.

칼자국의 사정 역시 크게 다르지 않았다.

그가 휘두르던 검날을 팔용이 손가락 두 개로 잡고 있었다.

또각.

팔용이 손가락 두 개로 검날을 부러뜨렸다.

"헉!"

또각. 또각.

다시 부러지는 검날.

순식간에 검은 검자루만 남긴 채 바닥으로 조각나 떨어졌다.

멍하니 팔용을 올려다보는 순간.

퍽!

무지막지한 팔용의 주먹에 칼자국이 배를 부여 쥐고 그 자리에 쓰러졌다.

뺨을 얻어맞은 귀수가 악에 받쳐 소리를 질렀다.

"이 새끼들, 다 죽인다!"

짝!

다시 귀수의 턱이 돌아갔다.

서린이 반대쪽 뺨을 후려친 것이다.

귀수의 부러진 이가 후두둑 바닥으로 떨어졌다.

제법 자신있었던 무공은 뭘 먼저 써야 할지조차 생각이 나지 않았다.

모두의 시선이 잠시 귀수 쪽을 향했을 때였다.

배를 부여 쥐고 웅크리고 있던 칼자국이 몸을 날렸다.

문 옆에 마련된 비상 신호 줄을 당기기 위해서였다.

"크악!"

그러나 미처 그 근처에 가기도 전에 칼자국이 곽철의 발길질에 바닥을 뒹굴었다.

곽철이 칼자국이 당기려던 그 줄로 다가갔다.

"이게 뭔데 그래?"

마치 처음 보는 신기한 것을 본다는 듯 곽철이 줄을 만지작거렸다.

'제발 당겨라!'

귀수와 칼자국의 하나된 마음이었다.

곽철은 당길 듯 말 듯 두 사람을 놀리고 있었다.

"이게 뭘까? 당겨봐? 아냐, 혹시 천장에서 독침이라도 날아올지 모르지. 아냐, 그래도 남잔데 한번 당겨? 말아?"

확 당기려던 곽철이 딱 동작을 멈췄다.

"컥!"

귀수와 칼자국은 숨이 막힐 지경이었다.

그때까지도 그들은 바깥에 대기하는 패거리들이 달려오면 곽철 등을 해치울 수 있으리라 믿고 있었다.

"에라, 모르겠다!"

곽철이 줄을 확 당기자 귀수와 칼자국의 얼굴에 화색이 피어올랐다.

곽철이 미소를 지으며 연화의 손을 잡아끌어 방문 앞에 세웠다.

"왜 그러세요?"

영문을 모르겠다는 연화에게 곽철이 씩 웃으며 말했다.

"실전 연습!"

곽철이 문을 열자마자 연화를 향해 검이 날아들었다.

생각할 겨를도 없이 연화가 두 주먹을 내질렀다.

퍼엉!

앞서 달려들던 사내가 튕겨 나가며 뒤따르던 사내들과 함께 뒹굴었다.

칼잡이들이 복도를 가득 메우고 있었다.

"죽여라! 죽여! 다 죽여!"

귀수가 발악하듯 소리쳤다.

딱!

곽철이 귀수의 머리통을 세차게 내려쳤다.

"시끄러. 한 번만 말해."

퍽! 퍽! 퍽!

좁은 통로에는 이미 이십여 명의 귀수 패거리들이 쓰러져 있었다.

연화의 무공은 곽철 등에 비하면 손색이 많았지만 그렇다고 삼류 칼잡이들에 비할 바는 아니었다.

"아아악!"

밖의 소란에 문을 열고 내다보던 여인들이 비명을 지르며 다시 문을 닫았다.

연화가 사내들을 때려눕히는 것을 곽철과 서린, 팔용이 느긋하게 구경하고 있었다.

서른 명의 사내가 좁은 복도에 포개지듯 쓰러지자, 이제 감히 칼잡이들이 덤비지 못하고 검만 겨눈 채 노려보고 있었다.

그들을 바라보던 곽철의 눈빛이 차분하게 가라앉았다.

그 눈빛에, 특히 객잔에서의 곽철의 모습을 기억하고 있던 칼자국은 섬뜩한 기분이 들었다.

웃고만 있던 아까의 그 눈빛과 너무나 달라서일까?

"모두 칼 버리고 꿇어!"

곽철의 싸늘한 말에 그들이 갈등하기 시작했다.

이미 상대가 안 된다는 것을 알았지만, 방 안에 있는 귀수와 칼자국의 눈치를 살피고 있는 것이다.

그때 뒤에 서 있던 서린이 맨 앞의 칼잡이를 향해 모질게 일장을 내질렀다.

펑!

사내의 갈비뼈가 와작 부서지며 뒤로 날아갔다.

그는 복도에 선 동료들의 몸과 이리저리 충돌하며 복도 끝 벽까지 날아갔다.

그리고는 입에서 피를 한 사발이나 토해내다 그대로 쓰러졌다.

서린에게서 무서운 한기가 쏟아져 나오고 있었다.

그 일수에 칼잡이들이 일제히 무릎을 꿇었다.

곽철과 서린이 그들을 거칠게 다루는 것은 이유가 있었다.

평소라면 똘마니들은 대충 용서를 해주는 그들이었다.

그러나 오늘은 달랐다.

이곳에 잡혀온 여인들.

그녀들의 마음에 새겨진 공포를 완전히 없애주지 않으면 이들의 보복이 두려워 영원히 이곳을 떠나지 못한다는 것을 알고 있었던 것이다.

곽철이 복도를 향해 다정스러운 목소리로 말했다.

"거, 방에 계신 분들 잠시 나와보시오."

아무도 문을 열지 않았다.

이윽고 문 하나가 열리며 한 여인이 고개를 내밀었다.

아까 서린과 눈이 마주쳤던 그 어린 소녀였다.

서린이 그 여인에게 활짝 미소를 지어주었다. 여인은 두려움 반, 기쁨 반의 복잡한 얼굴로 얼떨떨해하고 있었다.

문이 하나 열리자, 곧이어 다른 문들이 열리기 시작했다.

"자, 손님들은 이만 나오시오."

그 말에 후다닥 방에서 속옷만 챙겨 입은 사내들이 튀어나왔다.

"잠깐."

차가운 곽철의 한마디에 사내들이 움찔 멈춰 섰다.

짝! 짝! 짝!

곽철이 복도를 걸어가며 사정없이 그들의 뺨을 후려쳤다.

사내들은 아픔도 잊은 채 그저 고개만 푹 숙였다.

"아내의 믿음을 배신하고 딸 같은 애들을 샀다는 것에는 그 어떤 변명도 필요없다. 혹시 이 중에 난 홀몸이니 억울하다는 생각을 하는 자가 있다 해도 마찬가지다. 어떤 이유에서도 사람을 사고팔 수는 없다. 다음에 이런 곳에서 다시 만나면 죽인다!"

평소와는 다른 난폭한 곽철이었다. 사실 그것은 서린을 위한 마음이었다. 자신이 앞서 분노해 서린의 분노를 식혀주기 위한.

"모두 꺼져라!"

사내들이 얼굴을 감싸 쥐고 달려나갔다.

연화는 곽철의 이런 모습을 처음 보았기에 내심 충격을 받고 있었다.

"자, 모두 이곳을 떠나시오."

곽철의 그 말에 여인들의 표정이 밝아졌다.

그러나 이내 그녀들의 표정이 어두워졌다.

"보복은 절대 없소. 걱정 마시고 가시오."

이어지는 침묵.

그녀들의 두려운 시선이 한곳을 향하고 있었다.

무릎을 꿇고 앉은 칼잡이들도 아니고, 귀수도 아니었다.

바로 가장 잔인하게 여인들을 괴롭혀 왔던 칼자국이었다.

눈치 빠른 곽철은 한눈에 칼자국이 그간 여인들에게 얼마나 악행을 많이 저질러 왔는지 알 수 있었다.

칼자국을 내려다보며 곽철이 씩 웃었다.

"뭐, 사내가 살다 보면 그럴 수도 있지."

칼자국 사내는 여전히 두려운 얼굴이었다.

"뭐, 화가 나면 때릴 수도 있고, 괴롭힐 수도 있지? 본보기로 혼을 좀 내줘야 다신 안 기어오르고. 알아, 그 마음… 관리자의 입장이 결코 쉬운 게 아니지."

무슨 속셈인지 몰라 칼자국이 더욱 두려움에 떨었다.

"괜찮아, 괜찮아. 너무 떨지 마."

곽철이 칼자국의 머리를 쓰다듬으며 말했다.

"근데……."

상냥하던 곽철의 목소리에 살기가 실렸다.

"다음에는 그러지 마."

놀란 칼자국이 고개를 쳐드는 순간.

빠각!

곽철의 냉정한 손이 그의 천령개를 격타했다.

칼자국은 비명조차 지르지 못하고 그대로 쓰러졌다.

시체를 내려다보며 곽철이 서늘한 눈빛으로 말했다.

"절대… 그러지 마."

칼자국이 죽자 한 중년 여인이 울음을 터뜨리기 시작했다.

"어흐흑."

슬픔의 눈물이 아니라, 통쾌함의 눈물이었다.

다시 그 통쾌함은 애처로운 울음으로 바뀌었다.

어린 나이에 끌려와 모진 일을 겪은 그녀였다.

이제 자유의 몸이 된다 한들 어디로 간단 말인가? 돌아갈 가족도, 그
녀들의 입장을 이해하며 보듬어줄 세상도, 이제 아무것도 남지 않은 그
녀들이었다.

서러운 울음은 곧 모두에게 전염되기 시작했다.

곳곳에서 여인들이 훌쩍이기 시작했다. 결국 다 비슷한 처지였다.

곽철이 다시 귀수에게 돌아섰다.

"열어!"

단 한 마디였다.

"뭐, 뭘 말이오?"

퍽!

"열어!"

귀수가 코피를 줄줄 흘리며 애원했다.

"뭘 열라는지 말씀을 해주셔야……."

빡!

"열어!"

"으악! 잠깐, 잠깐만!"

퍽!

"열겠습니다!"

귀수가 바닥을 후다닥 기어가 구석진 곳에 장치를 건드렸다.

한쪽 벽이 열리며 숨겨진 금고가 모습을 드러냈다.

귀수가 코피를 뚝뚝 흘리며 금고를 열었다.

수북이 쌓인 동전꾸러미와 황금, 그리고 전표 다발들이 모습을 드러냈다.

곽철이 금고 쪽을 향해 손을 내밀자 서린, 팔용이 이어 손을 내밀었다.

세 사람의 힘이 합쳐지는 순간.

두둥!

강철로 만들어져 장정 열 사람이 들어도 들리지 않을 금고가 허공으로 떠올랐다.

금고가 복도를 향해 서서히 날아갔다.

그 모습에 귀수의 입이 쩍 벌어졌다.

오히려 여인들은 그저 신기할 뿐 그것이 얼마나 높은 무공의 경지인지 알지 못했다.

"모두 공평하게 나눠 가지고 떠나시오. 그대들에게 해드릴 수 있는 일은 이것뿐이오."

그렇게 여인들은 하나둘씩 돈을 챙겨 매음굴을 떠나기 시작했다.

서린과 눈이 마주쳤던 그 어린 소녀가 한참을 망설이다가 서린에게 다가왔다.

소녀가 서린에게 고개를 꾸벅 숙였다.

서린의 눈에 눈물이 맺혔지만 서린은 울지 않았다.

서린이 활짝 웃어주었다.

소녀가 서린을 따라 웃었다.

그렇게 그 어린 소녀를 끝으로 여인들이 모두 떠나갔다.

이제 앞으로의 삶은 그녀들 스스로가 헤쳐 나가야 할 일이었다.

무릎을 꿇고 앉아 있던 칼잡이들 역시 곽철에게 모질게 뺨을 한 대씩 맞고 쓰러진 동료들을 부축해 사라졌다.

질풍조의 놀라운 무공을 직접 확인한 그들에게 여인들을 다시 찾아 보복을 하면 죽일 것이란 협박은 불필요했다. 목숨을 부지한 것을 위안으로 삼으며 그들은 어디론가 흩어져 달아났다.

이제 매음굴에 남은 것은 귀수뿐이었다.

죽도록 터지고 평생 모은 재산까지 다 털린 귀수는 넋이 나간 채 바닥에서 오줌을 지리고 있었다.

곽철이 귀수를 향해 돌아섰다.

아무 행동도 하지 않았지만 귀수가 흠칫 놀라 몸을 웅크렸다.

곽철이 귀수의 어깨를 감싸며 다정하게 말했다.

"동생, 부탁이 하나 있는데."

반 시진 후.

매음굴에서 오십여 리 떨어진 대로에 서서 귀수는 사색이 된 채 멍하니 고개를 들고 무엇인가를 보고 있었다.

그의 옆에서 곽철이 수다를 떨고 있었다.

"별거 아니라니깐 그러네. 저 안에서 뭘 하나 가져오면 되는 일이야. 나 혼자 가도 되는데… 내가 문 따고 기관 장치 해체하는 데 영 소질이 없거든. 뭐, 아무튼 그래. 자자, 동생이 조금만 도와주면 돼. 자, 후딱 해치우자고."

곽철의 말은 귀수의 귀에 전혀 들어오지 않았다.

귀수가 바라보는 거대한 현판에는 단 두 글자가 단아한 필체로 쓰여 있었다.

천룡(天龍).

바로 천룡맹 낙양 본맹이었다.

第34章

체포 작전

다음날 새벽.

낙양에 자리한 남궁세가의 낙양지부에서 오 리 정도 떨어진 숲 속.

남궁세가의 고유 무복을 입은 무인 둘이 순찰을 돌고 있었다.

쉭— 쉭—

어디선가 날아온 비침(飛針)에 두 무인이 동시에 목을 움켜쥐었다.

황급히 고함을 지르려고 했지만, 이미 목에 박힌 비침의 마비산(痲痹散)에 의해 온몸이 굳은 이후였다.

두 무인이 동시에 나무토막처럼 꼿꼿하게 쓰러졌다.

수풀 사이에서 모습을 드러낸 사람은 비룡일대 일조장 군백이었다.

그 뒤로 비룡일조 무인들이 모습을 드러냈다.

그들은 재빨리 쓰러진 무인들을 수풀 사이에 감추었다.

수풀이 흔들리며 또 다른 비룡일대의 무인들과 함께 화무룡이 모습을 드러냈다.

"어떻게 됐나?"

"주위 순찰 무인들은 모두 해치웠습니다."

화무룡이 고개를 끄덕였다.

군백이 조금 떨리는 목소리로 조심스럽게 말했다.

"괜찮을까요?"

아무리 명령이라지만 남궁세가를 건드린다는 것이 못내 찜찜한 모양이었다.

화무룡 역시 편한 마음은 아니었지만 군백에게 그 속내를 드러내지는 않았다.

"쓸데없는 소리!"

화무룡이 눈을 부라리자, 군백이 찔끔 놀라 물러섰다.

"계속 진행하도록."

"알겠습니다."

군백이 비룡일대의 각 조장을 모아 포위 작전을 지시하기 시작했다.

이윽고 연화와 서린, 팔용이 숲에서 걸어나왔다.

"준비 끝났습니다."

화무룡의 보고에 연화가 긴장한 얼굴로 대답했다.

"수고하셨어요."

화무룡이 어울리지 않게 피식 웃으며 말했다.

"단주가 제정신이 아니란 것은 내 이미 알았지만, 이 정도까지 처절하게 미친 줄은 몰랐소."

말은 사뭇 무례했지만 그의 얼굴에서 적대감은 찾아볼 수 없었다.

지난 내기 이후 화무룡은 연화에 대한 생각을 달리 먹었고, 이후 그녀에게 친근감을 가지고 있었다.

하지만, 오늘의 작전은 그야말로 매우 위험한 작전이었다.

"대주께서 미친년 편들어주러 이렇게 먼 길을 오셨잖아요."

"하하하!"

화무룡은 무엇이 그리 좋은지 웃음을 그치지 않았다.

갑자기 웃음을 뚝 그친 화무룡의 표정은 이미 진지해져 있었다.

"이번 일의 결과를 알고 계십니까?"

"네."

연화의 얼굴에는 이미 굳은 결의가 담겨 있었다.

"그럼 됐습니다. 전 명령에 따를 뿐입니다."

"감사드려요."

화무룡이 수하들 쪽으로 걸어갔다.

연화가 이번에는 팔용에게 말했다.

"곽 오라버니는 늦네요."

호칭에 대해 고민을 하던 연화는 질풍조원들에게 오라버니라 부르기로 결정했다.

마구잡이 수하로 부려먹기에는 그들의 능력이 너무나 높기 때문이었고, 실제로 그들은 그녀에게 오라버니와 같은 존재로 자리잡고 있었다.

"곧 올 겁니다."

팔용은 확신하고 있었다.

"아직 무공이 완전히 회복도 안 됐는데……."

연화의 걱정에 팔용이 대수롭지 않게 말했다.

"애초에 할 수 없다면 나서지 않았을 겁니다. 걱정 않으셔도 됩니다."

서린이 가만히 연화 옆으로 다가왔다.

그리고 연화의 손을 꼭 잡아주었다.

"…언니."

서린의 미소에 연화는 이런 저런 걱정이 잠시 사라졌다.

"고마워요."

그때였다.

숲에서 누군가 황급히 달려오고 있었다.

바로 단화경과 통이문주, 그리고 매란국죽이었다.

"이게 도대체 무슨 일이냐? 남궁세가를 공격할 거라니?"

통이문주를 지켜주며 한가롭게 있던 단화경은 그 소식을 듣자마자 놀란 얼굴로 허겁지겁 달려온 것이다.

그러자 연화가 담담하게 말했다.

"공격이 아니라, 남궁가주를 체포할 작정입니다."

"그게 그거지!"

단화경의 얼굴은 걱정이 가득했다.

그 얼굴을 보고 있자니 연화는 잠시 잊었던 걱정이 다시 되살아나기 시작했다.

"기 조장 그 사람은 어딨나?"

단화경이 당장 기풍한부터 찾기 시작했다.

"지금 처리할 일이 있으셔서… 잠시."

"이보다 더 중요한 일이 어딨다고!"

단화경이 이토록 걱정하는 것은 당연했다.

차라리 마교와 일전을 벌인다고 한다면 지금과는 조금 다른 종류의 불안을 가질 것이다.

그러나 남궁세가는 정파무림의 대표적인 세력.

그들을 건드리는 것은 결코 좋지 않았다. 정파무림을 본격적으로 적으로 돌리겠다는 말이나 다름없었으니까.

"남궁가주가 순순히 체포되지 않을 것이다."

그때, 어디선가 들려오는 반가운 목소리.

"순순히 체포당할 것 같은데요?"

곽철이 귀수와 함께 걸어오고 있었다. 귀수는 진이 완전히 빠져 십 년은 더 늙은 것같이 보였다.

"아, 오셨군요."

연화가 반갑게 곽철을 맞았다.

단화경이 무슨 속셈이냐란 얼굴로 곽철을 볶아대기 시작했다.

"이놈아, 그게 뭔 소리냐? 지금 무슨 짓을 벌이고 있는지 아느냐?"

"뭘 그리 겁내시오. 남궁가주가 무슨 천자(天子)라도 된답니까? 죄 가 있으면 다 체포되는 거지."

"컥! 이놈이!"

곽철이 품에서 무엇인가 꺼내 들었다.

"또, 우리에겐 이게 있잖아요."

곽철의 손에 들린 것을 보며 단화경과 연화가 깜짝 놀랐다.

"헉! 절대천룡패(絶大天龍佩)!"

두 사람은 무심코 무릎을 꿇을 뻔했다.

절대천룡패는 천룡맹주의 절대 권력을 상징하는 명패였다. 정파무 림인이라면 그 명패에 절대 복종해야 하는 게 강호의 암묵적인 법이었 다.

물론 지금까지 그 절대천룡패가 구파일방이나 사대세가에 쓰인 일은 없었다.

상징적인 의미의 그것이 모습을 드러낸 것이다.

"그, 그게 어디서 났느냐?"

단화경은 말까지 더듬었다.

"헤헤. 어디서 났겠어요? 훔쳤지요."

"컥! 지금 도대체 무슨 짓을 저질렀는지 아느냐? 무림공적으로 몰릴 셈이냐?"

"걱정 마세요. 제가 훔친 게 아니라 이놈이 훔쳤으니까."

단화경의 입에서 터져 나오던 비명 소리가 귀수의 입으로 옮겨졌다.

"헉! 그게 무슨 소리요! 난 다만 당신이 억지로 시켜서……."

"호호. 천룡맹주가 그 말을 믿어줄까? 알다시피 강호에 그 기관 해체할 수 있는 기술자가 몇 없잖아."

귀수는 다리힘이 풀리며 그 자리에 털썩 주저앉았다.

보아하니 모든 죄를 자신에게 뒤집어씌울 요량이 아닌가?

지금까지 겪은 것으로 보아 충분히 그러고도 남을 자들이었다.

그 처참한 모습을 보며 곽철이 사악하게 웃으며 말했다.

"살길이 하나 있지."

그야말로 병 주고 약 주는 곽철이었다.

"뭡니까?"

귀수가 곽철의 바짓자락을 붙잡고 늘어졌다.

"한 십 년 들어갔다 와라. 철옥에 있으면 찾지도 못할 거다. 또 한 십 년쯤 지나면 다 잊을 거고."

"이 나쁜 놈! 그냥 풀어주기로 약속했잖느냐!"

"내가 언제?"

"으아악!"

"걱정 마. 면회 자주 갈게."

기가 막히고 어이가 없던 귀수가 가슴을 부여 쥐고 그 자리에서 졸 도했다.

곽철이 비룡일대원 하나를 손짓해 불렀다.

"부녀자 납치 및 매춘 혐의. 십 년 정도 때려서 철옥행!"

그렇게 귀수가 비룡일대 무인들의 손에 이끌려 질질 끌려갔다.

곽철의 모습을 바라보던 화노는 섬뜩한 느낌과 함께 한 가지 생각이 들었다.

불의(不義)에 대한 상극(相剋).

분명 질풍조는 그러한 힘을 지니고 있었다.

상대가 악하면 악할수록 더욱 힘을 발휘하는.

단화경은 문득 악을 응징하는 것은 선이 아니라, 더 큰 악이 효과적 일지도 모른다는 생각이 들자 이내 혼란스러워졌다.

곽철이 단화경을 향해 진지하게 말했다.

"해주셔야 할 일이 있습니다."

"뭐냐?"

"단목가주를 만나주셔야겠소."

"단목가주를? 지금까지 별다른 왕래가 없었는데."

"선배님의 명성이라면, 분명 만나줄 겁니다."

곽철의 상세한 전음이 이어졌다.

앞으로 자신이 해야 할 일에 대해 곽철의 설명을 모두 듣고 난 후 단화경이 의아한 표정으로 물었다.

"도대체 무슨 속셈이냐?"

"삼자대면(三者對面)을 하려면 셋이 모여야지요."

한참 동안 곽철을 응시하던 단화경이 그래, 그 속을 누가 알겠냐란 얼굴로 두 손을 들었다.

화무룡이 다시 연화 쪽을 향해 달려왔다.

"준비 끝났습니다."

연화가 침을 꿀꺽 삼켰다.

그사이 비룡일대의 옷으로 갈아입은 곽철이 성큼성큼 연화에게 다가갔다.

탁!

연화의 배를 힘차게 툭 치면서 곽철이 말했다.

"자, 아랫배에 힘주시고……!"

"헛!"

곽철의 손길이 배에 닿자 연화가 깜짝 놀랐다.

하지만 곽철의 손길은 음흉한 사내의 손길이 아니라 격려의 손길이었다.

곽철이 연화를 보며 속삭였다.

"단주님, 이제 일의 성패는 단주님께 달렸습니다."

"…네."

"기 싸움입니다. 단주님은 저희가 확실히 지켜 드립니다. 저희 믿으시죠?"

"물론이에요."

믿지 않는다면 어찌 그녀가 여기까지 왔겠는가?

"지지 마십시오."

곽철이 살짝 미소를 지으며 절대천룡패와 한 장의 서찰을 그녀에게 건네주었다.

"그 서찰은 뭐냐?"

단화경의 호기심에 곽철이 미소를 지으며 말했다.

"올가미죠."

"엥?"

"좀 있으면 알게 됩니다요."

연화가 크게 심호흡을 하기 시작했다.

모두들 비룡일대의 복면을 착용했다. 곽철은 물론, 서린과 팔용도 비룡일대의 무인들 사이에 섞여들었다.

그녀의 나지막한, 그러나 힘이 가득 들어간 명령이 비룡일대원들에게 울려 퍼졌다.

"작전 개시!"

비룡일대의 선발대가 정문을 향해 돌진했다.

정문을 지키던 두 무인이 검을 뽑아 들려는 순간.

쉭— 쉭—

비침이 날아들며 두 무인이 그 자리에 쓰러졌다.

팔용의 풍뢰도가 정문을 향해 그어졌다.

쉬이잉!

쩌엉!

정문이 열십 자로 갈라지며 그대로 부서져 내렸다.

꽈아앙!

연화가 앞장서 그곳으로 들어섰다.

과연 남궁세가답게 문이 부서지기가 무섭게 검을 뽑아 든 무인들이 쏟아져 나왔다.

비룡일대의 무인들이 일제히 담 위로 올라가 일렬로 늘어서 쇠뇌를 겨누었다.

순식간에 남궁가의 무인들과 비룡일대의 무인들의 대치 상태가 만들어졌다.

수적으론 압도적으로 위에 있었지만 비룡일대 무인들은 긴장하지 않을 수 없었다.

만약 전면전이 벌어진다면 그야말로 쌍방의 피해가 극심할 것이다.

이윽고 소식을 듣고 자신의 정예 호위 무인들인 남궁칠기(南宮七技)를 거느린 남궁세가의 가주 남궁화천(南宮華天)이 등장했다. 그 뒤로 그의 아들인 남궁선도 뒤따르고 있었다.

"어디서 오신 분들이시오!"

충만한 내력이 담긴 쩌렁쩌렁한 남궁화천의 목소리가 장내에 울려 퍼졌다.

복면을 착용한 연화가 한 발 앞으로 나섰다.

품에서 절대천룡패를 꺼내 앞으로 쳐들며 연화가 소리쳤다.

"남궁세가의 가주 남궁화천, 부정 내부 거래 및 일급음모죄로 체포한다."

휘이잉―

한줄기 바람이 그들 사이를 스치며 불었다.

남궁가의 무인들은 그 말에 어안이 벙벙한 표정이었다.

"으하하하하!"

남궁화천이 참지 못하고 웃음을 터뜨렸다.

"뭔가 오해가 있는 것 같소."

그러자 연화가 단호하게 말했다.

"죄가 없으시다면… 조사를 통해 밝혀지겠지요. 협조해 주시지요."

복면을 착용한 탓에 연화의 얼굴은 확인할 수 없었지만 그녀가 젊은 여인이란 것을 남궁화천은 알 수 있었다.

"그대는 누구시오?"

"맹의 규칙상 밝힐 수 없습니다."

남궁화천의 머리 속은 몹시 복잡했다.

'사마진서 그자가 수작을 부리는 것인가?'

가장 먼저 드는 생각이었다.

분명 절대천룡패는 천룡맹주의 상징.

연화가 내민 절대천룡패는 위조된 것이 아니었다.

그러나 사마진서가 자신을 배반할 까닭이 없었다.

그렇다고 정확한 내막을 모르는 상황에서 눈앞의 절대천룡패를 거역할 수는 없는 노릇이었다.

그것은 곧 정도무림에 대한 반역이었으니까.

"명을 거역하시겠습니까?"

연화의 손에 들린 절대천룡패를 노려보며 남궁화천이 슬쩍 응수 타진을 시작했다.

"조금 전 본인이 음모를 꾸몄다는데, 그 증거가 있소? 맹주에게 돌아가 전하시오. 우선 증거를 제시하지 않는 한 한 발짝도 움직이지 않겠다고."

남궁화천은 일단 시간을 벌어야겠다는 생각이었다.

연화가 품속에서 곽철이 건네주었던 그 서찰을 꺼내 앞으로 내밀었다.

서찰을 본 남궁화천의 눈빛이 무섭게 흔들리기 시작했다.

그 서찰은 자신이 사마진서에게 보낸 밀서였다.

단목세가가 낭인들을 모집하고 있다는 것을 알아낸 그가 사마진서에게 은밀히 그 처리를 부탁한 서찰이었다.

남궁화천은 더욱 혼란스러워졌다.

'이 서찰이 밝혀지면 사마진서 그자 역시 큰 타격을 입게 될 것인데, 어찌 이 중요한 것이 밖으로 나돈단 말인가?'

어쨌든 서찰을 보자 다급해진 것은 남궁화천이었다.

주위에 이목이 한둘이 아니었다.

강호의 소문에는 으레 날개가 달려 있는 법. 까닥하다가는 지금까지 꾸며온 일이 강호에 알려질 위기에 처한 것이다.

남궁화천은 일단 고분고분 따라가서 내막을 알아내는 것이 옳다고 생각했다.

"하하, 곧 모든 것이 오해란 것이 밝혀질 것이다. 잠시 다녀오마."

"아버님!"

"괜찮다. 걱정하지 말거라."

느긋하게 남궁선의 어깨를 살짝 두드려 주면서 남궁화천이 재빨리 전음을 전했다.

"칠기에게 은밀히 내 뒤를 따르게 해라."

남궁선이 묵묵히 고개를 끄덕였다.

남궁화천이 연화에게로 걸어갔다.

비룡일대의 일반 무인으로 위장한 팔용이 남궁화천의 혈도를 제압하기 위해 앞으로 나섰다.

연화가 조금 미안한 표정으로 말했다.

"규칙이니까, 부디 무례를 용서해 주시기를."

"하하, 괜찮소."

남궁화천의 그러한 여유는 믿는 바가 있었기 때문이다.

은밀히 남궁세가 비전무공의 하나인 이혈대신공(移穴大神功)을 운용해 이미 몸의 요혈을 옮겨두었던 것이다.

팔용이 재빨리 그의 혈도를 제압하기 시작했다.

'헛……!'

혈도를 제압하는 팔용의 손길은 그의 옮겨진 요혈을 정확히 찍어가기 시작한 것이다.

'고수다!'

깜짝 놀란 남궁화천이 고함을 지르려 하자, 팔용이 재빨리 그의 아혈까지 제압했다.

남궁화천이 인상을 쓰며 내력을 운용하려 했지만 팔용의 수법은 과거 기풍한이 단화경을 제압할 때 사용한 바로 그 질풍조 고유의 제압법이었다.

'함정?'

남궁화천이 황급히 세가의 무인들을 향해 고개를 돌리려 하자, 팔용이 그를 억지로 밖으로 끌고 나갔다.

문밖에는 이미 마차 한 대가 대기하고 있었다.

팔용이 남궁화천을 짐짝 던지듯 마차 안에 던져 넣었고, 연화와 질풍조가 마차에 올라탔다.

"모두 귀환한다."

그렇게 질풍조와 비룡일대가 황급히 그곳을 떠났다.

발을 동동 구르는 남궁선을 뒤로하고, 남궁화천의 수호위인 남궁칠기가 그 뒤를 따라 몸을 날리기 시작했다.

두두두두!

남궁화천을 태운 마차는 신나게 관도를 따라 달리고 있었다.

마차를 호위하며 달리던 비룡일대는 갈림길에서 갈라져 섬서지단으로 빠져나갔다.

마차는 그대로 직진해 달리기 시작했다.

"조심하시오."

연화에게 들려온 전음은 화무룡의 목소리였다.

연화가 답을 하려고 했을 때는 이미 화무룡은 멀리 사라진 이후였다.

마차 밖을 힐끔 내다보던 남궁화천의 표정이 굳어졌다.

과연 마차가 향하는 곳은 낙양의 천룡맹이 아니었다.

예상한 일이었지만, 내력이 제압당하고 보니, 여간 마음이 불안한 게 아니었다.

다시 눈을 지그시 감은 남궁화천이 애써 제압당한 혈도를 풀어보려고 노력했다.

다시 기혈이 요동을 치며 끔찍한 고통이 밀려들었다.

남궁화천은 자신이 그러한 노력을 한다는 사실을 감추기 위해 애써 고통을 참고 있었다.

그 모습을 곽철과 서린이 재밌다는 듯 바라보고 있었다.

눈을 지그시 감은 남궁화천의 이마에서 땀이 뚝뚝 떨어지고 있었다.

곽철이 혈도를 짚어 그의 아혈과 기본적인 손발의 제압을 풀어주며 말했다.

"공연히 힘 빼지 마시오. 어림없으니까."

남궁화천이 감았던 눈을 번쩍 떴다.

"네놈들은 도대체 누구냐?"

내력이 제압된 상황이었지만 무시무시한 살기가 뿜어져 나왔다.

강호에 알려진 표면적인 무공 수위는 강호사대세가 가주의 무공이 십이천성의 아래라 알려져 있었지만, 남궁화천의 무공은 그보다는 더 높았다.

검성 심양이나 도귀 웅패, 신창 묵비 등에 비하면 다소 손색이 있겠지만, 사대정협인 무당, 소림, 화산, 개방의 네 장문인과 동급 내지는 상승의 무공을 지니고 있었던 것이다.

연화가 대답 대신 질문을 던졌다.

"단목가의 낭인들은 어떻게 되었죠?"

곽철이 훔쳐 온 서찰에는 그들의 처리를 숙부인 사마진서에게 맡긴 것으로 되어 있었다.

연화는 기풍한 일행이 조금 걱정된 것이다.

"그들은… 이미 다 죽었을 것이다."

"…함정을 팠군요."

연화의 걱정스런 모습에 반해 곽철은 천하태평이었다.

"제대로 함정을 만들었기를 바라오. 이참에 나도 조장이나 한번 해보게."

남궁화천의 입장에서는 전혀 알아들을 수 없는 그 말에 서린이 피식 웃었다.

곽철의 여유에 내심 불안해진 남궁화천이 다시 위협적으로 물었다.

"이런 짓을 하고도 무사할 줄 알았느냐?"

내력이 제압당했어도 여전히 그는 가주의 위엄을 잃지 않기 위해 노력하고 있었다.

"네놈들! 누구냐고 물었다!"

"아시다시피 저흰 천룡맹의 비룡대지요."

곽철의 대답에 남궁화천이 버럭 소리를 질렀다.

"헛소리! 그걸 믿으란 말이냐?"

"믿었으니까 순순히 혈도를 제압하도록 둔 것 아니오?"

곽철의 조롱 섞인 말에 남궁화천의 말문이 턱 막혔다.

방심이었다.

이혈대신공만 믿고 상대를 얕보았던 방심.

그 방심에 한몫을 거든 것은 자신에게 다가왔던 팔용이 비룡대의 무복을 입고 있었다는 사실이었다.

굳이 이혈대신공이 아니더라도 비룡대의 하급무인의 혈도 제압 따윈 언제나 풀 수 있다는 방심.

곽철이 대수롭지 않게 말했다.

"뭐, 이런 일에 전문가들이라고 해둡시다."

남궁화천이 머리 속에 떠오르는 한 가지 생각.

'용병들?'

강호에는 강호대파(江湖大派)의 그늘에서 돈을 받고 일을 처리해 주는 용병들이 존재했다. 주로 공개적으로 처리할 수 없는 지저분한 일들이 그들에게 맡겨졌다.

'이자들… 보통 용병들이 아니다!'

생각이 거기에 미치자 남궁화천이 조심스럽게 입을 열었다.

"자네들을 고용한 자로부터 얼마를 받았나?"

남궁화천은 내심 이번 일의 흉수를 단목유기라고 확신했다.

"그쪽에서 제시한 돈의 다섯 배를 주겠다."

"오호! 다섯 배라!"

곽철이 반응을 보이자 남궁화천은 이 기회를 놓치지 않으려고 애썼다.

"대남궁가의 주인으로 약속한다."

곽철이 슬슬 장단을 맞춰주기 시작했다. 어차피 질풍조의 존재를 모르면 모를수록 앞으로의 일은 쉬워지는 법.

"힘들 것이오."

"본 가를 무시하지 마라. 액수를 밝혀라."

"백만 냥 받았소."

"헉!"

남궁화천은 자신의 귀를 의심했다.

남궁세가 전체의 일 년 예산이 삼십만 냥 정도였다. 수천 명의 무인들을 먹이고 입히고 재우려면 그 돈도 언제나 빠듯했다.

"다섯 배면 오백만 냥인데, 세가의 기둥뿌리가 뽑히지 않겠소?"

남궁화천은 잠시 아무 말도 하지 못했다.

믿기지 않는 금액이었지만 다시 생각해 보니 그럴듯해 보이기도 했다.

대남궁가의 주인인 자신의 목이 걸린 일이었다.

그러고 보니 절대천룡패 역시 정교하게 위조가 되었거나 천룡맹 내의 고위 간부에게 뇌물을 먹여 빼돌린 것이 틀림없어 보였다.

멸문(滅門)을 앞둔 단목세가였다. 아마 가능한 모든 자금력을 동원해 이들을 고용했으리라.

남궁화천의 머리가 빠르게 회전하기 시작했다.

"주, 주겠다."

"흐흐. 혹시 그것 아시오?"

"......?"

"사람이 거짓말을 하면 눈동자가 왼쪽 위를 향하게 되어 있소. 그건 고수나 하수나 인간이면 어쩔 수 없는 현상이지. 지금 그대 눈동자가 어디로 가 있는지 아시오?"

남궁화천이 이를 바득바득 갈았다.

"…후환이 두렵지도 않느냐?"

복면 속의 곽철의 눈꼬리가 아래로 늘어졌다.

웃고 있음이 분명했다.

만만한 상대가 아니었다. 이제 믿을 것은 뒤를 따라오고 있을 남궁 칠기밖에 없었다.

그들의 무공이라면 이들 서넛쯤은 말복에 비루먹은 개 한 마리 찜 쪄 먹는 수고만 하면 될 것이다. 문제는 자신이 인질이 된 것인데.

부지런히 머리를 굴리는 남궁화천을 지켜보던 곽철이 나지막이 말했다.

"이 강호에는 여러 유형이 살고 있소. 다른 사람의 장단에 춤을 추며 자신이 무엇을 하고 있는지도 모르는 이들이 있지요. 그 바보의 공통적인 특징이 뭔지 아시오? 바로 자신이 제일 똑똑하다고 착각을 하고 있다는 거요."

마치 자신을 비유한 듯해서 남궁화천은 몹시 불쾌해졌다.

"무슨 개소리냐?"

"뭐, 그렇다는 말이오."

곽철은 더 이상 아무 말도 하지 않았다.

그때 밖에서 마차를 몰던 팔용의 목소리가 들려왔다.

"뭐가 아까부터 자꾸 따라오네."

그 말에 남궁화천의 안색이 창백해졌다.

지금 상황에서 유일한 희망이었던 남궁칠기의 미행이 들킨 것이 틀림없었다.

'멍청한 놈들!'

혹시 자신을 마차에서 빼돌리기라도 한다면?

그야말로 자신은 그냥 죽을 수밖에 없는 것이다.

"세워라. 걔들까지 데려갈 순 없지."

곽철의 말에 서서히 마차의 속도가 줄어들기 시작했다.

남궁화천은 내심 쾌재(快哉)를 불렀다.

'됐다!'

남궁칠기는 남궁세가의 최정예 무인. 그들 일곱의 합공은 자신이라도 쉽게 장담할 수 없었다.

"누가 할래?"

곽철의 나른한 말에 마차 밖에서 팔용의 불평 가득한 말이 들려왔다.

"마부 일(一)은 빠질란다."

잡다한 일은 모두 자기 몫이란 것에 대한 팔용의 투쟁이었다.

그들의 대화에 남궁화천은 어이가 없어하면서 한편으론 회심의 미소를 지었다.

넷이 다 덤벼도 감당하지 못할 상대를 혼자 상대하려는 오만한 놈들이었다. 이제 곧 그 응징을 받게 될 것이다.

"난 아직 환자잖아."

곽철의 말에 연화가 진지하게 말했다.

"제가 할 수 있을까요?"

곽철이 연화의 그 진지하고도 무모한 말에 웃음을 터뜨렸다.

"하하, 아직은 좀 참으십시오."

결국 제비뽑기를 하지 않아도 자연 당첨자가 정해졌다.

서린이 마차에서 내렸다.

마차가 서고, 미행이 들켰다는 것을 깨닫자 남궁칠기가 마차로 다가
왔다.

그때 마차 안의 남궁화천이 기습적으로 소리쳤다.

"내 걱정 말고 모두 해치워라!"

뒤따르던 남궁칠기는 지금까지 어떻게 상황을 처리해야 할지 모른
채 그냥 뒤따르고만 있었다.

이제 가주의 명령이 떨어진 이상, 그들이 해야 할 일이 정해진 것이
다.

남궁화천이 곽철을 향해 회심의 미소를 지었다.

"흐흐, 지금이라도 용서를 빈다면, 살려주겠다."

"음… 눈동자 관리 좀 하슈. 또 왼쪽 위로 가 있소."

"이, 이 자식이!"

마차 밖에서 본격적인 싸움이 벌어졌다.

픽! 픽! 픽!

주먹이 오가는 소리가 이어지며 굉음이 터져 나왔다.

'멍청한 놈들, 뭘 이리 질질 끌고 있나.'

순식간에 승부가 나리라 생각했던 싸움이 길어지자, 남궁화천은 내심 불안해졌다.

잠시 후, 싸움 소리가 그치고 마차 문이 덜컹 열렸다.

남궁화천의 두 눈이 경악으로 부릅떠졌다.

서린이 먼지를 툭툭 털어내며 마차에 다시 타고 있었던 것이다.

남궁화천이 창문 쪽으로 몸을 날려 밖을 쳐다보았다.

땅바닥에 널브러져 꿈틀대고 있는 이들은 분명 남궁칠기였다.

"헉!"

남궁화천 입에서 태어나 가장 절망적인 말이 흘러나오고 있었다.

"…이건 말도 안 돼! 도대체 무슨 수작을 부린 것이냐?"

서린은 그저 미소를 지을 뿐이었다.

곽철의 호탕한 웃음소리와 함께 마차가 다시 달리기 시작했다.

"우린 백만 냥짜리니깐. 으하하!"

第35章

인질

인
질

곽철이 조장이 되어 팔자가 펴느냐 마느냐
는 그들이 신나게 달리는 마차에서 백여 리 떨어진 남궁세가의 이천병
기고(伊川兵器庫)의 세 사람에게 달려 있었다.

그들은 바로, 거짓으로 흘러들어 간 정보에 의해 오늘 이곳을 습격
할 낭인들을 죽음으로 몰고 갈 함정의 주체. 바로 십이혈성의 세 고수
낭인왕과 소살신동, 그리고 금적산이었다.

천룡맹주 사마진서의 밀서를 받은 무명노인은 그들의 제거를 위해
세 사람을 급파한 것이다.

무명노인은 사도맹의 제어권에서 완전히 벗어나, 천룡맹과 사도맹
사이에서 위험한 줄타기를 하며 음모를 계속 이어가고 있었던 것이다.

어쨌든 산속 동굴 속에 마련된 병기고는 죽음의 함정으로 바뀌어 있
었다.

탁한 어둠이 내려앉은 그곳의 이층 난간에서는 규칙적인 어떤 소리가 들려오고 있었다.

탁. 탁. 탁.

그것은 바로 철주판 튕겨지는 소리였다.

금적산이 적적함을 달래며 자신의 독문병기인 철주판으로 계산에 열중하고 있었다.

"세상 만물은 모두 수(數)로 이루어져 있지요.".

그 옆에 말똥한 눈을 뜨고 지켜보고 있는 소살신동의 모습은 정말 신기한 것을 발견한 순진한 아이의 모습이었다.

그 모습에 속아 얼마나 많은 사람들이 죽어갔는지 금적산은 잘 알았기에 한마디 한마디가 매우 조심스러웠다.

"하늘과 인간의 삶의 근원이고 모든 것에 참여하는 것이 바로 이 수입니다. 수가 없으면 만물이 한계 지어지지 않고 모든 것이 불명확해지지요."

그 알아듣지 못할 말에 소살신동의 눈빛이 사나워졌다.

금적산이 조심스럽게 말을 이었다.

"일반 생활은 물론이고 정치나 장사, 무공은 물론 병법까지도 수가 관여되어 있다는 말씀입니다."

최대한 쉽게 이야기를 풀어주었지만 소살신동은 여전히 불만스런 얼굴이었다.

"그래서… 지금 뭐 하는 거야?"

"중요한 계산을 하고 있습니다."

"그러니까 뭘 계산하냐고!"

"저희가 이번 일에서 살아남을 확률을 추측하고 있습니다."

소살신동의 얼굴이 밝아지며 거기에 호기심이 더해졌다.

"오호! 그런 것도 계산이 되나?"

"물론이지요. 자료만 있으면 뭐든 계산이 된답니다."

금적산은 본디 어려서부터 수를 다루는 데 재능이 뛰어났다.

이후 그 총명한 머리로 엄청난 부를 쌓을 수 있었는데, 끝없는 욕심으로 황금충(黃金蟲)이 되어 살인도 서슴지 않다가 결국 질풍조에 의해 혈옥에 갇히게 된 것이었다.

"천룡맹의 무인들이 우릴 추적해 낼 확률에… 구파일방의 속셈을 감안하고… 사대세가와의 이해관계에… 사도맹의 흑심에… 마교가 우리에게 미칠 영향을 계산하고……."

이윽고 달그락거리던 소리가 딱 멈췄다.

"답이 나왔어?"

소살신동의 물음에 금적산이 길게 한숨을 내쉬었다.

"한 가지 가장 중요한 변수를 몰라 힘들군요."

"뭘 몰라?"

"가장 가까이에 있는 한 사람… 무명노인의 진정한 목적!"

결국 모른다는 말이 아니냐며 버럭 화를 내려던 소살신동이 입을 삐죽 내밀었다.

금적산의 말은 맞는 말이었다.

어쩌면 금적산의 저 복잡한 계산 따윈 다 제쳐 두고, 자신들의 운명은 오로지 무명노인에게 달려 있었다.

탁!

그들의 이야기를 들으며 한옆에 홀로 떨어져 술을 홀짝이던 낭인왕이 신경질적으로 술잔을 내려놓았다.

그의 기분이 좋지 않음을 직감한 금적산과 소살신동이 그의 눈치를 살폈다. 성질이라면 한포악 하는 그들이었지만, 낭인왕은 그들에 비해 훨씬 고수였다.

과연 낭인왕의 심기는 매우 불편한 상태였다.

무명노인으로부터 내려온 명령은 단목세가에서 비밀리에 모은 낭인들을 몰살시키라는 명령이었다.

낭인왕은 그들이 왜 모였고, 또한 그들을 왜 죽여야 하는가는 관심도 없었다.

문제는 왜 이깟 하찮은 일에 자신이 끼었나 하는 것이었다.

이것은 낭인왕에게 있어 심각한 문제였다.

지금 십이혈성은 암묵적으로 두 패로 나누어져 있었다.

무명노인과 혈사련주, 그리고 천외쌍마와 자신을 포함한 상위 집단, 그리고 나머지 소살신동 등의 하위 집단. 그 경계선쯤에 환희옥불이 있으리라.

며칠 전까지도 분명 그렇게 나눠져 있다고 믿고 있었다.

그러나 그것은 자신의 착각이었다.

'날 저놈들과 똑같은 머저리로 여겼단 말이지?'

내심 이를 바득바득 갈고 있는 낭인왕이었다.

어쨌든 일단은 따라야 했다.

비록 무공은 완전히 회복했지만 삼색광혼단을 완벽하게 해독할 해약을 얻지 못한 상태였다.

그때였다.

챙! 챙!

닫힌 철문 밖에서 병장기 부딪치는 소리와 비명 소리가 희미하게 들려왔다.

"드디어 왔군."

마치 기다리던 요리가 도착했을 때의 표정으로 소살신동이 혀를 날름거리며 눈을 반짝였다.

스르륵.

세 사람은 쌓여진 무기 상자들 사이로 몸을 감추었다.

드르륵.

거대한 창고의 문이 열리며 십여 명의 낭인이 조심스럽게 들어왔다.

모두들 복면을 착용하고 있었다.

최선두의 사내는 바로 낭인들의 희망 곽숭이었다.

곽숭이 속한 일조가 선발조로 가장 먼저 이곳으로 들어오게 된 것이다.

"음침하군."

낭인 하나가 주위를 돌아보며 말하자 옆에 있던 또 다른 낭인이 곽숭을 바라보며 말했다.

"곽 대협이 계신데 무슨 걱정인가?"

"쉿! 일이 완전히 끝나기 전까지는 방심하지 말게."

그들에게 조용하라고 경고를 준 곽숭이 조심스럽게 주위를 살폈다.

그 모습에 낭인들은 과연 믿음직한 조장이란 표정을 지었다.

겉으로는 태연한 척하고 있었지만 곽숭의 마음은 천 근의 돌을 짊어진 것처럼 무거웠다.

한참 신나게 낭인들을 꼬드기고 있던 중 갑자기 장원에 비상이 걸렸다.

그리고 곧 이곳 병기고를 습격해 무기들을 탈취하라는 명령이 내려진 것이다.

일이 이쯤되면 줄행랑을 치는 게 상책이겠지만, 그는 도망가려는 시도를 포기했다.

이번 일은 그야말로 자신에게 내려온 일생일대의 기회였던 것이다.

숨은 고수의 속셈이 무엇인진 몰라도 자신을 도와주고 있었고, 이미 그 허공섭물 한 수로 대부분의 낭인들의 마음을 휘어잡은 상태였다.

이제 돈만 뜯어내 달아나면 되는데 자신의 생각보다 빨리 작전에 투입되 버린 것이다.

그들의 맨 끝에 기풍한과 비영, 이현이 뒤따르고 있었다.

창고에 들어서는 순간 기풍한은 낭인왕 등의 세 사람의 기척을 읽을 수 있었다.

"함정이다. 이층의 북쪽 상자 뒤에 세 놈."

기풍한의 나지막한 전음이 이현과 비영에게 전해졌다.

두 사람이 정신을 집중하자, 과연 기풍한이 지목한 곳에서 희미한 살기를 느낄 수 있었다.

낭인 하나가 창고에 쌓인 상자를 열어 확인했다.

상자 속에는 각종 병장기가 가득 쌓여 있었다.

"확인했소."

상자를 살피던 낭인의 보고에 곽숭이 또 다른 낭인 하나에게 말했다.

"자넨 후발대를 모두 들어오게 하게."

"네."

명령을 받은 낭인이 문밖으로 달려갔다.

상자를 열었던 낭인이 주위를 돌아보며 말했다.

"근데… 너무 쉬운 것이 영 찜찜하오."

이곳까지 들어오는데 입구 쪽의 무인 서넛을 제외하곤 아무런 제지도 받지 못했던 것이다.

곽숭이 걱정 말라는 얼굴로 말했다.

"이게 다 허허실실인 게지. 이런 깊은 산속에 무인들이 다수 지키고 있다면, 어찌 의심을 피할 수 있겠는가?"

듣고 보니 그럴듯했는지, 말을 꺼낸 낭인의 표정이 밝아졌다.

"과연 그런 것 같소."

곧이어 후발 낭인들이 우르르 쏟아져 들어왔다.

별다른 피해 없이 첫 임무를 완수하자 그들은 매우 들뜬 상태였다.

마지막 칠조의 낭인들이 창고 안으로 들어서던 그때였다.

드르릉!

열려 있던 문이 굉음을 내고 닫히며 사방이 어두워졌다.

"엇? 누가 문을 닫았나?"

"문 열어!"

낭인들이 웅성거리며 동요하던 그때 사방이 밝아졌다.

사방 벽에 숨겨져 있던 야명주가 튀어나온 것이었다.

"이게 뭔 일이래?"

낭인들이 사방을 둘러보며 불안에 떨기 시작했다.

"크크크!"

듣는 이의 가슴을 서늘하게 만드는 괴이한 웃음소리가 창고 안에 메아리쳤다.

낭인들 중 하나가 검을 뽑아 들자, 너도나도 검을 뽑아 들었다.

"누가 귀신 놀음을 하는 것이냐!"

낭인 중 용기있는 이가 소리를 내질렀다.

"위다!"

누군가의 외침에 모두의 시선이 이층 난간을 향했다.

소살신동과 금적산이 가소롭다는 얼굴로 그들을 내려다보고 있었다. 낭인왕은 그들 뒤쪽의 상자에 등을 돌린 채 걸터앉아 다시 술을 마시기 시작했다.

'십이혈성!'

그들의 모습에 이현의 표정이 굳어졌다.

적운조 무인들의 원수. 십이혈성을 이곳에서 보게 되리라곤 상상도 못했던 그녀였다.

이층 쇠 난간 위에 쪼그리고 앉은 소살신동이나 그 옆에서 철주판을 만지작거리는 금적산이나, 아예 등까지 돌린 채 술을 마시는 낭인왕의 모습은 낭인들에게 공포감을 안겨주기에 충분했다.

단 세 사람이 칠십여 명 앞에서 저런 여유를 부린다는 것은 한 가지 결론밖에 없었다.

자신들과 비교할 수 없는 고수들.

낭인들의 공포가 급속히 확산되기 시작했다.

그들 중 담이 큰 낭인 하나가 고함을 지르며 앞으로 나섰다.

"당황하지 마라! 상대는 고작 셋뿐이다! 우린 칠십 명이다!"

그의 말이 채 끝나기도 전이었다.

쉬이익—

이층에 서 있던 소살신동이 어느새 그 중년 낭인의 어깨에 올라타 있었다.

팍!

소살신동의 손이 무자비하게 낭인의 목을 찔렀다.

파파파!

튀어 오르는 피를 소살신동은 피하지 않았다.

"크크크. 이제 육십아홉이군."

피를 뒤집어쓴 채 혀를 날름거리며 소살신동이 낭인들을 향해 씩 웃었다.

"으아아아!"

낭인들 사이에서 절로 비명 소리가 흘러나왔다.

그때 술잔을 거칠게 내려놓으며 낭인왕이 신경질적으로 말했다.

"빨리 해치워라."

그리고는 아예 상자 위에 드러누워 버렸다.

그의 마음속에는 오로지 상처 입은 자존심으로 인한 무명노인에 대한 적개심뿐이었다.

눈치를 살피던 낭인 하나가 슬금슬금 문 쪽으로 게걸음을 쳤다. 문 옆에 마련된 기관 장치를 움직여 문을 열려고 한 것이다.

피이잉!

무엇인가 창고를 가로질러 날아갔다.

퍽!

살이 뚫리는 끔찍한 소리와 함께 문을 열려던 낭인이 그대로 꼬꾸라졌다.

금적산이 주판알을 튕겨 그의 몸에 구멍을 내버린 것이다.

"으으으!"

낭인들은 공포에 질려 우르르 뒤로 물러섰다.

그때 낭인 중 하나가 자신들 사이를 파고들며 뒤로 몸을 숨기려는 곽승을 발견했다.

"곽 대협! 살려주시오!"

그의 외침에 모두들 잊고 있었던 절대고수를 생각해 냈다.

"곽 대협! 그래, 우리에게는 곽 대협이 있다!"

공포에 질린 채 어떻게든 숨어보려고 애쓰던 곽승은 곽 대협이란 말이 자신을 칭하는 말이란 것조차 인식하지 못하고 있었다.

"헉!"

뭔가 서늘한 기운에 주위를 돌아보자, 모든 낭인들이 자신을 바라보고 있었다.

순간 곽승의 안색이 사색이 되었다.

곽승이 혼비백산 뒤로 물러서려 했지만, 낭인들이 그를 앞으로 밀어내며 한 목소리로 소리쳤다.

"곽 대협! 살려주시오!"

그렇게 곽승이 맨 앞으로 밀려 나왔다.

"크흐흐, 네 녀석이 이자들의 우두머리인가?"

아이답지 않은 소살신동의 싸늘한 말에 곽승의 두 다리가 후들후들 떨리기 시작했다.

"물, 물러가지 않으면……."

곽승이 기절할 것 같은 심정으로 간신히 입을 열자, 소살신동이 가소로운 미소를 지었다.

"…않으면?"

"호, 혼, 혼을 내주겠… 다."

"내 혼을 꺼내시겠다? 그거 재밌겠군. 나도 내 혼이 어떻게 생겼는지 항상 궁금했거든."

소살신공이 당장이라도 자신을 향해 날아올 것만 같아, 곽숭의 머리 속은 하얗게 비어버렸다.

그때 낭인들 무리 속에서 누군가 말했다.

"이 문 말고는 나갈 길이 없다는 것이 확실하오?"

절망스런 상황에서 출구를 찾는 다급한 물음치고는 매우 침착한 말이었지만, 장내의 낭인들은 그것에 신경을 쓸 겨를이 없었다.

금적산이 사악한 미소를 지으며 말했다.

"크크, 출구가 있는 함정도 있다더냐?"

그 말이 끝나기가 무섭게 낭인들 무리 맨 뒤쪽에 섞여 있던 기풍한의 신형이 흐릿하게 사라졌다.

휙휙휙—

바람 소리와 함께 낭인들이 줄줄이 쓰러지기 시작했다.

기풍한이 낭인들 사이를 무서운 속도로 헤집으며 그들의 수혈을 짚기 시작한 것이다.

낭인들이 쓰러지는 소리에 무심코 돌아보려던 낭인들을 향해 기풍한의 양 손가락이 모두 튕겨졌다.

그 손짓 한 번에 정확히 열 명의 낭인이 그대로 쓰러졌다.

기풍한은 그야말로 바람처럼 움직이고 있었다.

비영은 미소를 짓고 있었고, 이현은 깜짝 놀라 벌어진 입을 다물지 못했다.

'그의 무공이… 이 정도였던가?'

기풍한의 무공을 직접 본 것은 처음인 이현이었다.

그가 강하다는 것은 이미 알고 있었지만 이 정도이리라고는 상상도 못했던 그녀였다.

쿵! 쿵! 쿵!

누구에게 당하는지 알지도 못한 채 낭인들이 줄지어 쓰러지기 시작
했다.

이현과 비영마저 정확히 그의 움직임을 볼 수 없을진대, 낭인들은
오죽할까?

그것은 소살신동과 금적산 역시 마찬가지였다.

그들의 눈에는 마치 그들이 한꺼번에 독약이라도 마셨는지 동시에
픽픽 쓰러지는 것으로 보였기 때문이다.

상자에 드러누워 술을 마시던 낭인왕이 장내의 이상한 느낌에 몸을
일으켰을 때는 이미 마지막 남은 낭인 곽숭이 쓰러지고 있었다.

"……!"

순간 무슨 상황인지 알지 못한 낭인왕의 눈이 커다랗게 떠졌다.

곽숭의 수혈을 제압했던 기풍한의 검지손가락이 그대로 허공을 가
로질러 서서히 움직였다.

"너!"

그 손가락이 딱 멈춰서 향한 곳은 바로 낭인왕 쪽이었다.

까닥까닥.

기풍한의 도도한 손가락이 낭인왕을 부르고 있었다.

뭔가 완벽하게 무시당한다는 불쾌함과 함께 술이 확 깨면서 낭인왕
의 표정이 기이하게 변했다.

장내에 서 있는 사람은 이제 기풍한과 비영, 이현 세 사람뿐이었
다.

금적산과 소살신동이 놀란 얼굴로 낭인왕을 돌아보았다.

낭인왕의 몸이 사뿐히 허공을 날아 일층으로 내려서자, 소살신동과

금적산이 그의 옆에 나란히 섰다.

"네놈들은 누구냐?"

낭인왕이 차가운 어조로 물었다.

그는 여전히 여유를 잃지 않고 있었다. 강호에 자신을 이길 상대는 그야말로 손에 꼽을 정도. 무서울 것이 없는 그였다.

낭인왕은 왠지 복면 속 사내의 눈빛이 낯이 익다는 생각이 들었다.

'분명 예전에 만난 적이 있는 자다!'

낭인왕의 기억은 정확했다. 그를 혈옥에 잡아넣은 그 복면인의 눈빛 역시 지금처럼 서늘했으니까.

그러나 그 일은 십여 년이 지난 과거의 일이었기에 쉽게 기풍한을 기억해 내지 못했다.

무슨 까닭인지 기풍한이 복면을 벗었다.

그러자 비영과 이현이 따라서 복면을 벗었다.

이현이 한 발 앞으로 나서며 나지막이 말했다.

"여기서 다시 보게 될 줄 몰랐군."

이현을 보는 순간, 낭인왕과 소살신동, 금적산의 입가에 동시에 미소가 번져 올랐다.

"으하하! 네년이었군."

금적산의 웃음소리와 함께 세 사람의 긴장이 풀어졌다.

"아직 살아 있었더냐?"

귀곡장에서 몰살시킨 적운조의 조장. 그들이 기억하지 못할 리가 없었다. 그들을 혈옥에서 꺼내준 것 역시 그녀였으니까.

그렇다면 오늘의 자리는 적운조의 복수를 위한 자리.

그들의 기억 속에 적운조는 그야말로 처절한 발악을 하며 죽어갔던

오합지졸들이었기에 자연 긴장이 풀릴 수밖에 없었다.

한 번 죽인 것을 다시 또 죽이지 못하리란 법이 없었다.

"개처럼 살아남아 집 나간 오라비라도 불러온 것이냐?"

금적산의 조롱에 소살신동이 키득거렸다.

쉬이잉!

허공을 시원스럽게 가르며 한줄기 검기가 금적산을 향해 날아들었다.

"헉!"

방심하고 있던 금적산이 벼락처럼 몸을 비틀었다.

주룩.

검기가 스친 금적산의 어깨에서 피가 흘러내리기 시작했다.

그저 경고성 공격에 불과했지만 조금만 늦었어도 팔이 떨어질 무서운 한 수였다.

검기를 날린 것은 바로 비영이었다.

비영이 차갑게 말했다.

"네깟 놈이 함부로 대할 분이 아니다."

금적산의 눈이 분노로 찢어질 듯 부릅떠졌다.

"이 덜 익은 자라새끼가!"

새파랗게 젊은 비영에게 피를 보자 당장이라도 달려들 듯 금적산이 앞으로 나섰다.

비영 역시 '오냐, 받아주마' 란 태도로 한 발 앞으로 나섰다.

그때 이현이 비영을 막아섰다.

다시 이현이 기풍한을 바라보며 차분하게 말했다.

"…저자만이라도 제게 맡겨주세요."

이현의 눈빛 속에 튀어 오르는 파란 불꽃을 보며 기풍한이 고개를 끄덕였다.

그녀의 마음을 누구보다 잘 아는 사람은 바로 기풍한이었다.

만약 자신의 질풍조가 누군가에게 전멸을 당했다면?

그녀의 말에 금적산이 코웃음을 쳤다.

비록 자신의 무공이 낭인왕과 소살신동에 비해 다소 떨어졌지만, 일개 적운조의 계집 따위에게 지리라곤 생각하지 않았다.

"오냐, 너부터 죽여주마!"

살기 가득한 금적산의 목소리가 창고 안에 쩌렁쩌렁 울려 퍼졌다.

기풍한이 이현에게 다가왔다.

마치 잘 싸우고 오라고 격려를 하듯 기풍한이 이현의 등을 살짝 두드려 주었다.

우웅!

순간 기풍한의 한줄기 내력이 손바닥을 통해 그녀의 몸으로 들어갔다.

단 한 줌의 내력.

옆에 선 비영조차도 눈치채지 못한 일이었다.

기풍한의 내력이 몸 안으로 들어오자 이현은 놀라기도 했고 한편으론 의아하지 않을 수 없었다.

한 줌의 내력이 보태진다고 승패에 영향을 미칠 리 없었다.

'그런데 왜?'

그녀의 등을 타고 온몸을 돌기 시작한 기풍한의 내력이 그녀의 온몸 구석구석을 자극하기 시작했다.

순간 이현의 눈이 놀라움으로 반짝였다.

온몸으로 퍼져 가는 상쾌한 기분.

기풍한의 내력이 그녀의 몸을 일주천(一周天)하고 사라지자, 그녀의 몸이 솜털처럼 가벼워지기 시작했다.

기풍한이 내력을 주입한 것은 그녀에게 내공을 보태어주기 위함이 아니었다.

자신의 정순한 내력으로 그녀의 내력에 자극을 주기 위함이었다.

그것은 본격적인 무공 수련에 앞서 가볍게 몸을 푸는 것처럼, 이현의 내력을 긴장에서 풀어준 것이었다.

마치 무더운 여름날 차가운 폭포수에 목욕을 한 기분이었다.

물론 지금의 이 한 수는 그 방법을 안다고 아무나 할 수 있는 수법이 아니었다.

기풍한의 정순하고 웅혼한 내력이었기에 가능한 일이었다.

"조심하시오."

돌아서는 그의 등을 보며 이현은 그저 미소만 지었다.

그에게 고맙다는 말은 더 이상 하지 않기로 결심한 그녀였다.

이미 기풍한이란 존재는 그녀의 인생에 있어 더 이상이 될 수 없을 만큼 고마운 존재였으니까.

이윽고 이현과 금적산이 마주 보며 섰다.

비영이 싸늘하게 낭인왕과 소살신동에게 말했다.

"끼어드는 놈은 죽는다."

낭인왕과 소살신동은 오히려 자신들이 바라는 바다라고 코웃음을 쳤지만 내심 비영의 범상치 않은 모습에 긴장하고 있었다. 비영의 눈빛에는 자신이 내뱉은 말은 반드시 지키는 고집 센 사내만의 독기(毒氣)가 흘러나오고 있었던 것이다.

'흠. 만만한 놈이 아니군.'

그렇게 이현과 금적산의 결투를 위한 공간이 만들어졌다.

쓰러진 낭인들은 한구석에 몰려 있어서 크게 방해가 되지 않았다.

금적산의 손이 여유롭게 철주판을 훑었다.

그 느긋한 행동에 비해 강철로 만들어진 주판알은 그 어떤 암기보다 무서운 기세로 날아갔다.

셩— 셩— 셩—

팅! 팅! 팅!

이현이 가볍게 검을 휘둘러 동시에 세 발을 모두 팅겨냈다.

"제법이군."

그 정도는 예상을 했다는 듯 금적산의 육중한 몸이 무서운 속도로 날아올랐다.

금적산의 철주판이 허공에서 춤을 추며 십여 개의 알을 쏟아내기 시작했다.

쉬잉! 쉬잉! 쉬잉!

이현은 검을 휘둘러 막지 않고 정면으로 몸을 날렸다.

그녀의 머리 위로 주판알들이 스쳐 지나갔다.

이현은 적운조장답게 암기에 대해서는 상당히 조예가 깊었다.

금적산의 철주판과 같이 수십, 수백 발의 주판알이 날아드는 암기를 상대할 때는 검으로 팅겨내며 방비하는 것은 위험했다.

최대한 근접전을 펼치며 그것이 날아드는 각도를 최소화하는 것.

그것이 가장 이상적인 파해법이란 것을 그녀는 잘 알고 있었다.

그녀가 자신의 발 아래쪽으로 미끄러져 들어오자, 금적산이 허공을 박차고 날아오르며 앞으로 날아갔다.

두 사람의 위치가 순식간에 바뀌었다.

그녀가 돌진하려는 순간 다시 십여 개의 주판알이 날아들었다.

쉬잉— 쉬잉— 쉬잉—

다시 그녀가 잽싸게 몸을 굴렸다.

이번만큼은 앞으로 구르지 못했다. 그녀의 대응을 짐작한 금적산이 그녀가 피하려던 정면에 주판알을 쏟아내었던 것이다.

"언제까지 피할 수 있나 보자꾸나!"

한 번 확보한 거리를 좀처럼 놓치지 않는 금적산이었다.

위태롭게 공격을 피하던 그녀가 몸을 굴려 한옆에 쌓인 상자 뒤로 몸을 날렸다.

텅! 텅! 텅!

상자에 구멍을 내며 주판알들이 박혔다.

다행히 상자 속에는 대부분 검과 도가 들어 있었기에 강철로 만들어진 알이었지만 상자를 뚫지는 못했다.

쏟아지는 주판알을 상자에 의지해 피하던 이현이 한 손을 휘둘러 금적산에게 상자를 날렸다.

"어림없다!"

금적산이 가볍게 몸을 피해 상자를 피했다.

휙! 휙! 휙!

쌓여 있던 상자들이 잇달아 금적산을 향해 날아갔다.

금적산이 쌍장을 흔들며 날아드는 상자들을 후려갈겼다.

상황이 이렇게 되자, 거리를 두고 싸워야 효과적인 금적산으로서는 난감한 상황이 되었다.

자신이 달려드는 것은 상대가 바라는 일이었다.

그러나 날아드는 상자들 때문에 주판알들은 날아드는 상자에 박히거나 빗나가고 있었다.

계속 이어지는 상자들.

꽈작!

금적산의 철주판에 상자 하나가 부서지며 그 안에 담겨 있던 비수가 우르르 바닥으로 쏟아졌다.

잠시 사방으로 흩어지는 비수들에 시선을 빼앗긴 순간이었다.

저 멀리 상자를 던지던 이현이 순간 시야에서 사라지고 없었다.

그 순간.

쉬이익!

날아들던 상자 뒤쪽에서 검이 날아들었다.

상자의 뒤에 몸을 감춘 채 이현이 함께 날아왔던 것이다.

스걱―

금적산이 짤막한 비명을 지르며 바닥을 굴렀다.

'얕다.'

이현은 손에서 느껴지는 감촉으로 금적산이 치명상을 피했다는 것을 느낄 수 있었다.

금적산의 허리에서 피가 흘러내리고 있었다.

기회를 놓치지 않은 이현의 검에서 연이어 검기가 일었다.

쉬이익!

미친 듯이 몸을 회전하며 검기를 피하는 금적산은 낭패한 얼굴이었다.

승기를 잡은 이현이 금적산의 심장을 찔러가던 그때였다.

슈캉!

철주판의 끝에서 굉음과 함께 강침이 발출되었다.

그 예상치 못한 공격에 금적산을 찔러가던 이현의 검이 방향을 바꾸어 강침을 비껴 막았다.

땡강!

철주판의 기관 장치로 날아든 강침의 위력은 상상 이상이었다.

이현의 검이 반으로 부러져 날아갔고 그 반동에 이현이 뒤로 튕겨졌다.

잠시 중심을 잃은 이현을 향해 금적산이 돌진했다.

쇄애애액!

그녀의 머리를 노리며 내리찍는 철주판을 피해 이현이 바닥을 정신없이 굴렀다.

'위험해.'

그 모습에 비영이 마음을 졸였다. 그에 비해 기풍한은 그저 묵묵히 그녀의 위기를 지켜보고만 있었다.

낭인왕은 그들의 싸움을 지켜보지 않고 있었다. 그의 시선은 기풍한을 향해 있었다.

'도대체 어디서 봤을까?'

떠오를 듯 말 듯 머리 속이 근질거리는 낭인왕이었다.

픽! 픽! 픽!

정신없이 구르던 이현이 모든 것을 포기한 듯 동작을 멈췄다.

"크하하!"

금적산의 철주판이 무서운 속도로 그녀의 얼굴로 날아들었다.

퓩!

날아들던 철주판이 그녀의 머리 옆 바닥에 빗나가 박혔다.

"어?"

금적산의 시선이 자신의 가슴으로 향했다.

이현의 손에 들린 비수가 그의 심장에 정확하게 박혀 있었다.

바닥을 구르던 그녀가 앞서 부서진 병기 상자에서 떨어진 비수를 은밀히 하나 챙겼던 것이다.

파파파!

그녀가 비수를 뽑자 피가 쏟아졌다.

금적산은 반쯤 허리를 구부린 채 쓰러지지 않고 그녀에게 피를 뚝뚝 흘리며 그대로 서 있었다.

이현이 자신의 머리 옆 땅바닥에 박힌 철주판을 빼서 사정없이 금적산의 머리통을 후려쳤다.

퍽!

금적산이 그대로 뒤로 넘어갔다.

이현이 자신의 손에 들린 피 묻은 철주판을 바닥에 내던졌다.

그녀가 숨을 몰아쉬며 말했다.

"계산하라고 만든 걸 왜 휘두르고 지랄이야!"

그렇게 힘든 격전이 끝나던 그 순간이었다.

그녀 뒤쪽에 있던 낭인왕의 신형이 흐릿해지는가 싶더니.

"조심……!"

깜짝 놀란 비영이 소리쳤을 때는 이미 낭인왕은 이현의 혈도를 제압하고 있었다.

낭인왕이 재빨리 그녀의 혈도를 제압하며 그녀의 손에 들려 있던 비수를 뺏어 그녀의 목을 겨누었다.

금적산이 죽은 위치가 바로 낭인왕과 소살신동이 서 있던 근처였기 때문에 어쩔 수 없는 일이었다.

설마 낭인왕이 인질을 이용하리라곤 상상도 못했기에 소살신동마저 멍한 표정을 지었다.

금적산 하나가 죽었다고 천하의 낭인왕이 겁을 먹었을 리는 절대 없을 터.

낭인왕이 자신의 자존심을 버린 데에는 분명 이유가 있었다.

이현과 금적산이 겨루는 내내 낭인왕은 기풍한을 살피고 있었다.

그리고 끝내 그는 기풍한을 기억해 냈다.

십여 년 전, 자신을 경악의 물결 속에 익사시킨 그 무서운 복면인.

혈옥에 갇혀 십 년을 살면서도 한 번도 복수조차 꿈꿀 수 없게 만든 공포의 대상.

이제 십 년이 지난 후였다.

자신이 무공을 회복했다 한들, 혈옥에 갇혀 있던 십 년이었다.

아무에게도 말하지 않은 일이었지만, 기풍한에게 체포되던 그날 낭인왕은 눈물을 흘리고 오줌까지 지렸다.

그런데 이제 그 파릇하던 청년이 중년이 되어 있었다. 그때도 죽도록 얻어터졌는데, 지금은 오죽하겠는가?

그와 싸우느니 차라리 계란을 들고 바위를 찾아 나서는 것이 현명한 판단이리라.

"왜 그러시오?"

영문을 모르겠다는 소살신동을 향해 낭인왕이 힘없이 말했다.

"…저자들 허리에 매달린 것을 봐라."

소살신동이 눈을 껌뻑이며 기풍한의 허리에 매달린 질풍봉을 쳐다보았다.

"그냥 봉이지……."

소살신동의 입에서 '않소'란 말은 이어지지 않았다.

그가 바라보고 있는 그것은 그냥 봉이 아니었기 때문이다.

소살신동의 몸이 부들부들 떨리기 시작했다.

질풍봉을 확인한 순간 소살신동의 머리 속에 오랫동안 잊고 있었던 하나의 경고가 생생하게 울려 퍼지기 시작했다.

"나를 다시 볼일을 만든다면… 넌 반드시 죽는다."

소살신동이 사색이 되어 뒷걸음질을 쳤다.

이현이 자신의 목을 겨눈 비수를 바라보며 차분하게 말했다.

"낭인왕이라면서?"

이현의 조롱에 낭인왕이 움켜쥔 비수를 더욱 단단히 고쳐 쥐며 이를 갈았다.

낭인왕의 자존심이 와르르 무너지고 있었지만, 그것이 목숨보다 소중하지는 않았다.

낭인왕은 기풍한에게 검을 버리라는 따위의 협박을 하지 않았다.

오로지 이곳을 벗어나야 한다는 생각뿐이었다.

"우릴 따라오면 이 여인은 죽는다."

감히 낭인왕은 이년이란 말을 쓰지 못했다.

그만큼 기풍한에 대한 공포는 대단했다.

이현은 그들이 자신을 인질로 데려가려 한다는 것을 깨닫자 마음이 무거워졌다.

이현의 시선이 기풍한을 향했다.

기풍한은 아무 감정이 실리지 않은 눈빛으로 자신을 바라보고 있었다.

그렇게 기풍한을 응시하던 이현이 피식 웃으며 말했다.

"만나자마자 이별이군요."

다시 이현이 낭인왕을 돌아보며 말했다.

"넌 개자식일뿐더러, 더불어 인질을 고르는 안목 또한… 최악이군."

"……?"

그 순간 이현이 비수를 향해 자신의 목을 밀어 넣었다.

한 치의 망설임도 없는 행동이었다.

파곽!

이현의 목에서 피가 튀어 올랐다.

낭인왕이 재빨리 비수를 빼내지 않았으면 그대로 목이 잘려 나갔을 상황이었다.

다시 낭인왕의 손이 재빨리 이현의 턱의 혈도를 제압했다.

"이런 미친!"

비수에 목을 그으려던 시도가 실패하자 이현이 혀를 깨물려고 했던 것이다.

그녀의 입이 벌어진 채 혈도가 제압당했다.

낭인왕 정도의 고수가 아니었다면 그녀의 자살을 막지 못했으리만치 그녀의 결심은 확고했다.

다음 순간, 낭인왕이 경악하며 소리쳤다.

"말도 안 돼!"

혈도를 제압당한 이현의 입이 다물어지기 시작했다.

그것은 상식적으로 절대 불가능한 일이었다.

반드시 죽겠다는 그녀의 정신력이 양쪽 턱의 막힌 혈도를 찢어내고 있었던 것이다.

끔찍한 고통에 이현의 눈이 시뻘겋게 충혈되고 있었다.

직접 보고도 믿기 어려운 모습이었다.

그녀의 그 눈빛을 기풍한은 말없이 지켜보기만 했다.

낭인왕이 이현의 턱을 손으로 억지로 움켜쥐었다.

퍽!

결국 낭인왕의 주먹이 이현의 복부를 강타했다.

이현의 몸이 반으로 꺾이며 축 늘어졌다.

"이런 지독한!"

이현의 입에서 핏물이 뚝뚝 떨어지고 있었다.

이어 그녀의 가냘픈 말이 흘러나왔다.

"내 인생에… 한 푼 가치도 없던 임무 속에서도 기꺼이 죽음을 각오했던 나야……! 그런데 지금… 태어나 처음으로… 마음을 준 사람의 짐이 되란 말이잖아……? 어떻게 내가… 안 죽을 수가 있겠어. 어떻게……."

이미 반쯤 넋이 나간 그녀의 의식이 서서히 흐려지고 있었다.

이현의 고개가 힘겹게 들렸다.

기풍한을 무섭게 노려보며 이현이 말했다.

"…나 때문에 일을 망치면… 죽어서 귀신이 되어서라도 원망할 테다!"

그대로 이현이 정신을 잃었다.

앞서의 결전에서 지칠 대로 지친 그녀가 방금 전 행동으로 마음의 진기를 모두 쏟아낸 것이다.

비영은 이해할 수 없다는 얼굴로 기풍한을 돌아보았다.

기풍한은 무슨 생각에서인지 묵묵히 제자리만 지키고 서 있었다.

근래 무공이 끝없이 증진된 기풍한이라면 분명 진작 그녀를 구해낼 수 있었을 것이다.

그러나 지금까지 기풍한은 이현이 저 지경이 되도록 그저 방관만 하고 있었다.

낭인왕이 이현을 옆구리에 끼고 서서히 문 쪽으로 움직이고 있었다.

그 뒤를 소살신동이 뒷걸음질을 하며 뒤따랐다.

획!

기풍한이 성큼 한 걸음 내딛는 순간, 이미 그는 소살신동의 코앞까지 다가서 있었다.

자신을 내려다보는 기풍한을 올려다보며 소살신동이 정말 어린아이처럼 부들부들 떨기 시작했다.

무심히 자신을 내려다보는 기풍한의 눈빛.

소살신동이 해맑게 웃으며 아이를 죽일 것이냐는 애절한 표정을 지었다.

"그를 죽이면… 나도 죽인다!"

낭인왕의 처절한 협박이 무색하게도, 기풍한의 무정한 검이 빛처럼 허공을 갈랐다.

서걱!

단 일 수에 소살신동의 가슴이 갈라지며 그대로 쓰러졌다.

막을 수도 피할 수도 없는 공격이었고, 이미 소살신동은 막고자 하는 의지조차 없었다.

그 모습에 낭인왕은 이미 인질 따윈 아무 소용이 없다는 것을 직감했다.

'죽이리라!'

낭인왕의 뇌에서 왼손으로 명령을 전달하던 바로 그때였다.

뇌는 그것보다 시급한 문제를 해결하라고 명령했다.

섬뜩.

뭔가 서늘한 기운이 자신의 목을 베고 있었다.

이현의 천령개로 향하던 낭인왕의 왼손이 본능적으로 왼쪽 목을 막았다.

낭인왕은 똑똑히 볼 수 있었다.

그 서늘한 기운을 막았던 왼손의 손가락이 피를 뿜으며 잘려 나가고 있는 것을…….

그러나 그가 경악한 것은 자신의 호신강기가 소용없다는 것도, 손가락이 잘려서도 아니었다.

자신의 손가락을 베는 그것은… 그곳에는 아무것도 없었다.

'분명 검은 저자의 손에 들려 있는데……?'

찰나를 수백 번 다시 나눈 그 짧은 시간에 낭인왕은 생각했다.

'…설마?'

싹둑!

낭인왕의 머리통이 바닥으로 떨어져 내렸다.

머리통이 바닥으로 떨어지기 직전 낭인왕은 확인할 수 있었다.

멀리서 보니, 자신의 목을 베었던 그곳에 아지랑이처럼 피어오르는 무엇인가를…….

그것은 분명 검의 모양을 하고 있었다.

'…심검!'

떼구르르.

머리통을 잃어버린 낭인왕의 몸이 잠시 그대로 서 있었다.

기풍한이 손을 내밀자, 그의 옆구리에 끼어져 있던 이현이 허공을 둥둥 날아 기풍한의 품에 안겼다.

쿵!

머리통도 잃고, 인질도 잃자 드디어 낭인왕의 몸통이 뒤로 넘어갔다.

비영 역시 기풍한의 방금 전 한 수에 크게 놀란 상태였다.

그러나 그 놀람은 이내 분노로 이어졌다.

"무엇 때문입니까?"

비영이 기풍한을 가로막고 물었다. 비영답지 않은 무례한 행동이었다.

기풍한은 왜 비영이 분노하고 있는지를 이해할 수 있었다.

왜 진작 그녀를 구하지 않았는가에 대한 분노.

기풍한이 담담하게 말했다.

"…그녀에 대해 정확히 알고 싶었다. 그 상황에서 그녀가 어떻게 행동할지… 그 끝을 보고 싶었다."

비영의 인상이 그의 목소리만큼이나 험악하게 굳어졌다.

"왜요? 왜! 설마 사랑에 대한 확인입니까?"

비영의 분노에 기풍한은 아무 대답도 하지 않았다.

"진짜 그런 겁니까? 그녀가 조장님을 위해, 임무를 위해 죽어줄지를 확인하고 싶으신 거였습니까?"

만약 그런 것이라면 비영은 기풍한을 이해할 수도, 용서할 수도 없었다.

비영이 생각하는 사랑은 그런 것이 아니었으니까.

더구나 이현은 조금도 망설이지 않고 죽음을 택하지 않았던가?

그녀에게서 느껴지는 쓸쓸함은 자신의 외로움과 닮아 있었다.

그래서 비영은 더욱 화가 나고 있었다.

잠시 비영을 바라보던 기풍한이 가만히 고개를 흔들었다.

"그런 것이 아니다."

"그럼 왜?"

"그래, 네 말대로 이런 험한 꼴을 당하지 않게 하고도 구해낼 수 있었겠지. 다음에도, 그 다음에도 구해낼 수 있겠지……. 하지만 영아, 언젠가 내가 그녀를 구하지 못하는 상황이 오면 어떻게 하지? 그때 그녀는 어떤 선택을 할까? 난 아직 이 사람에 대해 잘 모른다. 그래서 알고 싶었다. 이 사람이 어떤 사람인지… 위급한 상황에서 어떤 마음을 먹는 여인인지, 또 어떤 행동을 하는지… 조금이라도 더 알고 싶었다. 그래야만……."

"……!"

"…또다시 구해낼 수 있을 테니까."

그 말에 비영이 긴 한숨을 내쉬었다.

이제야 기풍한의 마음을 알 것 같았다.

기풍한은 언제 어떻게 닥쳐올지 모를 미래의 위기를 걱정하고 있었다.

질풍조란 이름으로 살아가는 이들이 사랑을 하는 것이 얼마나 힘든 일인지. 내일은 또 누가, 어떤 상황에서 어떠한 위험에 빠질지 모를 미래가 질풍조의 현실이었으니까.

"두 사람 모두… 정말 바보들입니다."

비영은 망설이지 않고 목숨을 버리려는 이현이나, 이런 기풍한이나 참으로 두 사람이 잘 어울린다고 생각했다.

발악을 하며 악을 쓰던 이현이 아기처럼 기풍한의 품에서 잠들어 있었다.

비영이 문득 발밑에 떨어져 있던 금적산의 철주판을 툭 걷어찼다.

그리고 이현을 돌아보며 미소를 지으며 말했다.

"맞습니다. 계산하라고 있는 주판을 휘두르는 놈은… 정말 재수없습니다."

비영이 진심으로 이현을 받아들이는 순간이었다.

반 각 후.

얼떨떨한 표정의 곽숭이 멍하니 자신의 검을 내려다보고 있었다.

왜 자신이 가장 먼저 깨어났는지, 뽑은 기억도 없는 검에 이 흥건한 피는 왜 묻어 있는지, 게다가 그 무섭던 놈들은 왜 시체가 되어 자신 앞에 나동그라져 있는지 그로서는 알 수가 없었다.

하나둘, 주위에 잠들었던 낭인들이 깨어나기 시작했다.

누군가 소리쳤다.

"우아! 곽 대협이 놈들을 물리쳤다! 곽 대협이 우릴 구했다!"

참으로 죽은 세 사람이 들으면 감은 눈을 버럭 뜨고 가슴을 두드릴 억울한 일이었겠지만, 환호의 물결은 점차 커지고 있었다.

"와아아아!"

"곽 대협 만세!!"

"강호의 새로운 영웅이 탄생했다!"

곽숭의 주위로 낭인들이 몰려들고 있었다.

"혹시… 나도 모르는 사이에… 절세신공을 익힌 것은 아닐까?"

그 착각과 오해의 환희 속에서 동료 셋이 소리없이 사라진 것 따위를 신경 쓰는 이는 아무도 없었다.

第36章

협상

협
상

낙양은 또다시 믿기 힘든 소문으로 술렁대
고 있었다.

강호의 모든 소문의 온상은 역시 객잔이 아니던가?

낙양제일루의 술꾼들은 기다렸다는 듯 술독에서 기어나와 소문의
물결 속으로 풍덩풍덩 뛰어들고 있었다.

객잔의 구석 자리에서는 낙양 일대 소문의 중요한 한 축을 구성해
온 구레나룻사내와 콧수염사내의 대화가 한참이었다.

"그러니까 자네 말은 남궁세가의 가주가 천룡맹에 의해 체포되었다
는 말이 아닌가?"

구레나룻사내는 이번만큼은 믿지 못하겠다는 얼굴이었다.

그도 그럴 것이 남궁세가 하면 하늘의 새도 떨어뜨린다는 강호제일
가가 아닌가? 아무리 천룡맹의 위세가 대단하다 해도 그건 불가능해

보였다.

"정말이라니까. 남궁세가에 음식을 대는 춘복이가 직접 보았다는
군."

원래 소문을 옮기는 이들의 가장 약점이 무엇이겠는가? 누가 직접
봤다더라는 목격자의 등장이 아니겠는가?

"오… 그럼 왜 잡혀갔다던가?"

"죄야 찾아보면 많겠지. 털어서 먼지 안 나는 사람 없다는데, 남궁세
가 같은 곳을 털면 먼지가 산을 이룰 것이네. 하나 이번 일은 죄가 있
어서 잡혀간 것이 아닐 것이야."

"그건 또 무슨 말인가?"

콧수염이 더욱 목소리를 낮춰 말했다.

"이건… 정치적 보복이야."

콧수염의 근거없는 음모론에 덩치사내가 공감한다는 듯 고개를 끄
덕였다.

"그렇겠지? 그렇지 않고서야 남궁세가를 건드릴 까닭이 없겠지?"

"어쩌면 강호에 피바람이 불어닥칠지도 모르겠네."

콧수염사내의 말에 덩치사내가 한숨을 내쉬며 말했다.

"이거 이사라도 가야 하는 거 아닐까?"

"이사는 왜?"

"낙양에 있다 전쟁에라도 휩쓸리면 어떡하나?"

그러자 콧수염사내가 한심하다는 듯 말했다.

"이 사람아, 사대세가와 천룡맹이 정면으로 붙으면 어딘들 안전하겠
는가?"

"하긴… 그 말도 옳구먼."

"이거… 이거, 굿이나 보고 떡이나 먹기에는… 상황이 너무 불안해."

두 사람의 한숨 소리가 커져 갔다.

그들과 조금 떨어진 자리에서 신경질적인 고함 소리가 들려왔다.

"술 가져와!"

객잔 구석에서 대낮부터 얼큰하게 취한 채 인상을 쓰고 있는 이는 바로 남궁화천의 아들 남궁선이었다.

아버지가 실종된 지 고작 이틀이 지났는데 벌써 강호에 소문이 돌기 시작했다.

아버지의 뒤를 따라갔던 남궁칠기는 놈들에게 당해 피떡이 되어 돌아왔고 그 후 아버지의 행방은 찾을 수가 없었던 것이다.

당장이라도 천룡맹으로 달려가려는 것을 세가의 노가신(老家臣)들이 필사적으로 말렸다.

만약 천룡맹의 음모라면 무작정 그곳으로 가는 것은 위험하다는 의견이었다.

피를 말리는 이틀이 지나고, 도저히 불안한 마음을 다스리지 못해 이렇게 술에 의지하고 있었던 것이다.

객잔 안으로 두 사람이 황급히 뛰어들어 왔다.

소식을 듣고 달려온 제갈미미와 황보단천이었다.

"오라버니, 어떻게 된 일입니까?"

자리에 앉는 제갈미미는 몹시 걱정스런 얼굴이었다.

"별일 아니니 동생은 걱정할 것 없다."

제갈미미 앞에서 약한 모습을 보이기 싫었는지 남궁선은 애써 태연한 모습을 보였다.

"저희 황보세가에서도 어르신을 찾기 위해 적극적으로 돕겠소이다."

황보단천의 말은 진심이었다.

비록 제갈미미를 두고 신경전을 벌이던 그들이었지만, 사대세가란 이름으로 묶여진 자신들의 영역이 침범받았다는 소식에 분노하고 있었다.

남궁세가가 당하면, 자신들 역시 당하지 말라는 법이 없었다.

구파일방이나 사대세가의 무서운 점은 바로 그러한 연대 의식임이 드러나는 순간이기도 했다.

"이번 일을 꾸민 놈은 그 대가를 치르게 될 것이야."

남궁선의 나지막한 분노에 두 사람의 분노가 보태졌다.

"당연히 그래야지요."

그때, 황보단천이 목소리를 낮추었다.

"혹시, 단목세가의 개입은 생각해 보았소?"

남궁선이 묵묵히 고개를 끄덕였다.

"그쪽도 염두에 두고 있네."

다시 객잔으로 남궁가의 무인 하나가 뛰어들어 왔다.

"작은 어르신이 세가의 선발대와 함께 도착하셨습니다."

작은 어르신이란 바로 남궁선의 숙부인 남궁화정(南宮華停)이었다.

"저희도 함께 가겠어요."

제갈미미와 황보단천을 보고 남궁선이 고개를 가로저었다.

"그 마음만 받겠네."

남궁선이 객잔을 나서자, 이내 두 사람도 객잔을 떠났다.

멀찌감치 그들의 대화를 엿듣고 있던 아칠이 고개를 가로저으며 중

얼거렸다.

"설마? 또 그 사기꾼들이 개입된 것인가? 아니겠지? 아닐 거야!"

아칠의 입장에서 질풍조는 분명 사기꾼이 틀림없었지만, 그의 확신을 흔드는 것은 공교롭게도 질풍조가 움직였다 하면 낙양제일루가 소문의 물결 속에 잠긴다는 것이었다.

천룡맹 낙양 본맹은 초비상이 걸린 상황이었다.

소문의 진상을 확인하기 위해 강호 곳곳에서 날아드는 강호대파들의 전서매로 인해 업무가 마비될 지경이었다.

남궁가주의 실종.

천룡맹의 무인들로 가장한 일단의 무리들에게 남궁가주가 납치된 일은 그야말로 대사건이었다.

휴가를 나간 무인들까지 모두 소환될 정도로 천룡맹은 바쁘게 돌아가고 있었다.

반면 사마진서의 집무실은 냉랭한 한기만이 감돌고 있었다.

의자에 몸을 기대고 창밖을 내다보는 사마진서의 등을 보며 무인 하나가 보고를 하고 있었다.

"현재 전 지단에 비상을 걸었습니다. 모든 업무를 중단하고 이번 일을 최우선적으로 처리하라 명령을 내렸습니다."

"범인들은?"

"…아직 확인되지 않았습니다."

무인은 불벼락이라도 떨어질까 불안불안한 얼굴이었다.

"마교와 사도맹을 최우선 용의선상에 두고 비밀리에 조사를 벌이면서 공식적으로 사절단을 보냈습니다."

사마진서는 말없이 창밖의 풍경을 응시할 뿐이었다.

"곧 연락이 올 겁니다."

"알았네. 이만 나가보게."

"네."

무인이 안도의 한숨을 쉬며 집무실을 나갔다.

그가 나가자 사마진서가 조용히 말했다.

"어떻게 생각하나?"

텅 빈 집무실의 천장에서 공손한 대답이 들려왔다.

"생각보다 소문이 빨리 퍼지고 있습니다."

사마진서 역시 같은 생각이라는 듯 고개를 끄덕였다.

"누군가 의도적으로 소문을 퍼뜨리고 있습니다."

"의심 가는 곳은?"

"강호에서 이 정도의 빠른 움직임을 보여줄 수 있는 곳은 한 군데뿐입니다."

"통이문!"

"네. 틀림없습니다."

다시 사마진서가 이상하다는 표정을 지었다.

"하지만 지금까지… 그들은 정보를 팔 뿐 일체 강호의 일에 관여하지 않았지 않나?"

"그렇긴 합니다만… 근래 그들의 움직임이 심상치 않습니다."

"최대한 은밀히 알아보도록."

통이문을 함부로 건드렸다간 타초경사(打草驚蛇)의 우를 범할 수도 있다는 것을 사마진서는 누구보다 잘 알고 있었다.

통이문.

그야말로 천룡맹은 물론 구파일방까지 눈엣가시인 존재였다.

오랜 세월 모아온 그들의 일급정보들이 모두 폭로된다면 강호는 발칵 뒤집히게 될 것이다.

정도무림의 흥망성쇠를 결정짓는 것은 강호의 여론.

여론이 등을 돌린다면, 구파일방과 같은 거대문파 역시 한순간에 몰락의 길을 걸을 수도 있었다.

천룡맹과 구파일방이 벼르고 별러왔지만, 강호 곳곳에 거미줄처럼 뻗쳐 있는 그들의 잠재력은 실로 크고 무서웠기에 함부로 손을 대지 못하고 있었던 것이다.

"그리고……."

천장의 목소리가 잠시 망설였다.

연이어 주인이 듣고 싶지 않은 보고를 계속하게 되어 황송한 모양이었다.

"그자들이 무사히 돌아갔다고 합니다."

"그자들이라니?"

"단목세가에서 양성한 낭인들 말입니다."

잠시 사마진서는 이해가 안 된다는 얼굴이었다.

남궁세가의 은밀한 부탁으로 무명노인에게 단목가의 낭인들의 처리를 부탁했다.

남궁세가나 천룡맹이 자체적으로 처리할 수도 있었지만 강호의 이목을 피하기 위해 은밀히 그들에게 부탁한 것이다.

"왜 그들이 살아 있지?"

"……."

목소리의 주인공 역시 그 내막을 알지 못했다.

"분명한 것은 사도맹에서 십이혈성에 대한 통제력을 잃은 것이 확실합니다."

"멍청한 자들! 그것 하나 제대로 처리를 못하다니."

사마진서의 미간이 일그러졌다.

용천악이 제아무리 뛰어난 인재라 해도 결국 산도적, 물도적들의 우두머리에 불과할 뿐.

사마진서는 자신의 형이 그들을 끌어들인 것은 그야말로 가장 큰 실수란 생각이 들었다.

그때 문밖에서 목소리가 들려왔다.

"남궁 공자께서 방문했습니다."

사마진서는 이미 짐작을 했다는 듯 고개를 끄덕였다.

"모시게."

"네."

잠시 후, 남궁선과 남궁화정이 집무실로 들어섰다.

"오랜만에 뵙습니다."

사마진서가 자리에서 일어나 공손히 남궁화정을 맞았다.

"그간 평안하셨소? 바쁘실 텐데 이렇게 불쑥 찾아뵙게 돼서 송구하오이다."

남궁화정이 천룡맹주에게 예를 차렸다.

"별말씀을 다 하십니다."

다시 사마진서가 남궁선에게 말했다.

"공자께서는 날이 갈수록 아버님을 닮아가시는군요."

남궁선은 대충 건성으로 고개를 까닥하곤 자리에 앉았다. 그의 얼굴에는 못마땅한 기색이 가득했다.

'애송이 놈!'

사마진서는 애써 불쾌감을 감추었는데, 남궁화정은 남궁선의 그러한 무례를 못 본 척했다. 그만큼 그의 속마음 역시 좋은 감정을 갖고 있지 않다는 뜻.

"어떻게 된 일이오?"

남궁화정의 단호한 어조에는 사마진서에게 책임을 묻고 있었다.

"본 맹의 일이 아닙니다."

묵묵히 사마진서를 응시하던 남궁화정이 수염을 쓰다듬으며 고개를 주억거렸다.

"그렇겠지요. 분명 그러하다고 생각했소."

"지금 본 맹이 일의 진상을 밝히고 있습니다. 잠시 여유를 가지고 기다려 주시기를 바랍니다. 남궁가주께서 악도들에게 쉽게 당할 분이 아니지 않소이까?"

공연히 엉뚱한 곳에 화풀이를 하지 말라는 사마진서의 얼굴을 응시하던 남궁화정의 눈빛에 힘이 들어갔다.

"한 가지 묻고 싶은 것이 있소."

"말씀하시지요."

"이 일은 수하들의 입단속을 단단히 해서 아직 외부로 알려지지 않은 일이기도 하오."

"그게 무엇입니까?"

"그자들이 절대천룡패를 제시했다고 하오."

그 말에 사마진서의 눈빛이 살짝 흔들렸다.

남궁화정은 그 작은 변화를 놓치지 않았다.

"위조된 것이겠지요."

사마진서는 매우 태연한 모습이었다.

그러자 가만히 대화를 듣고 있던 남궁선이 끼어들었다.

"그럼 아버님께서 가짜에 속으셨단 말이오!"

남궁선의 언성이 높아지자, 짐짓 남궁화정이 그를 제지했다.

"선아!"

남궁선은 마지못해 입을 닫았지만 얼굴은 불만이 가득했다.

사마진서가 다시 담담하게 말했다.

"본 맹과는 관계가 없는 일입니다."

곧바로 사마진서가 문밖의 무인을 불렀다.

"가서 절대천룡패를 가져오너라."

"알겠습니다."

그러자 남궁화정이 사마진서를 말렸다.

"그러실 필요 없소이다. 믿겠소."

상대를 절벽 끝까지만 몰아갈 뿐, 결코 떨어뜨려서는 안 되는 것이 바로 정치의 본질.

"숙부님!"

남궁선은 당장이라도 확인을 하고 싶은 모양이었다.

"어허. 그만!"

사마진서는 남궁화정이 이미 자신을 믿지 않는다는 것을 느낄 수 있었다.

남궁화정이 자리에서 일어났다.

"그럼 잘 부탁드리겠소."

"맹의 모든 힘을 동원하겠습니다."

"자, 그럼."

두 사람이 밖으로 나가자, 사마진서가 책상을 내려쳤다.

꽈직!

책상이 반으로 갈라졌다.

"지금 당장 천룡비고(天龍秘庫)를 확인하라."

절대천룡패는 강호에 위급한 일이 발생했을 때만 사용하는 절대패였다.

이중 삼중의 함정과 기관이 설치된 천룡비고의 깊숙한 금고 속에 보관되어 있었다.

십 년 전, 묵룡천가의 사건에 한 번 사용된 이후 사용되지 않았기에 사마진서 역시 그 존재를 잊고 있었던 물건이었다. 자신이 맹주가 된 것은 고작 사 년 전의 일이었다.

잠시 후, 천장에서 침울한 목소리가 흘러나왔다.

"…절대천룡패가 도난당했습니다."

사마진서의 입에서 긴 한숨이 새어 나왔다.

"난 그 사실조차 모르고 있었군."

"……."

"으하하하하!"

사마진서가 목이 터져라 웃음을 터뜨렸다.

사마진서의 분노가 극에 달했다는 것을 알 수 있었기에 천장의 사내는 더욱 긴장하고 있었다.

"천룡비고를 털어 남궁가주를 납치해 갔다? 버젓이 본 맹의 무인 행세까지 하며? 이게 가능한 이야긴가?"

"이번 일은 단지 고수라서 할 수 있는 일이 아닙니다. 전문가들이 나선 것 같습니다. 그것도 초절정의 기량을 갖춘……."

"전문가라……."

사마진서의 설마 했던 마음이 역시나로 이어졌다.

"답이 쉽게 나오는군……. 질풍육조!"

이번 일의 배후가 질풍조라 단정하자 차라리 사마진서의 마음이 편안해졌다.

"형님께 연락은?"

"구파의 제자들을 이끌고 묵룡비궁의 제팔관(第八關)에 들어가신 후, 아직 소식이 없습니다."

사마진서가 묵묵히 창밖을 내다보았다.

'형님! 제가 그들에게서 언제까지 견딜 수 있을지 모르겠습니다. 어서 돌아오십시오.'

두두두두!

한 대의 마차가 십여 필의 말을 탄 무인들의 호송을 받으며 낙양을 벗어나고 있었다.

마차에 탄 사람은 단목유기와 단목수아였다.

"세가로 돌아가는 것입니까?"

아버지의 굳은 표정을 살피며 단목수아가 조심스럽게 물었다.

"그래. 이제 이곳은 위험하다."

"남궁가주의 일 때문인가요?"

단목유기가 고개를 끄덕였다.

"맞다. 그들이 무슨 수작을 부리는지는 모르겠다만, 어쨌든 그 목표는 본 가일 것이다."

단목유기는 남궁화천의 실종을 그들의 자작극(自作劇)이라 생각하고 있었다.

자신들을 몰락시키기 위한 계략의 첫걸음.

단목수아를 위로하며 다독이던 단목유기는 내심 마음이 무거워졌다.

자신은 초개처럼 죽는다 치더라도 어린 딸이 무슨 죄가 있겠는가? 게다가 세가의 무인들과 그 가족들을 생각하면 밤에 잠을 이룰 수가 없을 지경이었다.

그때 마차 밖에서 인독의 외침이 들려왔다.

"가주님! 누군가 마차를 막아서고 있습니다! 그대로 돌파하겠습니다!"

단목유기가 긴장한 얼굴로 마차의 창문으로 고개를 내밀었다.

저 멀리 길 한가운데 한 노인이 우뚝 서 있었다.

노인의 얼굴을 확인한 단목유기가 마차를 모는 무인에게 말했다.

"아니다. 세워라."

이윽고 노인의 앞에서 마차가 섰다.

인독을 비롯한 단목가의 무인들이 일제히 말에서 내려 노인을 경계하며 대열을 갖추었다.

마차에서 단목유기가 내렸다.

노인이 담담하게 말했다.

"기억하시겠소? 나 비마요."

노인은 바로 단화경이었다.

단목유기는 오래전 그를 만난 적이 있었고 단화경을 기억하고 있었다.

"오랜만에 뵙습니다."

오랫동안 소식이 없어 죽었다고 생각했던 그가 마차를 세우니 단목유기는 의아하면서도 내심 불안했다.

질풍조 내에서의 단화경이야 이리 치이고 저리 놀림받고 하는 처지였지만, 여전히 강호에서 그는 십이천성의 절대무인이었다.

"드릴 말씀이 있소."

무슨 속셈인지 알 수 없었던 단목유기는 잠시 망설였지만, 이내 흔쾌히 단화경의 요구를 받아들였다. 어쨌든 상대는 십이천성에 속한 고수로 함부로 거절을 하기에는 부담스러운 면이 많았다. 또 한편으로 단화경의 속셈이 궁금하기도 했다.

"자, 타시지요."

그러자 단화경이 고개를 가로저으며 말했다.

"마차는 이대로 보내는 것이 어떻겠소?"

단화경은 자신과 독대를 원하고 있었다. 게다가 어디론가 함께 가려는 눈치.

그때 옆에 서 있던 인독의 전음이 단목유기에게 전해졌다.

"위험합니다."

인독의 말처럼 요즘 같은 위기의 상황에서 천리비마의 출현은 지극히 의심스럽다 할 만했다.

눈치 빠른 인독이 단목유기의 난처한 입장을 대신해 나섰다.

"곤란합니다. 지금 가주님을 모시고 급히 가봐야 할 곳이 있습니다. 다음으로 미루시지요."

"허허, 이 사람아. 잠시 시간을 주면 안 되겠나?"

단목유기의 말에도 인독의 태도는 단호했다.

"안 됩니다. 오늘의 불충에 대한 벌은 차후에 따로 받겠습니다."

"허허… 이 사람이 이렇게 융통성이 없습니다."

단목유기가 어쩔 수 없다는 표정으로 단화경의 양해를 구했다.

인독이 단화경에게 정중하게 고개를 숙였다.

"죄송합니다. 본 가의 중요한 문제입니다."

단화경이 기다렸다는 듯 한마디 툭 내뱉었다.

"바로 그 중요한 문제 때문이오."

생각지도 못한 말에 단목유기와 인독이 흠칫 놀랐다.

단화경의 담담한 눈빛에서는 그 어떤 것도 읽지 못했다.

"나를 믿어주시면 좋겠소."

흔쾌히 그럴 수 있다면 쌍방이 모두 좋겠지만 때가 때인지라 단목유기는 쉽게 결정을 하지 못했다.

단화경이 나지막이 말했다.

"오늘의 일, 헤쳐 나가실 자신 있으시오?"

뜬금없는 단화경의 말에 인독의 표정이 굳어졌다.

"무슨 소리시오! 아무리 선배라지만, 본 가를 무시하면……."

그때 단목유기가 손을 들어 인독을 제지했다.

분명 단화경은 무엇인가 알고 있었다. 그것도 지금 자신에게 닥친 위기와 밀접한 무엇인가를.

"자신있으시오?"

다시 단화경이 일침을 가하듯 준엄하게 물었다.

한참 동안 단화경을 응시하던 단목유기가 천천히 입을 열었다.

"…자신없소."

그 시각, 이현은 악몽과 싸우고 있었다.

각기 다른 악몽이 계속해서 반복적으로 이어지고 있었다.

그것이 그려내는 단 하나의 그림.

바로 기풍한의 죽음이었다.

악몽의 시작은 처음 그녀가 기풍한에게 목숨 빚을 졌던 해남성의 여모봉 정상이었다.

그곳에서 기풍한이 죽어가고 있었다.

개미 떼처럼 그를 둘러싼 북풍혈마대의 칼날이 그를 난도질하고 있었다.

"안 돼!"

그녀가 미친 듯이 악을 쓰며 기풍한에게 가려 했지만, 그녀를 실은 연은 점점 그와 멀어지고 있었다.

그녀의 발버둥에 연이 지상으로 추락했다.

온몸이 바스라지는 듯한 충격에 눈을 뜨면 두 번째 악몽이 시작되었다.

귀문추행진 속의 기풍한.

이곳에서도 역시 기풍한은 무기력하게 죽어가고 있었다.

수많은 톱니바퀴에 온몸이 찢기면서 고통스럽게 죽어가고 있었다.

그러나 그녀는 기풍한에게 다가갈 수 없었다.

그에게 달려가다 보면 어느새 기문추행진의 기관 장치는 그녀를 원래의 자리로 되돌려 놓았다.

차마 기풍한의 죽음을 바라보지 못하고 그녀가 피해 달아날 수 있는 유일한 문.

바로 세 번째 악몽이 시작되는 곳이었다.

문안은 바로 남궁세가의 병기고였다.

귓가에 후끈 피어오르는 열기는 분명 자신의 목을 움켜쥔 낭인왕의 숨결.

그녀의 눈앞으로 기풍한의 검이 바닥으로 떨어지고 있었다.

안 된다고 고함을 질러보았지만, 목에서는 아무 소리도 나오지 않았다.

낭인왕이 소살신동에게 뭐라고 외치고 있었다.

소살신동의 신형이 서서히 허공을 날아가고 있었다.

저 멀리 자신을 바라보는 기풍한의 서글픈 눈동자.

소살신동의 무자비한 손이 기풍한의 심장에 박혔다.

자신의 심장이 갈라지듯 끔찍한 고통.

눈을 감으려고 했지만 눈꺼풀은 감기지 않았다.

마치 너로 인해 벌어진 일이니 끝까지 지켜보라는 운명의 명령처럼.

기풍한이 가슴에서 피를 뿜어내며 뒤로 쓰러지고 있었다.

"날 위해 죽는다고… 내가 고마워할 것 같아!"

분명 그 말을 소리치고 있었지만 그녀 자신의 귀에는 아무 소리도 들리지 않았다.

…이어지는 정적.

그 어둠의 끝에서 어떤 소리가 들려오고 있었다. 원래라면 다시 여모봉 정상으로 돌아갈 그 악몽이 깨고 있었던 것이다.

"난 누가 날 위해 죽어주면 정말 고마워할 텐데."

"……?"

그녀가 서서히 꿈에서 깨어났다.

낯선 천장.

그 위로 얼굴 하나가 불쑥 들어와 자신을 내려다보았다.

장난기가 가득한 얼굴의 곽철이었다.

"깨셨소?"

이현이 멍하니 눈만 끔뻑였다.

"무슨 악몽을 그리 끝없이 꾼답니까?"

이현이 창백해진 얼굴로 몸을 일으켰다. 목에 매어진 흰 천을 보자, 낭인왕의 비수에 몸을 던졌던 기억이 떠올랐다.

"그 사람은?"

그녀의 목은 자신이 듣기에도 낯설 만큼 쉬어 있었다.

꿈속에서 기풍한을 향해 외쳤던 그 많은 말들이 꿈속의 자신에게는 들리지 않았지만, 실제로는 잠꼬대를 통해 목이 터져라 외치고 있었던 것이다. 꿈속에서 자신의 목소리가 들리지 않은 것은 목을 다친 것이 영향을 미친 것 같았다.

"목이 쉴 만도 하지요, 목을 다친 상태에서 그렇게나 소릴 질러댔으니."

"그 사람은 무사한가요?"

그녀는 오직 기풍한의 안부만을 묻고 있었다.

"조장님 말씀이오?"

이현이 고개를 끄덕였다.

곽철이 입맛을 쩝쩝 다시며 말했다.

"이 강호에서 그런 질문이 제일 필요없는 사람이지요. 오랜만에 봤는데 제발 제 안부를 먼저 물어주시지요."

곽철의 농담에 그제야 이현이 안도의 한숨을 내쉬었다.

"어디에 계신가요?"

이현의 물음에 곽철이 미소를 지으며 말했다.

"지금 남궁가주를 만나고 있소. 걱정하지 않으셔도 됩니다."

그때 두 사람이 방으로 들어왔다. 비영과 연화였다.

"저리 비켜라."

곽철을 옆으로 밀어내며 비영이 걱정스럽게 물었다.

"괜찮으십니까?"

이현이 가만히 고개를 끄덕였다.

왠지 이현에게 더욱 공손해진 비영의 모습을 보며 곽철의 눈이 가늘어졌다.

연화가 새 옷을 한 벌 내밀었다.

"갈아입으세요. 제 옷인데 맞을까 모르겠네요."

"고마워요."

연화가 곽철과 비영을 밖으로 밀어내며 말했다.

"자, 이제 두 분은 나가주세요."

곽철이 입을 헤벌쭉 벌리며 말했다.

"그냥 있으면… 안 될까요?"

그러자 비영이 곽철을 질질 끌고 밖으로 나갔다.

연화가 활짝 웃으며 말했다.

"참 재미있는 분이죠?"

이현이 미소를 지어 보이며 땀에 흠뻑 젖은 옷을 갈아입기 시작했다.

같은 여자라도 조금 어색했는지 연화가 시선을 돌렸지만 이현은 전혀 개의치 않는 눈치였다.

그때 연화의 눈으로 이현의 벗은 등이 보였다.

"…아!"

이현의 등에 새겨진 수많은 검상(劍傷)들.

상처는 등뿐만이 아니었다. 그녀의 온몸 곳곳에 그녀가 살아왔던 거친 과거가 아로새겨져 있었다.

연화의 시선을 느낀 이현이 멋쩍게 웃었다.

"흉하죠?"

"아, 아니에요."

연화는 새하얀 자신의 팔을 내려다보았다.

팔에도, 다리에도, 가슴이나 배에도 상처 하나 없는 자신의 몸이었다.

오히려 연화는 그 백옥 같은 완벽한 몸이 부끄럽게 여겨졌다.

옷을 다 갈아입은 이현을 향해 연화가 활짝 웃으며 말했다.

"잘 어울리네요."

한편, 밖으로 나온 비영의 뒤를 곽철이 오리 새끼처럼 쪼르르 따라다니기 시작했다.

곽철의 얼굴은 이미 살인 사건의 수사를 나온 포두로 바뀌어 있었다.

"하지 마!"

곽철이 뭐라 말을 꺼내려 할 때, 비영이 나지막이 경고했다.

그러나 입이 근질근질한 곽철이 그냥 넘어갈 리 없었다.

"흐음… 그렇게 된 것이었군."

"……?"

"조장의 여자를 사랑한 못생기고 싸움 못하는 한 무인의 애절한……."

비영이 검을 뽑으려는 순간 곽철이 비영의 몸을 뒤에서 부둥켜안으며 소리쳤다.

"으악! 안 돼! 아직 다 안 나아서 못 피해!"

철컥!

반쯤 뽑혔던 검이 다시 들어갔다.

곽철은 비영의 성격을 누구보다 잘 알고 있었다.

게다가 이현의 악몽을 듣고는 대충 어떤 상황이 벌어졌는지 알 수 있었다.

"아, 빨리 나아야지. 사는 재미가 없군."

그러자 마당 한옆 평상에 앉아 약초를 썰던 화노가 단약 하나를 던지며 소리쳤다.

"그러려면 부지런히 처먹어!"

다시 곽철이 껑충 뛰어 공중제비를 하며 날아오는 단약을 그대로 받아 삼켰다.

그 재롱에 화노의 옆에서 약재 분류를 돕고 있던 서린이 박수를 쳤다.

곽철이 팔짱을 끼며 의기양양 자세를 잡았다.

그 모습에 이번에는 비영이 곽철을 관찰하기 시작했다.

곽철의 몸 상태에 대한 걱정이 비영의 얼굴에서 묻어나고 있었다.

비영이 뭐라 하려는 순간 곽철이 선수를 쳐서 손가락을 들어 비영의 입을 막았다.

"괜찮아… 진정한 사내란!"

뭔가 진지한 말을 하려던 곽철의 인상이 찌푸려졌다.

"크윽! 너무 쓰다."

"바보."

두 사람이 마주 보며 미소를 지었다.

한줄기 바람을 맞으며 서로를 마주 보고 있는 두 사람의 모습을 보며 서린이 미소를 지었다.

서린이 늙어 죽을 때까지 보고 싶은 광경.

그러나 제법 멋지게 연출된 그 장면은 오래 지속되지 못했다.

그들 사이로 돌진한 발정난 멧돼지의 출현 때문이었다.

"이거 한 번 들어줘!"

팔용의 손에는 한 장의 서찰이 들려 있었다.

삐뚤삐뚤한 글씨 속에 담긴 애절한 사연. 바로 매 소저에게 보낼 팔용의 연서(戀書)였다.

팔용의 두 눈이 벌겋게 충혈된 걸로 봐서 그 잠자기 좋아하는 놈이 꼬박 밤을 새운 듯했다.

서린이 활짝 웃으며 기대감에 부풀어 달려왔다.

곽철과 비영, 서린의 중앙에 서서 팔용이 목소리를 가다듬었다.

"사모하는 매 소저! 그대를 본 순간부터 내 마음속에는 그대뿐이라오. 강호를 종횡하며 악인들의 목을 싹둑싹둑 잘라낼 때면 항상 그대가 생각나오. 죽엽청 한 잔에 오리 구이를 먹을 때면 그대가 생각이 나오. 또 매화꽃이 활짝 필 때면 그대 생각이 나겠지요. 아! 언제나 내 마음속에는 그대뿐이오."

자아도취에 빠져 연서를 읽은 팔용이 기대가 가득한 눈빛으로 모두의 평가를 기다렸다.

"어때? 어때?"

서린이 박수를 치며 격려했지만 곽철의 손은 팔용의 머리통으로 날아가고 있었다.

딱!

사정없이 꿀밤을 때린 곽철이 이번에는 서린을 야단쳤다.

"이놈을 평생 홀아비로 만들 셈이냐?"

서린이 지금의 내용이 괜찮지 않냐며 수화를 하자 곽철이 고개를 가로저었다.

"아냐, 아냐. 틀렸어. 시작부터 잘못됐어. 처음부터 끝까지 다 틀렸어!"

곽철의 교육이 시작되었다.

"사모하는 매 소저? 이 촌스런 시작은 도대체 어느 시대 인사말이냐? 우리 구닥다리 조장님도 이런 표현은 안 쓸 것이다."

"흑! 그런가?"

팔용의 울상에 곽철이 더욱 핏대를 세웠다.

"거기에 애꿎은 애들 목은 왜 잘라? 싹둑싹둑 목을 자르는데 여자 생각 나신다? 연쇄 살인귀냐? 변태냐? 그리고, 그냥 술만 마시지 오리는 왜 나와? 상상을 해봐라. 기름기 번들거리는 손과 입으로 '매 소저!'라고 외치는 네 모습을. 아마 한동안 매 소저 오리는 쳐다도 안 볼 것이다. 매화꽃이 필 때면? 평생 매 소저, 매 소저… 이름으로 들어왔는데 매화라면 얼마나 지겹겠냐?"

곽철의 냉철한 지적에 팔용이 감탄하며 역시 곽철이야란 표정을 지었다.

"다시 써! 뭔가 자극적이면서 야릇하고, 상대의 아름다움을 칭찬하면서도 도도함을 잃지 않는……."

그때 곽철의 말을 잘라내며 뒤쪽에서 연화의 목소리가 들려왔다.

"왜, 지금도 좋은데요?"

어느 틈에 이현과 연화가 방에서 나와 마루에 걸터앉아 있었다.

"진심이 담겨 있다는 것이 느껴지는걸요?"

서린이 동감한다는 듯 환하게 웃으며 두 사람에게 달려갔다.

이제 세 여인이 나란히 마루에 걸터앉아 곽철의 연애관을 공격하기 시작했다.

"여인들은 잘 지어진 미사여구(美辭麗句)보다는 진심이 담긴 말을 듣고 싶어하지요."

서린이 공감의 박수를 치자, 이현이 동조의 미소를 지었다.

곽철이 꽥 소리를 질렀다.

"속지 마! 저 사악한 여인들에게 속지 마! 정작 자신들은 네 서찰을 받고 싶지 않을 거야! '사모하는' 까지 읽고 찢었을 거야!"

"절대 아니에요!"

연화의 반격에 곽철이 팔용의 머리통을 양손으로 부여잡으며 팔용과 눈을 맞췄다.

"여인이 어떤 존재인지 진실을 알려줄까? 사실 이깟 연서 쪼가리는 필요도 없어. 진심을 담은 백 통의 연서보다는 으스러질 정도로 꽉 안아주며 초상비로 휠휠 날아주는 데 더 감동하는 것이 여자야. 여인이란 바로 그런 존재야!"

"우우우!"

여인들의 야유가 이어졌다.

"절대 여자들은 그런 겉멋을 좋아하지 않는답니다. 자신의 인생을 맡길 수 있는, 믿음이 가는 그런 남자를 좋아하지요. 같은 여자인 저희 말을 믿으세요."

팔용이 연화의 말에 귀가 솔깃하면서 여인들 쪽으로 마음이 기울자 곽철이 반격을 시작했다.

"자고로 여인들은 두 개의 마음을 지니고 있지. 겉으로는 진심이니 믿음이니 하지만 말야, 정작 자신이 원하는 것은 꽁꽁 숨겨놓고 있지. 왜냐? 그 열망은 말로 하기에는 너무나 부끄러울 만큼 원초적인 것이거든."

"우우우우!"

야유의 목소리가 더욱 높아졌지만 곽철은 꿋꿋하게 팔용을 설득했다.

"생각을 해봐, 여자가 다른 여자를 소개해 줄 때 자신보다 아름다운 이를 소개해 준 적이 있나를. 절대 없다! 그게 바로 여자란 동물이야."

그러자 팔용이 머리를 긁적였다.

"그야 난 모르지."

"아무튼! 절대 여자를 믿지 마! 특히 저 이상한 세 여자는 더욱 믿지 마!"

"흥! 그건 외모만 따지고 드는 남자들의 문제지요! 오직 미모, 미모! 그건 주화입마보다 더 심각한 병이라구요!"

결국 곽철이 팔용의 결단을 요구했다.

"좋아! 네가 직접 선택해."

곽철이 비영을 잡아끌고 뒤로 물러섰다. 비영 역시 곽철의 의견에 동조를 했는지 순순히 따랐다.

"이 한 번의 선택에 네가 홀아비로 늙어죽느냐 마느냐가 달려 있다."

"전 팔용 오라버니가 올바른 선택을 하시리라 믿어요."

그 중간에 홀로 선 팔용이 난처한 듯 머리를 쥐어뜯었다.

"흑흑… 이건 먹을래? 잘래? 란 선택보다 더 어려워!"

그 말에 모두들 실소를 지었다.

그때였다.

"거기까지."

화노의 말에 모두의 시선이 그를 따라 담 너머로 향했다.

저 멀리 두 사람이 이곳으로 걸어 올라오고 있었다.

곽철을 비롯한 질풍조원들이 재빨리 복면을 썼다.

잠시 멍하니 있던 연화에게 곽철이 진지한 얼굴로 복면을 쓰라고 손짓했다.

"아……!"

연화가 서둘러 복면을 썼다.

장난스런 분위기에서 한순간 진지하게 돌변하는 데에는 아직도 영 적응이 안 되는 그녀였다.

모두 복면을 쓰고 기도를 바꾸자 순식간에 화기애애하던 장내는 방금 큰 건수를 마친 용병 무인들의 섬뜩한 분위기로 바뀌었다.

그곳으로 단화경과 단목유기가 들어서고 있었다.

같은 시각, 남궁화천은 앞에 앉아 있는 복면인을 유심히 살피고 있었다.

자신을 끌고 온 이들과는 분명 다른 분위기를 풍기고 있었는데, 직감적으로 그가 이 용병 조직의 수장이라는 것을 알 수 있었다.

복면인은 바로 기풍한이었다.

"날 어쩔 셈이냐?"

남궁화천의 물음에 기풍한이 무뚝뚝하게 대답했다.

"조금만 기다리시오."

"무엇을 기다리는 거냐?"

기풍한은 아무 대답을 하지 않았다.

다시 남궁화천이 기풍한의 옆에 앉은 복면여인을 살폈다.

그 여인은 바로 통이문주였다.

"두 사람은 어떤 관계인가?"

어떻게든 작은 단서라도 찾아내려는 남궁화천의 노력이었지만, 두 사람에게서 그 어떤 대답도 듣지 못했다.

겉으로 아무 내색을 하지 않았지만 통이문주는 조금 동요하고 있었다.

'…어떤 관계일까?'

이번 일에 끼어든 것은 통이문의 멸문을 감수한 위험한 선택이었다.

비록 그가 자신의 오라버니의 원수를 갚아줬고, 마교의 공격으로부터 자신을 구해줬다 해도 상대가 기풍한이 아니었다면 지금 이 자리에 있었을까?

분명 아닐 것이다.

통이문주는 그 누구보다 총명하고 현명한 여인이었다.

기풍한과 이루어질 수 없는 사이란 것을 이미 깨닫고 있었다.

그러나 어쩌랴. 손을 잡고 꽃동산을 뛰어다니는 것만이 사랑은 아닐진대.

그때 밖을 지키던 매란국죽이 짤막한 보고를 했다.

"오셨습니다."

누군가 새로운 인물이 왔다는 소리에 남궁화천이 내심 긴장했다.

이윽고 문이 열리고 단화경과 단목유기가 안으로 들어섰다.

단목유기가 순순히 단화경을 따라온 이유는 궁지에 몰린 지금의 현실에 어떤 돌파구를 찾으려는 노력이 컸지만 가장 큰 이유는 단화경에 대한 믿음 때문이었다.

천리비마가 강호의 좋지 못한 소문과는 달리 협기를 지닌 인물이란 것을 그는 알고 있었던 것이다.

"당신은? 역시 네놈 짓이구나!"

단목유기를 본 남궁화천의 인상이 일그러졌다.

단목유기 역시 화들짝 놀라 단화경을 돌아보며 소리쳤다.

"날 속인 것이오?"

다시 두 사람은 조금 의아한 마음이 되었다.

눈치를 보니 상대 역시 자신을 만나리란 것을 모르고 있었던 것 같았다.

"자, 흥분하지 마시고 앉으시오."

단화경이 두 사람을 진정시켰다.

단목유기가 단화경에게 말했다.

"무슨 속셈이시오?"

그에 대한 대답은 기풍한이 대신했다.

"본론부터 말하겠소. 오늘 두 분을 이 자리에 모신 것은 두 세가 간의 불필요한 싸움을 막기 위함이오."

남궁화천과 단목유기 모두 깜짝 놀랐다.

상대가 꾸민 짓이 아니라면, 자신들을 이용해 또 다른 음모를 꾸미려는 것이라 생각했는데 복면인들이 원하는 것은 화해였다.

남궁화천이 단화경을 노려보며 물었다.

"오늘 일, 당신이 꾸민 것이오?"

강호의 견식이라면 제법 넓은 남궁화천 역시 단숨에 단화경을 알아보았다.

그때 기풍한의 전음이 단화경에게 전달되었다.

"잠시 그렇게 해주시오."

"망할 놈! 그 눈곱만한 흑문 때문에 날 그리 쫓아다니더니… 이게 뭔 짓이냐!"

"하하."

두 사람의 전음이 재빨리 오고 갔다.

"꾸몄다는 말은 어울리지 않소. 난 다만 쓸데없는 싸움을 피하고자 중재를 하려는 것뿐이오."

단화경의 대답에 두 사람이 열심히 머리를 굴리기 시작했다.

십이천성은 지금까지 사대세가의 일에 개입한 적이 없었다. 그런데 단화경이 난데없이 중재하겠다고 나서니 자연 의아함이 들 수밖에 없었다.

남궁화천이 조심스럽게 물었다.

"혹시 검성 어르신도 관여되어 있소?"

천리비마는 무섭지 않았지만 검성은 무시할 수 없는 존재였다.

"그분이야 언제나 강호가 평화롭기만을 바랄 뿐이지요."

듣기에 따라 다른 해석이 나올 만한 애매한 답변이었다.

두 가주는 검성이 개입되었다고 확신했다.

검성이 개입되었다면, 오늘의 모든 일은 성립이 되었다.

검성의 지인(知人)들이나 제자들이 나섰다면 남궁칠기가 깨진 것도 이해가 갈 만한 일이었으니까.

"그럼 우리 두 사람을 대면케 한 까닭은 무엇이오?"

남궁화천의 의문은 단목유기 역시 궁금해하는 바였다.

이번 대답은 기풍한이 대신했다.

"이번 일의 배후가 서로가 아님을 밝히기 위함이오. 만약 따로 자리를 만들었다면 반드시 서로가 수작을 부린다 생각했을 것이오."

두 가주가 서로를 노려보았다.

두 사람 모두 완전히 의심을 풀지는 않고 있었다. 지금 이 자리 역시 꾸며진 자리일 수도 있었기 때문이다.

기풍한이 담담하게 그들을 설득했다.

"사대세가가 분열되면 정도무림 전체가 흔들리오."

적어도 무슨 속셈인지는 몰라도 두 세가 간의 전쟁만은 막으려는 노력만큼은 진실로 보였다.

단목유기가 노기를 띠며 남궁화천을 노려보았다.

"어린아이에게 섭혼술을 사용한 자요! 인두겁을 뒤집어쓴 이리 같은 자와 무슨 화해를 하란 말이오! 난 결코 용서할 수 없소!"

상대적으로 힘이 약한 단목유기의 입장에서야 화해란 쌍수를 들고 환영할 제안이었지만, 자신의 딸에게 섭혼술을 쓴 것만큼은 용서할 수 없었다.

남궁화천의 입장에서 그 부분만큼은 변명의 여지가 없는 일이었다.

"애초 그대가 자초한 일이었소."

"그걸 변명이라고 하시오!"

단목유기의 언성이 높아졌다.

반면 남궁화천은 점차 여유를 찾고 있었다.

자신을 납치한 자들의 정체가 단화경과 그 배후의 검성으로 밝혀지고, 또한 그 목적 역시 두 세가의 화해라면 적어도 자신의 목숨이 위험할 일은 사라진 것이다.

남궁화천이 단화경과 기풍한을 번갈아 보며 말했다.

"만약 거절한다면 어쩌시겠소?"

넌지시 상대의 반응을 알아보고자 한 의도였는데, 결과는 매우 좋지 않았다.

지금까지 말없이 자리만 지키던 통이문주가 몇 장의 서류를 그의 앞에 내놓았다.

서류를 읽어 내려가던 남궁화천의 얼굴이 파르르 떨리기 시작했다.

"이건!"

서류에는 지난 이십 년간, 남궁가의 갖가지 숨겨진 부정 행위가 소상히 적혀 있었다.

그중에는 살인도 있었고, 무력을 사용해 다른 이의 세력을 빼앗은 일도 있었다. 대부분 자신의 허가로 이루어진 일들이었다.

'이게 밝혀지면… 본 가는 끝장이다!'

다시 기풍한의 말이 이어졌다.

"이미 강호에는 당신이 체포되었다는 소문이 퍼져 있소."

"……!"

"지금 상황에서 이 내용이 강호에 밝혀진다면, 그대의 체포는 당연시될 터이고 강호의 여론 때문에라도 천룡맹은 결코 그대들을 도울 수가 없을 것이오."

틀린 말이 아니었다.

천룡맹은 정도무림을 대표하는 그 성격상 어떤 집단보다 대중의 여론에 신경을 쓸 수밖에 없었다. 만약 그런 소문이 퍼진 상황에서 이 비

리들이 밝혀진다면 천룡맹에서도 어쩔 수 없이 자신의 체포를 기정사
실화할 수밖에 없었다.

"하나, 약속을 지켜주신다면 이번 일은 그냥 헛소문으로 끝나게 되
겠지요."

"이 내용을 밝히지 않는다는 보장이 있느냐?"

"없소. 단지 당신은 우릴 믿을 수밖에 없소."

"이… 이!"

남궁화천이 문서를 와락 움켜쥐며 부들부들 떨었다.

다시 기풍한이 담담하게 말했다.

"만약 그럴 의도였다면… 오늘의 자리 대신 협박장이 갔겠지요?"

이윽고 남궁화천이 고개를 끄덕였다.

"좋소. 그대들의 의사에 따르겠소."

그러나 남궁화천의 마음속에는 반드시 이들을 죽여 복수하겠다는
의지가 불타오르고 있었다.

저 문서에 담긴 내용은 두고두고 화근이 될 테니까.

마음속의 복수심을 감춘 채 남궁화천이 힘없이 단화경에게 물었다.

"이런 짓을 벌이는 까닭이 뭐요?"

"그야 강호의 평화를……."

"진심을 말하시오!"

남궁화천이 버럭 소리를 내질렀다.

단화경이 턱을 만지작거리며 잠시 생각에 잠겼다.

"진심이라……."

기풍한의 말마따나 지금껏 음모 한 번 없이 살아온 인생이었다.

못난 제자 놈 때문에 말년에 운명이 바뀐 그였다.

기풍한과 이번 일을 해오면서 그도 이런 저런 생각을 했던 차였다.

"그대들의 방법이 옳지 않기 때문이오."

그 말에 남궁화천의 눈이 서서히 커졌다.

"모두 알고 있구려."

단화경이 가만히 고개를 끄덕였다.

이번 연합 작전을 어떻게 알았는지는 지금 중요하지 않았다.

남궁화천이 벌떡 자리에서 일어났다.

"마교를 멸하는 일이오! 이 일에 방법을 따진단 말이오?"

그러자 단화경이 싸늘하게 말했다.

"그렇게 마교를 멸하고 싶으면 왜 제자의 손에 검을 들려 당당하게 마교로 돌진하게 하시지 않소?"

"그건 궤변이오!"

"상대가 강하다는 이유로 사도맹을 끌어들이고, 강호제패를 꿈꾸었던 묵룡천가를 끌어들인 것이오? 난 솔직히 그대들의 행동에서 마교와 다른 점을 찾지 못하겠소."

"……."

남궁화천은 순간 아무 변명도 못하고 부르르 떨고만 있었다.

단화경이 나지막이 말했다.

"그대들의 명분은… 이미 죽어 있소."

잠시 침묵이 흘렀다.

"이만 돌아가시오."

밖에서 대기하던 곽철과 비영이 들어왔다.

곽철과 비영이 두 사람을 따로 데리고 나갔다.

그들이 물러가자, 기풍한이 단화경에게 미소를 지으며 말했다.

"대단하셨소."

"흥! 이놈아, 난 뭐 생각도 없는 줄 알았느냐? 내가 단화경이다!"

"하하!"

"이런 나를 허드렛일이나 시키고 계집아이 보표로나 써먹었으니 네 눈깔도 알 만하다."

그간 중요한 역할을 못해 쌓이고 쌓인 단화경의 원망에 기풍한이 좋은 얼굴로 달랬다.

"앞으로 참고하겠소."

"일없다."

단화경마저 나가자 이제 기풍한과 통이문주만이 남았다.

기풍한이 그녀에게 진심으로 고마움을 표했다.

"감사드리오."

오늘의 일을 성사시킨 사람은 결국 통이문주였다.

통이문의 정보를 이런 식으로 이용한다는 것은 통이문의 근간을 흔들 행위였다.

통이문주가 별일 아니다란 미소를 지어 보였다.

"그들이 약속을 지킬까요?"

"적어도 당분간은 조용할 것이오. 무명노인을 잡아들일 시간을 번 것으로 충분하오."

고개를 끄덕이던 통이문주가 자신의 속마음을 조심스럽게 드러냈다.

"우리가 하는 일이 옳은 일일까요? 이대로 정사연합이 마교를 없애게 된다면… 더욱 좋은 강호가 되지 않을까요?"

"그럴지도 모르지요."

"……?"

통이문주의 솔직한 물음에 기풍한이 자신의 생각을 밝혔다.

"내가 걱정하는 것은 강호의 조화가 깨어지는 것이오. 천 년을 이어온 정사마란 세 균형이 깨어지는 순간… 분명 강호에는 어마어마한 후폭풍이 몰아칠 것이오."

"아!"

"난 강호란 그러한 곳이라 생각하오. 공개적으로 인간의 선악을 나눠놓은 곳… 자신이 자신의 악을 떳떳이 인정할 수 있는 곳… 정사마란 세 구도가 그것을 가능하게 해주었지요. 하지만 난 두렵소. 드러내놓고 '난 악인이다' 라고 할 수 없게 되었을 때… 그 악심(惡心)을 분출하지 못한 인간들이 어떻게 변할지……."

"……!"

기풍한이 마지막 한마디를 남기고는 방을 나갔다.

"난… 인간을 믿지 않소!"

빈 방에 홀로 앉아 있던 통이문주가 가볍게 한숨을 내쉬었다.

'하지만… 이미 당신은 너무나 많은 사람들을 믿고 있어요.'

第37章

이종 작전

이
중
작
전

남궁가주가 풀려난 지 며칠이 지났다.

그가 무사히 돌아왔다는 소식에 끝없이 부풀어 오르던 소문은 싱겁게 가라앉고 말았다.

이후 남궁가주는 집 안에 틀어박힌 채 바깥출입을 하지 않고 있었다.

그야말로 위태로운 휴전이 시작된 것이다.

대신 전쟁은 낙양제일루의 별채 앞에서 벌어지고 있었다.

"주시오."

아칠은 한껏 눈을 부라리고 있었다.

그 앞에 하품을 하며 건들거리고 있는 사람은 곽철이었다.

"얼마라고?"

"천이백 냥이오."

일전에 곽철이 객잔의 음식을 모두 동내며 위장 작전을 펼친 결과였다.

"없는데."

"컥!"

그야말로 배 터지도록 먹고, 마시고, 기분 내고, '축제 끝, 배 째!'란 식이 아닌가?

게다가 저 당연하다는 표정은 뭔가?

아칠의 실수는 다른 게 아니었다. 돈을 받으러 온 자신을 맞으러 나온 것이 곽철이란 점과 그 곽철이 지금 너무나 심심해하고 있던 차라는 점이었다. 연화가 나왔으면 벌써 해결됐을 문제였다.

아칠이 애써 화를 참으며 다시 공손하게 말했다.

"농담 그만 하시고, 얼른 주시오."

"음… 농담 아닌데."

"돈 몇 푼 가지고 치사하게 이러시기요?"

"그럼 됐네. 돈 몇 푼 그쪽에서 처리하고, 난 치사한 놈 할게."

"컥!"

너무나도 뻔뻔한 곽철의 태도에 아칠의 눈매가 사나워졌다.

'과연… 이놈들 사기꾼이 확실해!'

이런 치사한 놈들이 어찌 법왕과 혈번을 물리치고, 남궁가주의 납치를 벌일 수 있었겠는가? 그야말로 어불성설(語不成說)에 언어도단(言語道斷)이었다.

잠시라도 그런 생각을 했었던 자신이 한심했다.

'문제는 문주님께서도 이놈들에게 속고 계시다는 점이야.'

진위야 어떻든 일단 돈은 받아내야 했다.

자신이 객잔의 주인이라면 모를까, 점소이로 위장해 있는 처지가 아닌가?

통이문 일급 정보원이 한 달에 받는 돈이라 해봐야 갖은 수당을 다 챙겨도 백 냥이 넘지 못했다.

천이백 냥은 그야말로 일 년 노동의 대가였다.

"그쪽 책임자가 누구요?"

아칠이 강하게 나가기 시작했다.

그러나 상대는 곽철이었다.

"자기 인생은 자기가 책임지는 거지… 그쪽은 누가 책임져 줘야 하나 보지?"

"컥!"

아칠의 숨이 가빠지며 혈압이 상승하기 시작했다.

"그러지 말고 내 입장도 좀 생각해 주시오."

그러자 곽철이 눈을 감고 생각에 잠기는 시늉을 했다.

"자, 생각했으니까 됐지?"

그 분노의 불꽃에 곽철이 기름을 붓기 시작했다.

"통이문주에게 일러야지. 우리 괴롭혀서 일을 못하겠다고."

아칠의 입이 쩍 벌어졌다.

지금 통이문주에게 달려가 도대체 저놈들이 누구냐고 고함을 지르고 싶은 사람은 자신이 아니던가?

그때 신나게 아칠을 놀리던 곽철의 눈빛이 반짝였다.

저 멀리서 통이문주와 매란국죽이 이쪽으로 걸어오는 것을 본 것이다.

곽철의 태도가 한순간에 돌변하기 시작했다.

"지금 그럴 상황이 아니니 조금만 기다려 주시오."

"……?"

너무나 정중하고 예의 바른 태도였다.

아칠은 그것이 자신을 농락하는 또 다른 방법이라 생각했다.

참고 참았던 아칠의 분노가 결국 폭발했다.

"무슨 개수작이냐! 어서 돈 내놔!"

"통이문도의 본분을 지키시지요."

"통이문이고 뭐고, 돈 내놔!"

"허허, 막말을 막 하시네."

곽철이 혀를 차며 고개를 가로저었다.

아칠이 인상을 그으며 나지막이 협박했다.

"내가 입만 뻥긋하면 어찌 되는 줄 아느냐? 강호에 깔린 우리 문도들이 얼마나 많은 줄 아느냐?"

"허허… 이제 협박까지 하는구려. 걱정 마시오. 그대 문주께서 우릴 보증하실 것이오."

"몰라! 이제 문주도 못 믿어!"

그때 뒤에서 누군가 차분하게 말했다.

"그 돈은 곧 문에서 지급될 테니 너무 걱정 마시게."

"헉!"

아칠의 머리 속에 벼락이 치고 폭풍우가 밀려오고 있었다.

서서히 아칠의 고개가 뒤로 돌아갔다.

언제 왔는지 통이문주와 매란국죽이 어느 틈에 그의 뒤에 서 있었다.

그녀가 미소를 지으며 한마디 덧붙였다.

"그리고… 난 믿어도 되네."

"어이쿠!"

아칠이 머리를 싸매고 객잔으로 뛰어갔다.

이제 통이문에서 출세는 다했구나란 절망감에 다리가 휘청거리고 있었다.

달려가다 힐끔 돌아보았을 때 그는 똑똑히 볼 수 있었다.

곽철이 자신을 향해 혀를 날름거리고 있는 것을.

그렇게 비틀거리며 객잔으로 들어가는 아칠을 보며 곽철이 말했다.

"너무 귀엽단 말이야."

통이문주가 미소를 지으며 말했다.

"그래도 너무 괴롭히지는 말아주세요. 본 문의 훌륭한 문도이니까요."

"헤헤. 아무렴요. 자, 들어가시죠. 조장님께서 기다리고 계십니다."

곽철이 통이문주를 별채 안으로 안내했다.

통이문주가 안으로 들어서자마자, 기풍한이 기다렸다는 듯 물었다.

"가셨던 일은 어떻게 되었소?"

"본 문의 전 문도를 풀어 찾고 있지만, 아직 십이혈성의 자취는 발견되지 않고 있어요."

"음… 그들이 마음먹고 숨는다면 찾기가 쉽지 않을 것이오."

내심 통이문의 정보망을 기대했던 기풍한은 실망할 수밖에 없었다.

이번 일을 해결하기 위한 열쇠는 바로 십이혈성을 이끄는 무명노인이 가지고 있었다.

그를 한시라도 빨리 잡지 못한다면 어떤 일이 벌어질지 모를 상황이었다.

무겁게 흐르는 침묵을 깬 것은 단화경이었다.

"그 망할 놈들! 도대체 어디에 숨어 무슨 짓을 꾸미고 있을까?"

한시라도 빨리 이번 일을 마무리 짓고 싶은 마음은 단화경이 더하면 더했지 덜하지 않았다.

단화경은 영 찜찜한 얼굴이었다.

이번 일의 주모자로 자신이 찍힌 이상, 이제 남궁가와 웃는 낯으로 술잔을 기울이긴 영영 끝장이 났다고 봐도 무방했다.

곽철이 단화경의 심경을 짐작하곤 슬슬 미끼를 풀기 시작했다.

"그 남궁가주, 척 보니 밴댕이 소갈딱지에 옹졸한 위인인 것 같던 데……."

"너도 그렇게 보았느냐?"

역시 단번에 미끼를 무는 단화경이었다.

"속 좁은 자들의 원한이 더욱 깊은 법이지요."

단화경이 침을 꿀꺽 삼켰다.

"지금쯤 전 남궁가의 무인들이 이를 갈며 선배를 찾고 있을 텐데… 아니지, 어쩌면 강호 전 살수들의 살명부(殺名簿)에 이름이 오르셨을 지도 모르지요."

단화경이 한숨을 푹푹 내쉬었다.

평생을 남에게 원한 한 번 지지 않고 살아온 그였다.

이제 다 늙어 죽는 게 겁나는 것이 아니라, 그러한 원한을 지게 된다 는 것에 마음이 무거웠던 것이다.

단화경의 측은한 모습에 곽철의 마음이 약해졌다.

"원래 풍류공자들은 적도 많고 친구도 많은 법이지요."

단화경은 풍류공자란 말에 조건 반사적으로 기분이 좋아지기 시작했다.

"그렇지?"

"그럼요! 그리고 강호에 너무 적이 없어도 멋이 없어요! 정인군자(正人君子)니 하는 것도 다 '나 물러 터졌소' 라고 광고하는 꼴이지요."

"옳거니!"

"그리고 우리 질풍조는 원래 적이 많지요. 적이 많을수록 일을 열심히 하고 있다는 증거지요."

곽철의 그 말에 단화경은 매우 감격했다.

우리란 말은 이제 자신도 이들과 하나란 뜻이었으니까.

단숨에 단화경에게 병도 주고 약도 준 곽철이 진지한 태도로 바뀌었다.

"이제 다섯이 죽었으니, 일곱이 남았군요."

독수염라, 천면호는 소룡지회 때 죽었고, 일전의 병기고에서 낭인왕, 금적산, 소살신동이 죽었으니 남은 십이혈성은 무명노인을 제외하고 모두 일곱이었다. 하나가 더 늘은 것은 단화경의 제자 유식이 포함되었기 때문이다.

"놈들이 움직일 때까지 이렇게 마냥 기다려야 하나?"

팔용의 말에 곽철이 목을 이리저리 돌리며 말했다.

"그건 우리 방식이 아닌데……."

화노의 정성스런 치료로 이제 완전히 완치된 곽철은 몸이 근질근질한 모양이었다.

그때 누군가 다급하게 문을 두드렸다.

헐레벌떡 들어온 이는 바로 아칠이었다.

"어라, 아직 포기 안 했어?"

곽철의 말에 아칠이 황급히 고개를 가로저었다.

"그게 아니라……."

아칠이 통이문주에게 황급히 보고했다.

"도귀 웅패가 이곳에 나타났습니다!"

도귀란 말에 모두의 표정이 굳어졌다.

십이천성 중 사파제일고수라 불리우는 도귀가 등장한 것이다.

"이곳이라면? 객잔에 말이냐?"

"네. 지금 막 음식을 시켰습니다."

"감시하지 말고 일단 그대로 두세요."

도귀에게 어설픈 감시는 결코 통하지 않을 것이다.

"알겠습니다."

아칠이 다시 나가자, 통이문주가 알 수 없다는 표정으로 말했다.

"도귀는 근래 좀처럼 강호에 모습을 드러내지 않고 있었습니다. 공교롭게도 그가 낙양에 나타났다는 것은 분명 이번 일과 관계가 있으리라 생각합니다."

그때까지 묵묵히 있던 이현이 나섰다.

"제가 그 이유를 알 것 같군요."

"무엇인가요?"

이현이 짤막한 한숨을 쉬며 말했다.

"그는… 저를 찾아온 것입니다."

기풍한과 이현이 별채를 나와 객잔 쪽으로 걸어갔다.

도귀 웅패가 용천악의 오른팔 역할을 자처한 것은 이현만이 알고 있는 사실이었다.

분명 용천악은 자신을 찾고 있을 것이다.

공교롭게도 도귀가 이곳에 나타난 것은 분명 자신을 찾으러 온 것이라 그녀는 확신했다.

언제까지 도귀를 피해 다닐 수는 없는 일. 이현은 그를 직접 만나 자신의 의지를 밝히고자 마음먹었다.

"혼자 가도 됩니다."

이현의 말에도 기풍한은 묵묵히 그녀를 따라 걸었다.

"그날의 일은……"

기풍한이 그날의 일을 꺼내자, 이현의 발걸음이 딱 멈춰 섰다.

"사실… 그날 무서웠어요."

가만히 땅바닥을 내려다보던 이현이 바닥의 돌을 톡 차며 말했다.

"한번도 죽음을 두려워한 적이 없었다면 거짓말이겠지요. 하지만 지난 십 년간 적운조 생활을 하면서… 점차 죽음이란 것에 무감각해지더군요. 근래에는 죽음 앞에서 망설이지 않았어요. 마음속 깊은 곳에 그런 생각이 있었죠. 언젠가 임무를 하던 중에 죽게 될 것이라고… 지금 죽으나, 나중에 죽으나 마찬가지라는… 희망 따윈 포기하고 살았으니까요."

기풍한은 묵묵히 이현의 말을 듣고만 있었다.

"그런데… 그날은 많이 망설여졌어요. 겉으로는 망설이지 않은 듯 행동했지만… 그자가 제 비수를 빼앗아 드는 순간, 아! 그날이 오늘이었구나란 생각이 들었죠. 사실… 죽음이 두려웠던 게 아니라… 죽는다는 것이 싫었어요."

미묘한 차이였다.

기풍한은 그게 어떤 마음인지 이해할 수 있었다.

"그날의 일은······."

이현이 손가락을 들어 기풍한의 입술 위로 포갰다.

아무 말 하지 않아도 된다는 눈빛이었다.

"당신이 걸어가고 있는 길이 어떤 길이란 것을 알아요······."

그녀가 느끼는 기풍한의 삶.

지옥의 불구덩이 위에 걸쳐진 한 줄의 동아줄.

언제 자신이 떨어질지 모를 그 위태로운 줄 위에서 수많은 악인들을 아래로 떨어뜨리고, 그 악인들의 마지막 증오의 눈빛을 지켜보아야 하는 삶.

혹자가 말하는 그 정의로운 삶은, 그것이 생활이 되었을 때 얼마나 끔찍하고 힘든 일로 변하게 되는지 이현은 잘 알고 있었다.

"전 그런 당신을 선택했어요. 보호받기 위해서가 아니라 함께 걸어가고 싶어서."

기풍한이 이현의 손을 가볍게 잡았다.

따스한 기운이 그녀의 손등 위로 전해졌다.

다시 두 사람이 객잔으로 발걸음을 옮겼다.

별채에서 객잔으로 향하는 문을 열고 두 사람이 안으로 들어섰다.

저 멀리 구석 자리에 도귀의 모습이 보였다.

그렇게 두 사람이 도귀를 향해 걸어가던 그때였다.

앞서 걷던 기풍한이 휙 돌아서며 이현을 와락 감싸 안았다.

"······왜?"

당황하고 놀란 이현의 심장이 콩닥거리기 시작했다.

그녀가 떨리는 마음으로 기풍한을 올려다보았다.

지금의 행동과는 어울리지 않게 기풍한의 표정은 무섭게 굳어 있었다.

"……?"

그때 이현은 볼 수 있었다.

도귀에게 다가가고 있는 한 여인의 모습을.

놀랍게도 그 여인은 바로… 자신이었다.

"헉!"

이현의 눈이 경악으로 부릅떠졌다.

분명 다시 봐도 그 여인은 자신이었다.

짧은 단발머리도, 강인해 보이는 눈빛도, 햇살에 그을려 강인해 보이는 피부까지도.

"이게 어떻게……."

"쉿!"

기풍한이 이현에게 속삭였다.

"빨리… 철이를 불러주시오."

이현이 재빨리 별채 쪽으로 돌아서 걸어나갔다.

그녀를 돌려보낸 기풍한이 느긋하게 도귀 쪽을 향해 걸어갔다.

그리고는 그들과 조금 떨어진 자리에 자리를 잡고 앉았다.

기풍한이 자리에 앉고, 잠시 후 곽철이 객잔 안으로 들어왔다.

"형님, 먼저 오셨군요!"

곽철은 미리 언질을 받았는지 또 다른 이현을 보았음에도 전혀 놀라는 기색이 아니었다.

"어이, 여기 술 가져와!"

사실 요란스럽게 주문을 하는 곽철은 내심 크게 놀라고 있었다.

그녀는 가짜란 말이 무색할 정도로 완벽한 이현의 모습이었다. 그저 겉으로 그 놀라움을 감추고 있을 뿐이었다.

"형님, 당산(唐山)까지 가려면 부지런히 가야 할 텐데… 술타령이시오?"

당산은 사도맹의 본 맹이 자리한 곳.

두 사람을 미행해야 할 일이 생길 것을 짐작한 곽철이 미리 포석을 깔고 있었다.

기풍한이 곽철을 먼저 부른 것은 곽철의 이런 순발력을 믿었기 때문이다.

아나나 다를까, 당산으로 간다는 말에 도귀와 가짜 이현이 힐끔 두 사람을 돌아보았다.

이미 반박귀진에 이른 기풍한이었고, 곽철 또한 자신의 정체를 감추는 데는 일가견이 있는지라 도귀와 가짜 이현은 두 사람에게서 별다른 수상한 점을 발견하지 못했다.

"딱 한 잔만 하고 가자꾸나."

"나 다시 술 마시면, 마누라한테 죽습니다."

"괜찮다. 내가 제수씨에게 잘 말해 주마."

척척 장단이 맞는 두 사람이었다.

"음… 그럼, 딱 한 잔만 마셔볼까요?"

자연스럽게 이야기를 나누며 두 사람은 모든 정신을 옆 자리에 집중하고 있었다.

도귀 웅패가 나지막이 가짜 이현에게 물었다.

"내가 그대를 찾고 있다는 걸 어떻게 아셨소?"

도귀는 강호의 배분상 이현과는 비교할 수 없을 정도로 높았지만, 이현에게 예를 갖추고 있었다. 이현에 대한 용천악의 믿음이나, 그간 이현이 사도맹을 위해 헌신해 온 점을 높이 샀기 때문이었다.

도귀는 용천악의 명령으로 이현을 찾아 나섰다.

귀곡장에서 발견된 적운조 무인들의 시체들 속에서 이현의 시체는 발견되지 않았다.

이후 이런 저런 단서를 찾던 중, 낙양에서 만나자는 이현이 남긴 것으로 보이는 적운조 고유의 비밀 표시를 발견한 것이다.

"귀곡장에서 수하들을 모두 잃고, 저만 간신히 몸을 빼낼 수 있었습니다. 이후 놈들의 추적을 피해 도망을 다니면서 도움을 요청한 것이지요. 선배께서 직접 출도하셨으리라곤 미처 생각하지 못했습니다."

가짜 이현은 진짜 이현이 귀곡장에서 수하를 모두 잃은 것까지 상세히 알고 있었다.

"맹주께서 걱정이 많으셨소."

도귀의 말에 가짜 이현이 미소를 지었다.

"맹주님을 뵐 면목이 없습니다."

"어쩔 수 없는 일이었소. 그자들이 배신을 하리라곤 생각지 못했으니 말이오."

가짜 이현이 이를 바득 갈며 나지막이 말했다.

"놈들을 용서하지 않을 겁니다."

도귀가 가만히 고개를 끄덕였다.

"자, 우선 요기부터 하고 출발합시다."

두 사람이 젓가락을 들고 음식을 먹기 시작했다.

은밀히 그들의 대화를 엿듣던 곽철이 몇 잔의 술을 연거푸 마시고 있었다.

"캬, 간만에 마시니 죽이는군요."

"이놈아, 그러게 평소에 제수씨에게 잘 보였어야지."

"흥! 그 독한 마누라, 이야기도 꺼내지 마시오."

말을 하면서 동시에 두 사람은 전음으로 대화를 나누고 있었다.

그것은 질풍조의 고유 절기 중 하나였다.

"위험한 냄새가 나는군요."

"귀곡장의 일을 안다면… 놈들이 확실하다."

"그들이 왜 도귀를 끌어들이는 걸까요?"

"글쎄."

"저렇게 정교한 인피면구(人皮面具)는 지금까지 본 적이 없습니다. 또한 저렇게 자연스럽게 연기를 하는 저 여인 역시 보통이 넘습니다."

"저것은 인피면구가 아니다."

그 전음에 곽철이 깜짝 놀랐다.

"네?"

"또한 저자는 여인이 아니다."

이어지는 충격적인 사실에 곽철은 깜짝 놀란 마음을 술을 마시며 진정시켜야 했다.

다시 두 사람의 전음이 이어졌다.

"설마 사내란 말씀입니까?"

"그는 바로… 야접(夜蝶)이다."

야접.

십이혈성의 하나이자, 전대 최고의 살수라 불리던 바로 그였다.

그가 당시 강호 최고의 살수가 될 수 있었던 것에는 한 가지 비밀이 숨겨져 있었다. 그는 여인으로 몸을 바꿀 수 있는 음양환태술(陰陽換胎術)이란 무공을 지니고 있었던 것이다.

본래 음양환태술은 그 무공을 익힌 사내의 기본 골격과 체형에 따라 일정한 외모의 여인으로만 위장할 수 있는 무공이었다.

야접은 그 무공을 갈고닦아 결국에는 단 한 번이라도 본 여인이라면 그 모습 그대로 변신할 수 있는 단계까지 발전시킨 것이다.

그때부터 야접의 살수행은 그야말로 최전성기를 맞이했다.

자신을 하늘같이 섬기던 아내가, 순박하고 착하기만 한 외동딸이, 목숨을 걸고 사랑하는 정인이 찔러오는 검을 막아낼 고수는 그리 많지 않았다.

이후 질풍조에 의해 혈옥에 갇히게 되면서 그 전설은 끝나고 말았는데, 오늘 다시 야접의 음양환태술이 나타난 것이다.

기풍한이 가짜 이현의 정체를 밝혀낸 데에는 이유가 있었다.

"몸의 체취부터 피부, 목소리, 몸에 흐르는 기운마저 음기로 바뀌었지만, 그에게는 한 가지 숨길 수 없는 특징이 있지."

"뭡니까?"

"저자의 왼손 약지를 보거라."

곽철이 슬쩍 가짜 이현, 즉 야접의 왼손을 쳐다보았다.

손가락을 말아 쥐어 앞에 앉은 도귀에게 감추고 있었지만, 옆에 앉은 곽철은 똑똑히 볼 수 있었다. 왼손의 약지는 미묘하게 다른 손가락의 색과 달랐다.

"가짜 손가락?"

보통 사람의 눈에는 차이가 없을 정도로 정교하게 만들어져 있었지만, 분명 그 손가락은 가짜였다.

"어떻게 아신 겁니까?"

기풍한의 미소에 곽철이 대번 상황을 파악했다.

"…직접 자르신 거군요."

곽철이 손가락 살인마라고 말도 안 되는 농담을 던지려는 그때, 도귀와 야접이 식사를 마치고 젓가락을 놓았다.

순간 곽철의 비상한 머리가 돌아가기 시작했다.

곽철의 눈빛이 반짝이며 전음을 전했다.

"혹시 예전 흑나찰(黑羅刹)을 잡아넣던 작전을 기억하십니까?"

과연 곽철이란 얼굴로 기풍한이 고개를 끄덕였다.

기풍한이 가만히 눈을 감았다.

놀랍게도 기풍한의 전음이 별채에 있는 비영에게로 전달되었다.

일반 강호인이 보았다면 입에 거품을 물고 쓰러졌을 그 전음은 보통 전음이 아니었다.

만리전음술(萬里傳音術).

일반적으로 전음을 시전하려면 반드시 그 대상이 자신의 시야에 있어야 했다. 그 전할 수 있는 거리는 무공의 수위와 비례했는데, 어쨌든 대상이 시야에 있어야 한다는 것은 변함이 없었다.

그러나 만리전음술은 달랐다.

비록 그 이름처럼 만 리까지 전음을 보낼 수 있는 것은 아니지만, 보이지 않는 이가 백 장 이내에만 있다면 전음을 보낼 수 있었다.

그야말로 검술로 따지자면 이기어검술과 같은 전음의 최상승 경지가 펼쳐지고 있는 것이다.

전음을 마친 기풍한이 다시 눈을 떴다.

그사이 도귀와 가짜 이현, 즉 야접은 이미 입구 쪽에서 계산을 마치고 있었다.

두 사람이 계산을 마치고 나가려는데, 객잔 안으로 누가 들어왔다.

그 짧은 시간에 별채에 있던 비영이 객잔 정문으로 들어오고 있었던 것이다.

"이 조장 아니오?"

비영이 야접을 알아보고 인사를 건넸다.

야접이 내심 깜짝 놀라 긴장했다.

자신을 알아본 자를 만난 것이다. 문제는 자신이 상대를 알 수 없다는 데 있었다.

음양환태술은 그저 외형만을 바꿀 뿐, 기억까지 훔쳐 올 수는 없었으니까.

"나 응신방(鷹神幇) 일심(一心)이오."

응신방은 사도방파 중 제법 유명한 방파로 사도맹과 밀접한 관계가 있었다.

게다가 비영의 분위기는 그야말로 흑도무인에 너무나 잘 어울렸다.

"반가워요."

야접이 내심 긴장하며 비영에게 인사했다.

비영이 도귀를 알아보고 깜짝 놀라 정중하게 포권을 하며 인사했다.

"선배님, 오랜만에 뵙습니다."

도귀는 비영이 기억나지 않았지만 가볍게 고개를 끄덕이며 인사를 받아주었다.

그의 자리쯤 오르면, 이런 경우는 흔한 일이었다.

자신이 만난 모든 무인들이야 일생에 기억이 될 일로 도귀의 얼굴을 기억했지만, 자신은 그 많은 무인들을 일일이 기억할 수 없었다.

"선배님께서 출도하신 걸 아신다면 방주님이 매우 기뻐하실 겁니다. 방주님께 말씀드려 놓을 테니, 한번 들러주시지요."

"알겠네. 내 일간 한번 들르겠네."

두 사람의 대화를 듣던 야접의 표정이 살짝 굳어졌다.

도귀가 출도하고, 자신이 도귀와 함께 있었다는 사실은 절대 알려져서는 안 될 일이었다.

야접의 은밀한 전음이 다급하게 객잔을 가로질렀다.

전음이 흘러들어 간 곳은 지금껏 눈에 띄지 않았던 객잔 구석에 등을 보이고 앉은 사내에게였다.

사내는 술을 마시고 닭다리를 뜯는 데 집중하고 있었는데 전음을 듣긴 한 것인지 의심이 갈 정도로 이쪽의 일에 신경을 쓰지 않고 있었다.

"그럼 다음에 뵙겠습니다."

인사를 마친 비영은 객잔 안으로 들어섰고, 두 사람은 객잔 밖으로 나섰다.

다시 도귀와 야접의 뒤를 따라 기풍한과 곽철이 객잔을 나섰다.

비영이 두 사람과 모르는 사람처럼 스쳐 지나갔다.

"야접이 도귀에게 접근한 목적과 무명노인의 행방을 알아내도록."

기풍한의 전음이 비영에게 전해졌다.

그렇게 질풍조의 이중 작전이 시작되었다.

비영이 객잔에서 간단히 식사를 하는 동안 별채의 화노를 중심으로 하나의 작전이 만들어졌다.

화노와 비영은 점소이 아칠을 통해 몇 가지 정보를 주고받았다.

이윽고 식사를 마친 비영이 몇 병의 술을 사 들고 객잔을 나섰다.

낙양제일루를 나선 지 이각쯤 지나자, 비영은 자신을 뒤쫓는 인기척을 느낄 수 있었다.

비영은 낙양의 번화한 거리를 벗어나 도심 외곽의 산으로 올라갔다.

인적이 없는 산길을 한참 동안 올랐지만 미행하는 자는 어떤 행동도 하지 않았다.

'꽤나 조심스런 자군.'

그렇게 산을 오르던 비영이 비탈진 구릉에 볼록하게 자리한 아담한 무덤 앞에 멈춰 섰다.

무덤에 기대앉은 비영이 마치 죽은 사람을 그리워하듯 객잔에서 사 온 술을 병째로 들이키기 시작했다.

미행하던 이는 멀리 거리를 두고 비영을 감시하고 있었다.

그에 비해 비영은 느긋했다. 어차피 급한 쪽은 상대방이었다.

얼마나 시간이 흘렀을까?

비영이 두 번째 빈 술병을 언덕 아래로 집어 던지던 그때였다.

이윽고 감시하던 이가 모습을 드러냈다.

'독혈마군(毒血魔君)!'

비영은 단번에 그를 알아보았다.

사천당문의 패륜아이자, 십이혈성의 하나인 그가 모습을 드러낸 것이다.

독혈마군의 허리춤에 걸린 녹색의 암기 주머니는 분명 사천당문의 그것이었다.

비록 그는 당문에서 쫓겨난 처지였지만, 여전히 당문의 암기를 사용하고 있었던 것이다.

'쉽지 않겠군.'

비영은 내심 긴장하며, 품속의 피독주를 언제라도 꺼내 물 준비를 하고 있었다.

그런 속마음을 감춘 채, 비영이 짐짓 긴장한 듯 검자루를 움켜쥐었다.

"뉘시오?"

독혈마군은 마치 산책이라도 나온 한량마냥 느긋하게 비영에게 다가섰다.

"응신방의 일심이라 했나?"

과연 그는 객잔에서의 비영과 야접의 대화를 모두 듣고 있었다.

"초면인 듯한데 어찌 본인의 이름을 알고 있소?"

"크크크."

독혈마군의 얇은 입술 사이로 비웃음 섞인 기분 나쁜 웃음소리가 흘러나왔다.

"네놈이 일심이라고? 웃기지 마라. 넌 일심이 아니다. 응신방의 일심은 내가 이전에 만나본 적이 있으니까."

흠칫.

비영의 동요를 독혈마군은 놓치지 않았다.

'애송이 놈!'

사실 독혈마군은 일심을 만나본 적이 없었다. 응신방은 십여 년 전부터 이름을 날리기 시작한 사도의 신생방파였고, 혈옥에 갇혀 있던 그는 응신방의 이름조차 들어본 적이 없었다.

혹시나 해서 넘겨본 것인데, 상대가 손쉽게 걸려든 것이다.

독혈마군이 위압적으로 다가서자, 비영이 뒷걸음질을 치기 시작했다.

'놈, 나를 알고 있군.'

독혈마군은 두려움에 떠는 비영의 태도에서 그것을 느낄 수 있었다.

휘이익!

비영이 날렵하게 몸을 날려 도망가려 했지만, 독혈마군은 그보다 훨씬 빨랐다.

어느 틈에 독혈마군이 비영의 앞을 가로막아 섰다.

비영의 얼굴이 무섭게 떨리고 있었다.

독혈마군의 손이 허리춤의 암기 주머니 속으로 들어가려던 그때, 비영이 바닥에 꿇어앉았다.

"살려주십시오."

독혈마군의 입에서 사악한 미소가 그려졌다.

"네놈은 누구냐?"

"전 천룡맹 비룡일대 소속 무인입니다."

비영이 벌벌 떨며 자신의 정체를 밝혔다.

"객잔에는 왜 나타났느냐?"

"혈옥혈사(血獄血史)를 조사하고 있던 중입니다."

"왜 응신방의 무인으로 위장했지?"

"아까 그 여인은 수배 중인 적운조의 무인이었습니다."

비영의 입에서 술술 계획된 대사들이 흘러나왔다.

독혈마군이 고개를 끄덕였다.

혈옥혈사의 주모자인 천룡맹주는 맹주의 입장에서 형식상이나마 혈옥의 문제를 조사하긴 해야 했을 것이다. 당연히 이런 애송이를 시켜 수사를 진행해야 했을 것이다.

독혈마군은 자신의 추측에 내심 만족하고 있었다.

"그럼 왜 그녀를 미행하지 않느냐?"

"그녀 옆에 도귀가 함께 있었습니다. 제 추행술로는 불가능하다고 판단했습니다. 일단 맹에 보고만 하려던 참이었습니다."

"아까 그 일을 보고했느냐?"

"아직 하지 않았습니다. 그러니, 제발 살려주십시오."

물론 독혈마군은 비영이 보고를 하지 않았다는 것을 알고 있었다. 객잔을 나선 이후 자신이 계속 따라왔으니까.

"이곳은 누구의 묘냐?"

"제 동료의 묘입니다. 오늘이 죽은 지 꼭 삼 년이 되는 날입니다."

비영이 고개를 숙였다.

"이제 곧 만나게 되겠군."

대충 알아낼 것을 모두 알아냈다고 판단한 독혈마군이 살기를 내뿜으며 성큼성큼 비영에게 다가섰다.

"살려주십시오. 오늘 일은 깨끗이 잊겠습니다. 제발!"

공포에 질린 비영이 납작 고개를 숙이며 엎드렸다.

동시에 비영이 품속에 있던 피독주를 재빨리 입 안에 넣었다.

"운이 나빴다고 생각해라."

독혈마군의 손이 비영의 천령개를 내려치려는 순간.

쉬이잉—

비영의 검이 벼락처럼 허공을 가로질렀다.

팍!

독혈마군의 허리에서 피가 튀어 올랐다.

간신히 치명상을 피한 독혈마군이 몸을 뒤로 날리며 손을 휘저었다.

후욱!

미처 피할 사이도 없이 하얀 가루가 비영에게 뿌려졌다.

"크으윽!"

비영이 목을 움켜쥐며 괴로워하다가 그 자리에서 쓰러졌다.

숨을 헐떡이는 비영을 내려다보며 독혈마군이 싸늘하게 물었다.

"넌 누구냐? 넌 천룡맹의 비룡대 따위가 아니다."

놈의 검이 조금만 더 빨랐으면 이 자리에 누워 있는 것은 바로 자신이었을 것이다.

비영이 살기를 뿜어내며 힘겹게 말했다.

"사망곡(死亡谷)이 널 노리는 이상, 넌 이미 죽은 목숨이다."

사망곡은 강호오대 살수집단 중 하나.

"청부자가 누구냐?"

독혈마군이 깜짝 놀라 다급하게 물었지만 비영은 그대로 숨을 멈췄다.

그때, 그곳으로 누군가 모습을 드러냈다.

놀랍게도 나타난 사람은 바로 이현이었다.

"왜 돌아왔소?"

독혈마군은 당연히 그녀를 야접이라 생각하고 있었다.

"왠지 불길한 마음이 들어 잠시 핑계를 대고 몸을 빼냈소."

"그대 추측이 맞았소. 이자는 바로 살수였소."

과연 야접은 천하제일의 살수답게 같은 살수인 놈의 존재를 눈치챈 것이다.

"고맙소. 한시바삐 도귀를 해치우고 돌아가야겠소."

제 입으로 자신들의 목적을 말하는 독혈마군이었다.

비영이 굳이 살수로 위장한 이유는 이현이 이곳으로 돌아온 것에 대한 개연성을 부여하기 위함이었다.

과연 상대가 살수였다는 사실에 독혈마군은 이현이 자신을 위해 돌아온 것에 대해 별달리 의심하지 않았다. 오히려 자신을 위해 돌아와 줬다는 사실에 조금 감격하고 있었다.

"사망곡에 우릴 죽이라는 청부가 들어갔소."

"사망곡!'

이현이 뭔가 고민을 하는 표정을 지으며 물었다.

"무명노인이 도귀를 죽이려는 목적과 관계가 있을까요?'

그러자 독혈마군이 고개를 가로저었다.

"아니라고 생각하오. 놈들이 굳이 살수를 쓸 까닭은 없지요."

"놈들이라면?'

"그야 물론 질풍조의 그자들……."

무심코 말을 꺼내던 독혈마군이 말문을 닫았다.

독혈마군의 표정이 싸늘하게 식었다.

"넌… 야접이 아니군."

독혈마군의 눈동자에 살기와 함께 녹광이 피어올랐다.

이현이 피식 웃으며 여유롭게 말했다.

"어떻게 알았지?"

"넌 그를 무명노인이라 불렀다. 야접은 나와 있을 때면 언제나 그를 개자식이라 불렀지."

"그랬군."

무심코 지나갈 뻔했는데, 무엇인가 캐묻는 듯한 이현의 태도에서 수상한 점을 느낀 것이다.

"용케 살아 있었군."

귀문추행진에 갇혀 최후를 맞았으리라 생각했던 이현이었다.

"고생 좀 했지."

독혈마군이 녹피수(鹿皮手)를 손에 끼며 말했다.

"그때 그냥 죽지 그랬나? 그랬으면 오늘의 고통은 없었을 것이거늘."

그때 뒤쪽에서 비영의 목소리가 들려왔다.

"그다지 고통스러울 것 같진 않군."

독혈마군이 깜짝 놀라 돌아섰다.

쓰러져 있던 비영이 먼지를 툭툭 털며 자리에서 일어나고 있었다.

"헉!"

분명 자신의 학정홍(鶴頂紅)에 중독되어 죽은 자였다.

학정홍은 학의 벼슬에서 추출한 독으로 극독 중의 극독이었다.

비영이 입에서 피독주를 뱉어냈다.

"피독주? 학정홍은 피독주 따위로 해독할 수 없다."

"그런가? 그럼 좀 특별한 피독주라 해두지."

두 사람의 말은 모두 사실이었다.

독혈마군의 극독은 일반 피독주로는 해독을 할 수 없었다.

그러나 질풍조가 사용하는 피독주는 화노가 특수한 약품 처리를 한 최상급의 피독주였다.

비영이 담담하게 말했다.

"한 가지 질문에 답해준다면 살려주겠다."

"으하하! 참으로 광오한 놈이구나."

여유로운 웃음을 터뜨리면서도 독혈마군은 은밀히 내력을 끌어올리고 있었다. 상대가 보통이 아니란 것은 이미 그가 염왕(閻王)이 아닌 자신과 대화를 나누고 있는 것으로 충분히 밝혀졌다.

"무명노인은 지금 어디 있지?"

비영의 말이 채 끝나기가 무섭게 독혈마군의 신형이 허공으로 날아올랐다.

"죽어!"

차라라라라!

순식간에 수백 개의 독 암기가 비영과 이현에게 뿌려졌다.

바로 당문의 독문무공인 만천화우(滿天花雨)가 펼쳐진 것이다.

순간 비영이 이현의 앞으로 몸을 날리며 검을 뽑아 들었다.

선풍검이 무서운 속도로 회전을 시작했다.

팅팅팅!

소나기처럼 쏟아지는 암기들이 모두 선풍검에 의해 팅겨 나가고 있었다.

'헉! 만천화우를 검으로 막아내?'

독혈마군의 간담이 서늘해지는 순간이었다.

'최고수다!'

아까 자신을 베었던 그 한 수는 본신의 실력을 감춘 것이 확실했다.

독혈마군이 망설이지 않고 품 안에서 하나의 암기통을 꺼내 들었다.

'아깝지만 할 수 없지.'

독혈마군의 손에 들린 것은 폭우이화정(暴雨梨花釘)이었다.

폭우이화정. 당문 최고의 암기.

그것에서 발출되는 폭우이화침의 무서운 점은 스치기만 해도 곧바로 절명하는 그 독성의 무서움에 있지 않았다. 바로 이화침이 소털처럼 가늘게 만들어져 눈에 보이지 않는다는 점이었다.

단 한 번만 사용할 수 있었기에 아끼고 아껴두었던 그것을 독혈마군이 꺼내 든 것이다.

독혈마군의 손에 들린 폭우이화정을 확인한 비영이 황급히 품속에서 무엇인가를 꺼내 들었다.

"죽어!"

쐐아아아아앙!

귀를 찢는 폭음과 함께 폭우이화정이 발출되었다.

보이지 않는데 어찌 피할 수 있을까?

과연 비영은 이화침을 피하지 못했다.

대신 비영 앞에 무엇인가 쫙 펼쳐졌다.

그것은 바로 질풍조의 절대기보 용린막이었다. 기풍한이 혈번을 상대할 때 사용한 바로 그것이었다.

툭툭툭툭!

용린막 위로 수백 발의 이화침이 박혀들었다.

이윽고 모든 이화침을 막아낸 비영이 마치 이불의 먼지를 털어내듯 용린막에서 이화침을 털어내는 것을 보자, 독혈마군의 다리가 후들후들 떨리기 시작했다.

"…말도 안 돼!"

그러나 독혈마군은 마냥 놀라고만 있을 수가 없었다.

비영이 검을 뽑아 들고 자신을 향해 걸어오고 있었기 때문이다.

만천화우와 폭우이화정이 통하지 않는다면 결론은 하나였다.

독혈마군이 필사적으로 수풀 속으로 몸을 날렸다.

비영은 굳이 그를 쫓지 않았다.

빠악!

수풀 속에서 독혈마군의 신형이 튕겨져 날아와 바닥을 뒹굴었다.

뒤이어 수풀에서 서린이 걸어나오고 있었다.

그러나 독혈마군은 포기하지 않았다.

다시 반대쪽으로 몸을 날리던 그가 몸을 뒤집으며 바닥을 뒹굴었다.

쫘르르릉—!

그가 몸을 날리려던 방향의 땅바닥이 길게 갈라졌다.

팔용이 풍뢰도를 휘두르며 걸어오고 있었다.

"난 독 쓰는 것들이 제일 싫어."

강철 같은 근육으로 풍뢰도를 어깨에 걸쳐 맨 팔용은 그야말로 야차왕(夜叉王)과 같은 모습이었다.

"헉헉!"

독혈마군은 강호출도 후, 이런 낭패한 경우는 처음이었다.

아, 그러고 보니 처음이 아니었다.

문득 독혈마군은 예전에도 이런 일을 당한 일이 있다는 것을 생각해냈다.

"헉! 설마?"

"이제 알겠느냐?"

독혈마군의 다리에 힘이 빠지면서 눈에는 절망감이 가득 피어올랐다.

자신을 혈옥에 가둔 그 악마 같은 자들이 다시 나타난 것이다.

물론 독혈마군을 가둔 것은 지금의 질풍조가 아니었다. 전대 질풍조 선배들이었다.

털썩!

독혈마군의 무릎이 힘없이 접혔다.

그에게 비영이 다가왔다.

탁탁!

비영이 질풍조 고유의 제압법으로 간단히 독혈마군을 제압했다.

이미 독혈마군은 모든 전의를 상실한 상태였다.

비영이 담담하게 말했다.

"그들이 지금 어디에 있는지 말한다면, 목숨은 살려주겠다."

비영이 조금 미안한 심정으로 이현을 쳐다보았다.

이현은 독혈마군을 복잡한 심정으로 바라보고 있었다.

적운조를 무참히 몰살시킨 장본인 중의 하나.

이현이 비영을 보며 가만히 고개를 끄덕였다.

대를 위해 자신의 감정은 버릴 수 있다는 뜻이었다.

"삼색광혼단의 중독 역시 우리가 해독해 주겠다."

독혈마군은 그들이라면 충분히 가능하리라 생각했다.

한참을 고민하던 독혈마군의 입이 힘겹게 열렸다.

"그들은……."

독혈마군이 무명노인의 행방에 대해 말하려는 순간.

"커억!"

갑자기 독혈마군이 목을 움켜쥐었다. 그의 몸이 부르르 떨리기 시작
하더니 이내 그의 온몸이 녹색의 광채를 냈다.

"자멸공(自滅功)! 피해라!"

비영의 외침에 모두들 사방으로 몸을 날렸다.

퍼엉—!

독혈마군의 주요 요혈들이 연이어 터져 나가며 독기가 솟구쳐 나왔
다.

자멸공은 독을 쓰는 이들이 마지막 순간 동귀어진을 위한 최후의 무
공.

독혈마군 역시 무명노인의 묵룡환체술에 걸려 있었던 것이다.

멀리서 녹색 운무에 휩싸인 그의 시체를 바라보며 비영이 힘없이 말했다.

"이제 조장님과 철이를 믿을 수밖에 없다."

이쪽이 실패를 했다면, 야접은 반드시 살려 보내야 했다.

무명노인을 찾을 방법은 오직 그뿐이었다.

비영을 비롯한 질풍조가 일제히 몸을 날렸다.

남은 것은 앞으로 무덤 속에 묻힌 이름 모를 이의 말벗이 될 독혈마군의 너덜너덜한 시체뿐이었다.

탁탁.

모닥불에서 튀어나온 불꽃이 허공을 이리저리 날아다니며 춤을 추다 이내 사라졌다.

그 불 위에 잘 손질된 토끼를 굽고 있는 사람은 야접이었다.

야접과 조금 떨어진 곳에 도귀가 가부좌를 틀고 앉아 있었다.

사도맹을 향해 쉬지 않고 달리던 그들은 말을 쉬게 하기 위해 길에서 조금 떨어진 숲 속에서 야영을 하는 중이었다.

고기를 구으며 야접은 회심의 미소를 짓고 있었다.

자신의 살수행 중 가장 기억에 남을 살행이 이제 막 시작되려 했기 때문이다.

도귀의 암살.

무명노인의 명령이 아니더라도 살수가 된 자라면 어찌 한 번쯤 꿈꾸지 않은 일이겠는가?

도귀를 위해 준비된 죽음의 덫은 모두 세 개였다.

첫 번째는 독이었다.

무형독(無形毒).

맛도 냄새도 없는 그야말로 강호칠대극독(江湖七大劇毒) 중 하나.

모든 독이 그렇듯, 무형독에도 두 가지 종류가 있었다.

하나는 오랜 시간 서서히 독성이 퍼져 마치 자연사하듯 죽음을 맞게 되는 종류와 먹는 순간 바로 독성이 작용하는 종류.

독혈마군이 그를 위해 준비해 준 무형독은 곧바로 독성이 발작하는 종류였다. 두 사람이 한 조가 되어 이번 일을 맡은 까닭은 바로 그러한 협력을 위해서였다.

물론 도귀의 무공이라면 독을 먹는 순간 알아차릴 것이고, 내력을 사용해 독성을 막아낼 것이다. 사파제일고수란 명성은 뒷골목 파락호와 술내기로 얻어낸 것이 아니니까.

그러나 그를 죽일 무기는 무형독이 아니었다.

두 번째 덫.

야접의 품속에 고이 숨겨진 하나의 암기.

극락접(極樂蝶).

나비 모양의, 마치 여인네들의 노리개처럼 생긴 그의 독문암기.

자신의 이름이 야접이라 불리게 된 이유이자, 삼 장 안의 그 어떤 이도 살상할 수 있는 최강의 암기.

세 번째 덫.

사실 앞의 두 가지는 마지막 세 번째 덫이 있었기에 가능한 수법이었다.

자신에 대한 믿음.

도귀는 지금 자신을 철석같이 이현이라 믿고 있었다.

믿음이란 세상의 그 어떤 무서운 암기보다 더욱 치명적인 무기.

무형독과 극락접, 그리고 자신에 대한 믿음. 이 세 가지가 합쳐진 지금, 야접은 도귀가 아니라 하늘의 천신(天神)이라 해도 죽일 자신이 있었다.

스윽.

토끼를 돌려가며 굽던 야접의 손가락이 미세하게 튕겨졌다.

바로 가짜 손가락인 왼손 약지였다.

야접은 고기에 약을 풀지 않았다.

대신 고기를 자르는 비수 끝에 독을 발랐다.

자신 역시 독이 묻지 않은 부위를 함께 먹을 것이며, 그것은 한 치의 의심을 사지 않을 것이기에.

슥슥.

야접이 무형독이 묻은 비수로 토끼 고기를 잘랐다.

그리고는 도귀에게 다가가 고기가 꽂힌 비수째 공손히 내밀었다.

"드시지요. 잘 익었습니다."

도귀가 눈을 뜨고 비수를 받아 들었다.

"고맙네. 자네도 드시게."

야접이 독이 묻지 않은 새 비수로 반대쪽 고기를 잘라내었다.

도귀의 입으로 고기가 다가가고 있었다.

동시에 야접의 손이 품속으로 들어가고 있었다.

도귀가 한 입 베어 물려는 순간. 도귀의 눈빛이 싸늘해지며 비수를 내려놓았다.

'들켰나?'

야접의 온몸이 짜릿해지면서 심장이 쿵쾅거리기 시작했다.

그러나 도귀의 시선은 야접을 향하고 있지 않았다.

"누구냐?"

도귀가 어둠 속을 향해 나지막이 소리쳤다.

품속의 극락접을 꺼내 들려던 야접의 손이 재빨리 빠져나왔다.

어둠 속에서 들려오는 귀에 익은 목소리.

"어이쿠, 수상한 사람이 아닙니다."

사내 둘이 말을 끌고 그들에게로 다가오고 있었다.

그들은 바로 기풍한과 곽철이었다.

"밤이 늦어 잠시 쉬어갈 곳을 찾다가, 불빛을 보고 왔습니다요. 잠시 동석을 해도 되겠습니까?"

말은 동의를 구하고 있었지만 이미 곽철의 엉덩이는 바닥과 인사를 나누고 있었다.

도귀와 야접은 그들이 객잔에서 만났던 이들이란 것을 알 수 있었다.

그들의 행선지가 자신들과 같다는 것을 이미 객잔에서 들었기에, 이곳에서 마주친다 해도 전혀 이상할 것이 없는 상황이었다.

결정적으로 도귀가 그들에 대한 의심을 지운 것은, 그들이 그저 삼류무인들이란 확신 때문이었다.

곽철이 도귀의 손에 들린 고기를 보며 침을 삼켰다.

"캬, 냄새 좋구나. 영감님, 그거 좀 나눠 주시지 않겠습니까? 하루 종일 먹은 게 없어 뱃가죽이 등에 붙었습니다요. 하늘이 빙글빙글 도는 것이……."

곽철의 말이 구질구질 늘어지자, 도귀가 콧방귀를 한번 뀌고는 자신의 손에 들린 고기를 비수째 곽철에게 던졌다.

천하의 도귀가 고기 한 점 때문에 치사해질 수는 없는 노릇이었다.

"으하하, 감사합니다!"

곽철이 넙죽 고기를 받으려는 순간, 야접이 몸을 날려 재빨리 비수를 가로챘다.

"수상한 자들이구나. 혹시 우리를 따라온 것이 아니냐?"

야접이 의심을 가득 실어 말했지만, 사실 그가 나선 것은 무형지독이 발린 고기를 가로채기 위함이었다.

만약 놈이 고기를 먹는다면, 그 자리에서 피를 토하며 즉사할 것이다.

그렇게 된다면 결국 고기에 독이 발린 것이 도귀에게 들통나 버리게 될 것이 뻔했기 때문이다.

야접의 과민 반응에 도귀가 반쯤 눈을 떴다가 다시 감았다.

자신이야 강호의 그 어떤 자가 덤벼든다 해도 겁날 게 없겠지만, 이현의 입장은 다를 것이라 이해했기 때문이다. 더구나 십이혈성에게 쫓기던 그녀가 모든 것을 의심하는 것도 당연한 일.

"어이구, 아닙니다요. 저희가 뭣 때문에 두 분을 미행하겠습니까요?"

곽철이 조금 두려운 얼굴로 뒤로 물러섰다.

기풍한이 공손하게 말했다.

"저희들은 감숙(甘肅) 풍소문(風小門)의 제자들입니다. 수상한 자들이 아닙니다."

도귀가 눈을 감은 채 담담하게 말했다.

"수상한 자들이 아닌 듯 보이니… 그냥 고기를 나눠 주게."

"네. 알겠습니다."

야접이 못 이기는 척 고기를 잘라주었다.

물론 자신이 먹으려던 독이 들지 않은 고기를 잘라주었다.

곽철이 배가 고프긴 고팠는지 아귀처럼 고기를 뜯어 먹었다.

"캬, 맛있다. 형님, 혹시 술 남은 거 없소?"

곽철이 입맛을 다시자, 기풍한이 아쉽다는 표정이 되었다.

"이놈아, 오는 길에 네놈이 다 처먹었지 않느냐."

"아쉽다, 아쉬워."

잠시 후, 허기를 면하자 곽철의 간이 커졌는지 호기롭게 말했다.

"보아하니 그쪽도 강호 분들 같으신데 뭐 하시는 분들이시오?"

곽철의 말은 도귀나 야접에게 있어 그야말로 어이없는 말이었다.

강호의 일류무인들도 도귀 앞에서는 감히 고개를 들지 못했다.

도귀는 여전히 눈을 감고 있을 뿐이었다.

그들이 대답을 하지 않자 곽철이 무안한지 혼자 중얼거리기 시작했다.

"뭐, 말씀이 없으신 분들이구려. 본래 강호동도는 한 형제라 하지 않았소. 오고 가는 대화 속에 새로운 인연이 싹트는 것이 세상 이치인데……."

곽철의 수다를 들으며 야접은 절호의 기회를 놓친 것에 대해 짜증이 난 상태였다.

한편 다른 생각도 들었다.

이 기회를 호기로 삼는다면? 오히려 두 사람의 등장이 도귀의 시선을 더욱 분산시키는 역할을 하고 있었다.

어떻게 할까 야접의 갈등이 깊어지던 그때, 기풍한과 곽철 사이에 은밀한 전음이 오가고 있었다.

"놈을 얼마 정도 잡아둘 수 있겠느냐?"

"화 선배가 직접 한다면 모를까, 제 능력으론 반 각이 한계입니다."

"반 각이라."

"그사이 반드시 도귀를 설득해 내서야 합니다."

"알겠다."

곽철이 슬금슬금 야접 쪽으로 다가갔다.

"본인의 이름은 곽영이라 하오."

자신의 성과 비영의 이름을 합친 가명이었다.

야접이 싸늘하게 곽철을 노려보았다.

"이름 정도야 알려줄 수 있지 않겠소? 솔직히 그대 같은 아름다운 여협을 만났는데 그냥 있어야 한다는 것은… 실로 고문이 아닐 수 없소."

야접을 바라보는 곽철의 눈에는 사내의 음흉한 심보가 그대로 담겨 있었다. 밉다 밉다 하니 우줄우줄 똥을 싸며 춤을 추고 있었다.

야접이 검을 반쯤 뽑으며 고함을 버럭 질렀다.

"물러서지 못하겠느냐?"

아주 잠시 심기가 흐트러진 바로 그때였다.

훅.

곽철의 입에서 미세하게 가는 침(鍼)이 날아갔다.

침은 정확히 야접의 미간에 박혔다.

머리 속이 텅 비는 느낌이 드는 순간, 야접의 시간이 멈췄다.

탁탁탁탁!

곽철의 손이 재빨리 몇 군데 야접의 혈도를 찍은 후 이마에 손바닥을 가져다 댔다.

서서히 야접의 눈동자에 서린 이지가 사라졌다.

화노의 심령제어술이 곽철의 손에 시작된 것이다.

"무슨 짓이냐?"

한마디 외침과 함께 도귀가 벼락처럼 도를 뽑아 드는 순간, 이미 도귀는 곽철의 등으로 도를 내려치고 있었다.

쉬이잉—

자신의 등을 향해 날아드는 도귀의 도에도 곽철은 야접의 이마에서 손을 떼지 않고 있었다.

텅!

검과 도가 부딪치는 경쾌한 격타음.

기풍한이 질풍검을 뽑아 들고 도귀의 검을 막고 섰다.

'내 도를 막았다?'

도귀는 내심 깜짝 놀라고 있었다.

기풍한이 담담하게 말했다.

"이 여인은 가짜입니다."

검과 도가 십자로 대치하고 있는 그 너머에서 도귀의 눈빛이 반짝였다.

"가짜라?"

"야접이라 불리는 살수지요."

"야접!"

도귀는 야접에 대해 들은 적이 있었다. 여인의 몸으로 변하는 괴이한 수를 쓰는 살수라고 했던가?

"믿을 수 없다."

쉬이잉—

도귀의 도가 다시 기이한 각도로 허공을 가로질러 기풍한의 심장을 파고들었다.

땅!

다시 기풍한이 가볍게 검을 휘둘러 그 도를 막아냈다.

'또 막아?'

도귀의 놀란 눈빛이 흔들리고 있었다.

"믿으셔야 하오."

쉬이잉—

땅!

그렇게 몇 차례의 공격을 막아내자, 도귀의 놀람은 경악으로 발전하고 있었다.

'결코 내 아래가 아니다!'

땅! 땅! 땅!

눈에 보이지 않을 정도의 빠른 도귀의 공격을 기풍한은 약속 비무를 하듯 막아내고 있었다.

"공격을 멈추시오!"

그러나 이미 적수를 만난 무인의 투쟁심이 도귀의 도를 더욱 빠르게 만들고 있었다.

야접의 이마에 손바닥을 대며 땀을 뻘뻘 흘리고 있던 곽철이 소리쳤다.

"시간이 없습니다!"

미친 듯이 휘몰아치는 도귀의 도를 멈추게 한 것은 질풍검이 아니라, 기풍한의 말이었다.

"사도맹주가 위험하오."

그 말에 도귀의 도가 딱 멈췄다.

"무슨 소리냐?"

"놈들은 이미 삼색광혼단의 해약을 만들었소."

"그럴 리 없다!"

기풍한의 눈빛에는 진실이 담겨 있었다.

삼색광혼단의 해약은 절대 다른 사람이 만들 수 없었다. 단 한 가지 경우를 제외하고는…….

도귀의 불안한 마음속에 한마디 단어가 떠올랐다.

'배신자?'

그것도 보통 배신자가 아니었다.

삼색광혼단과 같은 최상급 독물 제조에 관여할 수 있을 정도의 위치.

"넌 어떻게 본 맹의 기밀을 알고 있느냐?"

도귀의 물음에 기풍한이 담담하게 말했다.

"진짜 이 조장은 저와 함께 있습니다."

"그렇다면 왜 그녀는 이곳에 나타나지 않는 것이냐?"

"이자 외에 또 다른 흉수가 있었습니다. 지금 그 일을 처리 중입니다."

도귀는 여전히 믿지 못하겠다는 얼굴이었다.

기풍한이 손을 내밀자, 바닥에 떨어져 있던 야접의 비수가 날아들었다.

기풍한이 품 안에서 작은 병을 하나 꺼냈다.

"극독만을 가려내는 감별액입니다. 고독(蠱毒)은 홍색으로, 장독(瘴毒)은 흑색으로, 군자산(君子散)이나 신선폐(神仙廢) 등의 산공독(散功

毒)은 자색으로, 금선사(金線蛇)와 같은 뱀과 독충의 독은 황색으로, 그리고 무형독은 청색으로 변합니다."

기풍한이 고기에 그것을 조금 붓자, 이내 고기의 색이 푸르게 변했다가 이내 원래의 색으로 바뀌었다.

"무형독입니다."

기풍한이 비수를 다시 원래의 자리로 던져 놓았다.

다시 기풍한이 야접의 품에서 하나의 암기를 찾아냈다.

"극락접이라 불리는 암기입니다. 바로 야접의 독문암기지요."

그제야 도귀의 얼굴이 꿈틀거렸다.

"감히 살수 따위가!"

도귀가 야접을 향해 일도를 날리려는 순간, 기풍한이 다시 막았다.

"그를 죽이면 안 됩니다."

"왜냐?"

"선배님이 살아 돌아가시면, 배신자를 결코 밝혀내지 못할 것입니다."

기풍한의 말은 분명 일리가 있었다. 자신이 죽은 것으로 위장되면 놈을 찾아내기가 쉬울 것이다.

"그럼 날더러 죽으란 말이냐?"

기풍한이 품 안에서 하나의 단약을 꺼내 내밀었다.

"방법이 있습니다."

기풍한이 무형독에 대한 해약의 사용법과 극락접을 이혈대법으로 피할 수 있는 방법, 그리고 귀식대법(龜息大法)으로 죽음을 위장할 수 있는 방법 등을 간단히 설명했다.

기풍한의 설명을 듣고 있던 도귀는 내심 놀랄 뿐이었다.

'이자는 도대체 누구길래 이런 일을 알고 있을까?'

그러나 그에 대해 묻고 답할 시간이 없었다.

야접의 눈동자를 들여다보고 있던 곽철이 소리쳤다.

"더 이상 무리입니다! 풀겠습니다!"

탁! 탁! 탁! 탁!

대법이 풀리기 직전 기풍한이 도귀를 향해 나지막이 말했다.

"판단은 선배님께 맡기겠습니다."

동시에 야접의 의식이 돌아왔다.

검을 반쯤 뽑으려던 바로 그 순간이 이어지고 있었다.

"어이쿠, 이름 좀 물어봤다고 날 베시려는 거요?"

곽철이 두 손을 휘저으며 물러서고 있었다.

변한 것은 아무것도 없었다.

도귀는 어느새 가부좌를 틀고 앉아 있었고, 기풍한은 앉은 채로 졸고 있었다.

"정말 무서운 세상이야. 하긴 중경 어디에선 길 좀 물어봤다고 사람을 때려죽였다더만. 이래서 어디 애들 키우고 살겠나. 아니, 형님! 지금 동생이 비명횡사를 당할 뻔했는데 잠이 오슈?"

곽철의 수다는 그의 정신을 더욱 정신없이 만들었고, 이내 머리가 지끈거리는 것은 눈앞의 이 수다쟁이 때문이라 생각했다.

그렇게 속고 속이는 밤이 깊어가고 있었다.

이레 후. 사도맹의 대호청(大虎廳)을 떠받들고 있던 기둥 하나가 반으로 부러지며 무너져 내리고 있었다.

녹림칠십이채의 녹림왕 우당과 장강수로채의 총채주 명운기, 용천악의 수호위 녹수대주 추백은 그저 두 손을 늘어뜨린 채 그 모습을 방관만 하고 있었다.

장력을 내질러 기둥을 부러뜨린 이가 바로 사도맹주 용천악이었기 때문이다.

모두 용천악의 분노에 눈치만 살피고 있었다.

용천악의 앞에 놓인 하나의 관.

그 안에는 얼굴과 온몸이 난자당해 알아볼 수 없는 시체가 한 구 들어 있었다. 그 시체의 가슴 위에는 도귀의 도가 가지런히 올려져 있었다.

그 시체를 내려다보며 용천악이 물었다.

"웅 선배가 확실한가?"

"네. 도귀 어르신이 확실합니다. 무형독에 당하신 듯합니다."

추백의 조심스런 대답에 용천악이 다시 물었다.

"도대체 누구 짓이더냐?"

용천악의 몸에서는 어지간한 고수가 아니라면 가까이 다가가기도 힘들 정도의 사기가 뿜어져 나오고 있었다.

추백이 용천악에게 찢어진 천 조각을 내밀었다.

천에 새겨진 황금색 글자는 분명 풍이었다.

"무엇이냐?"

"어르신의 손에 이것이 쥐어져 있었습니다."

"이것은 과거 천룡맹의 질풍조 상징이 아닌가?"

"맞습니다."

그 말에 옆에 있던 녹림왕 우당이 버럭 소리를 내질렀다.

"이 찢어 죽일 놈들! 형님, 제게 맡겨주십시오! 제가 당장 천룡맹을 쓸어버리겠습니다!"

그때, 명운기가 용천악을 말리며 나섰다.

"안 될 말이오."

그러자 우당이 고리눈을 뜨며 소리쳤다.

"그대 도움은 필요없소! 내가 가겠소! 내가 직접 가겠단 말이오!"

우당은 당장 정사대전이라도 일으킬 기세였다.

"침착하시오."

명운기는 우당에 비해 매우 침착했다.

"이 겁쟁이 같으니라구."

우당의 막말에 명운기의 인상이 차가워졌다.

"맹주님 앞에서 이게 무슨 짓들이시오."

보다 못한 추백이 두 사람을 말렸다.

다시 명운기가 차분하게 설명을 시작했다.

"뭔가 수상합니다. 도귀 선배는 천룡맹의 질풍조 따위에 당할 리가 없습니다."

다시 우당이 버럭 소리를 내질렀다.

"독에 당했다 하지 않소! 독에!"

명운기가 우당의 말을 무시하고 용천악에게 말했다.

"제가 따로 조사를 해보겠습니다. 분명 이번 일의 내막에는 뭔가 있습니다."

"알겠소. 최대한 빨리 보고하시오."

차분한 말이었지만 여전히 용천악의 몸에서는 살기가 흘러나오고 있었다.

"알겠습니다."

"모두 물러가시오."

우당과 명운기가 서로를 노려보며 대호청에서 물러났다.

그들이 나가자 용천악의 몸에서 뿜어져 나오던 살기와 분노가 순식간에 사라졌다.

이어 밀실에서 누군가 걸어나왔다.

바로 도귀 웅패였다.

"천룡맹과의 양패구상을 꾸미려는 걸로 봐서 배신자는 우당인 듯하오."

도귀의 말에 용천악이 고개를 가로저었다.

"배신자는 그가 아니오."

"무슨 말씀이시오?"

"배신자는 바로 명운기 그자요."

알 수 없다는 표정을 짓고 있는 도귀에게 용천악이 천 조각을 내밀었다.

"이것은 일반 질풍조의 상징이 아니오."

"네?"

한옆에 서 있던 추백이 부연 설명을 곁들였다.

"과거 질풍조의 상징은 은색이었습니다. 한데 이것은 금색입니다."

그것은 도귀도 모르고 있던 사실이었다.

"원래 우당 그 사람은 성격이 급하고 앞뒤 가리지 않는 성격이지요. 하나 명운기는 매우 신중한 자요. 그가 이 풍 자 표시가 이상하다는 것을 놓쳤을 리가 없소. 한데 그는 이 사실을 말하지 않았소."

"그 말씀은?"

"조만간 진정한 흉수를 발견했다고 보고를 해오겠지요."

여전히 도귀는 뭐가 뭔지 모르겠다는 얼굴이었다.

"오래전부터 천룡맹에 은밀한 조직이 하나 있었소."

놀랍게도 용천악은 이미 질풍육조의 존재에 대해 알고 있었다.

"지금껏 모른 척해왔지요."

도귀는 전형적인 무골로 이런 정치에 대해 잘 알지 못했지만, 그런 중대한 사실을 자신에게조차 숨겨온 그의 심계에 놀라며 묵묵히 용천악의 말을 경청했다.

"무명노인이나 명운기는 내가 그들의 존재에 대해 모른다고 생각하고 있소. 조만간에 명운기는 천룡맹에 숨겨진 조직이 있었다고 보고를 해올 것이오. 이번 일로 자연스럽게 그들의 정체를 밝혀 내 분노를 이끌어내려 하고 있소."

"아!"

그제야 도귀는 돌아가는 사정을 조금 이해할 수 있었다. 하지만 그가 이해할 수 없는 것이 하나 있었다.

"그래서 놈들이 얻는 것은 무엇이오?"

"양패구상."

도귀는 용천악의 그 말을 이해할 수 없었다. 천룡맹의 일개 조직과 사도맹이 어찌 양패구상을 할 수 있겠는가?

도귀의 마음을 짐작한 용천악이 미소를 지으며 말했다.

"그만큼 그들은 만만한 상대가 아니오."

추백이 무표정한 얼굴로 명운기가 나간 문 쪽을 보며 말했다.

"제거할까요?"

"아니야. 은밀히 주시하도록. 일단 놈들의 장단에 맞춰주도록 하지."

"알겠습니다."

추백이 물러나자, 용천악이 도귀에게 말했다.

"그 아이가 도왔다고 했소이까?"

"네. 직접적으로는 아니지만, 이 조장의 사람이었소."

"왜 함께 오지 않았소?"

"…불가피하게 만나지 못했습니다."

"흐음……."

"맹주의 말씀을 듣고 보니 짚이는 바가 있습니다. 이번에 절 도운 이들이 아마 그 조직의 사람들인 것 같습니다. 그들 중 하나는 대단한 무공을 지니고 있었소."

용천악이 묵묵히 고개를 끄덕였다.

그는 도귀와 같은 자존심 강한 무인이 칭찬할 정도의 무공을 지닌 이가 있다는 것에 대한 놀람보다, 이현이 그들과 함께 있다는 것에 더욱 신경을 쓰고 있었다.

'이 조장이 그들과 함께 있다?'

굳게 다문 용천악의 입술에는 왠지 모를 섭섭함이 묻어나고 있었다.

음
모
진
압

의기양양 임무를 마치고 천중산(天中山) 정상에 마련된 은거지로 돌아온 야접은 자신의 기대와는 다른 무명노인의 반응에 당황하고 있었다.

"일 처리는 확실히 하였느냐?"

태사의에 비스듬히 앉은 무명노인은 뭔가 못마땅한 얼굴이었다.

야접이 절로 구겨지려는 인상을 극한의 인내력으로 참으며 공손히 말했다.

야접은 이미 원래의 모습으로 바뀐 상태였다.

"그렇소. 확실히 도귀는 죽었고, 지금쯤이면 그 시체가 사도맹에 도착했을 것이오."

"그렇단 말이지."

'개자식. 끝까지 반말이군.'

정말 이판사판 품속의 극락접을 꺼내 놈의 심장에 박아 넣고 싶은 심정이었다.

하나 그럴 수 없었다.

"이제 약속대로 해약을 주시오."

"물론 줘야지. 한데 독혈마군과 왜 함께 오지 않았나?"

"약속한 장소에 나타나지 않았다지 않소? 도대체 몇 번이나 물어보는 것이오?"

야접이 버럭 화를 냈다.

옆에서 지켜보던 혈사련주와 천외쌍마, 환희옥불과 유식은 말없이 두 사람의 대화를 지켜보고만 있었다.

"지금까지 있었던 일을 모두 말해 보거라. 하나도 빠짐없이."

무명노인은 독혈마군이 아직 돌아오지 않고 있다는 사실이 못내 마음에 걸리는 모양이었다.

"빠짐없이 말할 게 뭐 있소. 낙양에서 도귀를 만나……."

순간 야접의 표정이 살짝 굳어졌다.

그러고 보니 그날 웅신방의 일심이란 놈의 처리를 맡긴 후 독혈마군의 소식이 끊어진 것이다. 놈이 일개 사도방파의 하급무인이란 생각에 미처 독혈마군의 미귀환을 그것과 연결시키지 못했던 것이다.

뭔가 있다는 생각에 무명노인의 인상이 무섭게 굳어지는 순간, 그의 신형이 야접을 향해 날아들었다.

"커억!"

순식간에 무명노인의 손이 야접의 목을 움켜쥐었다.

"이 개자식이!"

야접이 그 손아귀를 뿌리치며 주먹을 내질렀다.

꽈직!

"으아아악!"

내지른 야접의 주먹이 무명노인의 손에 으깨지며 처절한 비명이 터져 나왔다.

"그곳에서 누구를 만났느냐?"

무명노인의 무시무시한 살기에 눌려 야접이 고통스럽게 말했다.

"…응신방의 일심이란 자를 만났소… 그래서 그 처리를 독혈마군에게……."

야접의 입에서 지난 일들이 이어졌다.

숲에서 만난 풍소문의 두 제자 이야기가 나오는 순간 무명노인의 얼굴이 일그러졌다.

"멍청한 놈!"

펑!

무명노인의 손바닥이 야접의 이마를 강타했다.

극락접 한번 꺼내보지 못하고 머리가 부서진 야접은 그대로 바닥에 쓰러졌다.

무명노인이 문 쪽을 바라보며 나지막이 말했다.

"젠장… 벌써 왔군."

그 말이 채 끝나기도 전이었다.

꽈아앙!

문이 산산조각나며 사방으로 흩어졌다.

피어오르는 연기 사이로 기풍한을 선두로 복면을 착용한 질풍조가 안으로 들어왔다.

기풍한의 나지막하지만 준엄한 목소리가 대청 안에 울려 퍼졌다.

"묵룡천가 무명 외 오 인, 일급음모죄로 모두 체포한다."

기풍한의 몸에서는 절로 경기가 일 만큼 싸늘한 살기가 흘렀다.

"모두 무릎 꿇어!"

그 서늘한 외침에 하마터면 유식은 본능적으로 무릎을 꿇을 뻔하였다.

서로 대치한 상태에서 숨 막히는 정적이 흘렀다.

손가락질 하나에 수백 수천을 죽여왔던 대마두들이 떨고 있었다.

복면에 새겨진 황금빛 풍 자를 보는 순간 몸이 굳어진 것이다.

무명노인의 나지막한 목소리가 울려 퍼졌다.

"놈들은 고작 다섯이다. 과거의 망령에서 벗어나라."

가장 먼저 움직인 것은 천외쌍마의 홀쭉한 흑마였다.

"언젠가 이런 날이 오기를 바랐다."

그가 앞으로 나서는 순간 팔용이 두말 않고 그를 향해 돌진했다.

흑마의 장력과 팔용의 풍뢰도가 충돌했다.

쫘아앙!

귀를 찢는 폭음을 신호로 모두 몸을 날렸다.

혈사련주를 향해 곽철의 백풍비가 쏟아졌고, 비영의 선풍검이 백마를 베어갔고, 서린의 주먹이 환희옥불을 향해 날아들었다. 유식은 머리를 감싸 쥐고 겁에 질려 바닥을 뒹굴었다.

쫘르르릉!

폭음이 이어지며 장내는 아수라장이 되었다.

기풍한의 목표는 바로 무명노인이었다.

자신을 향해 달려드는 기풍한을 향해 무명노인이 두 손을 내지르며 장력을 쏟아냈다.

검은 기운을 품은 장력이 회오리를 일으키며 기풍한을 강타했다.

기풍한이 두 팔을 십자로 교차해 그대로 막아냈다.

꽈아앙!

주르륵.

기풍한이 뒤로 밀려났지만, 이미 그가 날린 장력은 소멸된 후였다.

무명노인은 믿을 수 없다는 표정이었지만, 감탄만 하고 있을 때가 아니었다.

이미 기풍한의 도에서 섬뜩한 도기가 날아들고 있었다.

쉬이이익!

날카로운 파공음을 내며 날아드는 도기를 무명노인이 몸을 비틀어 피했다.

쩌어엉!

그대로 뒤쪽 벽면이 갈라졌다.

쉬이이익!

이어지는 기풍한의 도기를 피하느라 무명노인은 정신없이 바닥을 굴렀다. 반격의 기회조차 주지 않는 빠른 공격이었다.

무명노인이 단 몇 수 만에 위기에 빠지자, 곽철을 상대하던 혈사련주가 연이어 장력을 내질렀다.

꽈아앙! 꽈아앙!

곽철이 그 장법을 피해 정신없이 몸을 날렸다.

"조장님! 조심하십시오!"

곽철의 다급한 경고성에 기풍한이 몸을 돌렸다.

허공에 뜬 혈사련주의 눈에서 붉은 광채가 쏟아져 나오며 그의 양손이 붉게 타오르고 있었다.

아수라혈장(阿修羅血掌)!

혈사련주의 독문무공이었다.

과거 혈사련을 공포의 정상에 우뚝 세워주었던 죽음의 장법.

붉은 기운이 회오리를 치며 기풍한을 향해 날아들었다.

기풍한이 도를 회수하고 질풍검을 뽑아 들며 소리쳤다.

"모두 피해라!"

기풍한의 외침에 싸움을 벌이고 있던 질풍조가 일제히 기풍한의 반대쪽으로 몸을 날렸다.

물론 십이혈성의 고수들 역시 반대쪽으로 몸을 날렸다.

질풍검이 아수라혈장과 충돌하는 순간.

꽈아아아앙!

엄청난 폭음과 함께 폭발이 일어났다.

흙먼지가 일고 바닥이 부서지며 날아올랐다.

폭발의 반경을 벗어났음에도 엄청난 장력의 여파가 흙먼지와 함께 질풍조와 십이혈성에게 쏟아졌다.

쿠르르릉!

곧이어 기풍한의 뒤쪽 벽이 가루가 되어 무너져 내렸다.

장내는 온통 흙먼지로 한 치 앞이 보이지 않았다.

과연 혈사련주의 무공은 무시무시했다. 오랜 시간 혈옥에 갇혀 있었다고는 하나, 그 인고의 세월은 자신의 무공을 되새겨 더욱 완숙한 경지로 올려놓은 수련의 시간이기도 했다.

휘이잉—

이윽고 먼지가 가라앉기 시작했다.

주위가 거미줄처럼 갈라져 움푹 파인 그 중앙에 기풍한이 우뚝 서 있었다.

"허억!"

혈사련주의 눈이 경악으로 부릅떠졌다.

아수라혈장을 정면으로 맞고 쓰러지지 않는 인간이 있으리라곤 단 한 번도 상상하지 못했던 그였다.

혈사련주를 무심히 노려보던 기풍한이 이내 무명노인 쪽을 향해 몸을 돌렸다. 마치 넌 조금 있다 상대해 주마란 태도였다.

무명노인이 태사의 쪽으로 뒷걸음질을 치기 시작했다.

공포에 잔뜩 질린 얼굴이었다.

모든 것을 포기한 듯, 무명노인이 태사의에 털썩 주저앉았다.

십이혈성 무인들의 눈에 절망의 빛이 떠올랐다.

기풍한이 무명노인 앞까지 다가섰을 그때였다.

무명노인이 재빨리 손잡이의 장치를 건드렸다.

철컹!

거대한 쇠창살이 기풍한의 사방으로 떨어져 내렸다.

몸을 날려 피하기에는 너무나 빠른 속도로 떨어졌기에 기풍한은 꼼짝없이 그 안에 갇히게 되었다.

그럼에도 기풍한은 그다지 당황한 기색이 아니었다.

반면 무명노인의 입가에 한줄기 미소가 드리워졌다.

아마도 기풍한을 가둔 그것을 단단히 믿고 있는 눈치였다.

쇠창살의 재질은 강호에서 볼 수 없는 검은색의 금속이었는데 워낙 창살의 간격이 촘촘해 검이 빠져나갈 틈조차도 없었다.

무명노인이 혀를 차며 말했다.

"과연 자네들은 대단하군. 정말 대단해. 할 수만 있다면… 자네들을 고용하고 싶을 정도야."

창살 뒤에서 기풍한이 묵묵히 무명노인을 노려보았다.

우우웅—

기풍한의 질풍검에 파르스름한 빛이 흐르기 시작했다.

그 모습에 혈사련주가 불안한 얼굴이 되었다. 아수라혈장을 맨몸으로 받아내는 자의 검강이었다. 만년한철이라 해도 잘려 나가지 않으리란 보장이 없었다.

반면 무명노인은 여전히 여유로운 모습이었다.

따앙!

불꽃이 튀며 기풍한의 질풍검이 그대로 튕겨져 나왔다.

놀랍게도 질풍검이 창살에 닿자마자, 검에 서린 검강이 흔적도 없이 사라져 버린 것이다.

"이건 만년한철 따위가 아니네."

만년한철은 강호에서 가장 강한 금속이었다.

그 만년한철이 따위로 취급된다는 사실만으로도 경악할 말이었다.

"묵룡한철(墨龍寒鐵)이라 불리는 본 가의 보물 중의 보물이지. 묵룡한철은 강호에 존재하는 모든 무공의 강기를 흡수한다네. 천마를 염두에 두고 만들어둔 것인데… 자네에게 쓰게 되는군."

그 말에 십이혈성의 표정이 밝아졌다.

기풍한이 제압되어 무명노인과 혈사련주가 자신들을 거들 수 있다면 나머지를 제압하는 것은 시간문제였다.

기풍한의 검이 다시 허공을 가로질렀다.

이번에 기풍한의 검이 향한 곳은 창살이 아니었다.

바로 땅바닥이었다.

가가각!

불꽃이 튀어 올랐다.

그러나 바닥을 부수고 그곳을 빠져나오려던 시도는 이내 실패로 돌아갔다.

무명노인이 미소를 지으며 말했다.

"과연 제법 머리를 썼다만, 바닥 역시 묵룡한철로 되어 있다."

자세히 보니 창살의 경계를 기준으로 바닥의 색이 다른 쪽과 조금 달랐다.

이윽고 기풍한이 모든 것을 포기한 듯 가부좌를 틀고 제자리에 앉았다.

"포기가 빠르구나. 그래, 그게 현명하지. 으하하!"

무명노인의 호탕한 웃음에 십이혈성의 고수들이 일제히 웃음을 터뜨렸다.

반면 질풍조원들의 표정이 굳어졌다.

"조장님!"

답답한 마음에 팔용이 달려와 어깨로 쇠창살을 강타했다.

그러나 제아무리 단단한 팔용이라 해도 기풍한의 검강으로도 잘리지 않는 것이 뼈와 살로 이루어진 팔용의 몸으로 부서질 리 없었다.

기풍한은 아예 눈까지 감아버렸다.

"모두 무기를 버려라."

혈사련주의 싸늘한 말에 묵묵히 그 묵룡한철을 바라보던 곽철이 시큰둥한 목소리로 말했다.

"싫은데."

곽철의 반응에 혈사련주의 얼굴이 일그러졌다.

"왠지 저따위 것으로 조장님을 가둘 수는 없을 것 같거든."

그러자 무명노인이 여유롭게 말했다.

"흐흐. 그래, 네 조장이 대단하다는 것은 인정한다. 인정해. 정말 소름이 끼칠 정도로 강하지. 하지만 여기까지다."

곽철이 기풍한 쪽을 바라보며 말했다.

"절대 못 나오는 거 확실해?"

"물론이다."

"정말이지?"

"이놈이!"

"으하하!"

갑자기 곽철이 큰 소리로 웃었다.

모두들 의아한 얼굴로 그를 지켜보았다.

"그럼 이제부터 내가 조장이다! 드디어 강제 노동에서 해방이다!"

그 어이없는 곽철의 농담에 비영과 서린이 피식 웃었다.

곽철의 장난에 무명노인도 어이없는 미소를 지었다.

장난이 끝나자 무명노인의 표정이 원래의 싸늘한 모습으로 돌아갔다.

"모두 죽이시오."

혈사련주가 여유롭게 질풍조를 향해 걸어갔다.

혈사련주의 무공은 천외쌍마 둘을 합친 것보다 뛰어났고, 그의 합류로 한순간에 무력의 균형이 깨어졌다.

곽철과 비영, 서린과 팔용이 서로에게 등을 의지한 채 사방을 경계했다.

"흐흐! 살다 보니 이런 날도 오는구나!"

십이혈성은 과거의 복수를 할 기회가 왔다는 사실에 흥분하고 있었다.

"잠깐, 잠깐! 물어볼 게 있어."

곽철이 다가서는 이들을 제지하며 무명노인에게 물었다.

"근데, 저 묵룡한철인가 말야, 무공이 통과하지 않는다고 했잖아?"

"그렇다."

"그럼 어떻게 죽이지? 저기서 굶어 죽을 때까지 기다리는 건가?"

"엥?"

그 뜬금없는 물음에 무명노인이 잠시 대답을 못했다.

"우리 조장 지독해서 한두 달은 족히 버틸 텐데……. 독도 안 통할 테고… 아, 그럼 되겠군. 사방을 다 틀어막고 물을 쏟아 부으면 얼마 못 견디겠네."

"미친놈! 그건 네놈이 걱정할 바가 아니다."

다시 혈사련주를 비롯한 십이혈성의 무인들이 다가섰다.

다시 곽철이 다급하게 소리쳤다.

"잠깐! 잠깐! 할 말이 더 있어."

그러자 혈사련주가 살기 어린 목소리로 말했다.

"놈! 시간을 끌려는 수작이다만, 어림없다!"

곽철이 억울하다는 표정을 지었다.

"아닌데… 그쪽 생각해서 하려는 말인데."

"무슨 헛소리냐?"

"우리 조장 성격이 보통 더러운 것이 아니거든. 만약 우릴 죽이기라도 하면, 아마 지옥까지도 쫓아가서 복수할걸."

"크하하! 네 조장도 곧 너희를 따라갈 것이다. 네놈 말마따나 물을 쏟아 부어 익사시켜 버릴 테니까."

"이미 늦은 것 같은데……."

곽철의 시선이 기풍한이 갇힌 곳을 향했다.

그의 시선을 따라 모두들 그곳을 돌아보았다.

"헉!"

곽철에게 정신이 팔려 있던 무명노인과 혈사련주의 입에서 동시에 헛바람이 새어 나왔다.

가부좌를 틀고 앉은 기풍한의 앞으로 아지랑이가 피어오르고 있었다.

흐물거리던 그 공기의 움직임은 이내 하나의 형상을 만들어가고 있었다.

한 자루의 검.

무명노인과 혈사련주의 입이 서서히 벌어졌다.

"심… 검?"

비영이 창고에서 보았던 것보다 더욱 형체가 또렷하고 큰 검이었다.

언젠가 심검의 경지가 극성에 다다르면 그 모양조차 완전히 사라지게 될 것이다.

어쨌든 그 모습에 모두들 깜짝 놀라고 있었다. 이미 그 경지를 봤던 비영조차 또다시 놀라고 있었다. 날이 다르게 발전해 가고 있는 기풍한의 무공이었다.

심검이 서서히 움직이기 시작했다.

악인이든, 선인이든 강호인이란 이름을 달았다면 죽음과 바꿔서라도 보고 싶은 광경이었다.

모두들 멍하니 숨소리조차 죽인 채 그 모습을 지켜볼 뿐이었다.

서서히 검이 쇠창살을 향해 다가갔다.

'설마?'

무명노인의 입이 바짝 타 들어가기 시작했다.

스르르륵.

심검이 쇠창살에 닿는 순간, 묵룡한철이 갈라지기 시작했다.

"우아아! 갈라진다!"

곽철의 외침에 모두들 자신들이 처한 상황을 잊은 채 감탄하고 있었다.

심검은 계속 움직이며 사람의 몸이 하나 빠져나올 크기의 구멍을 만들고 있었다.

퍼뜩 정신을 차린 무명노인이 소리쳤다.

"놈이 빠져나오기 전에 놈들을 죽여라!"

그 말에 다시 십이혈성의 무인들과 질풍조의 격전이 다시 벌어졌다.

그들을 향해 날아가려던 혈사련주의 귀로 무명노인의 전음이 들려왔다.

"놈이 나오면 승산이 없소. 어서 빠져나가야겠소."

혈사련주가 힐끔 기풍한을 쳐다보며 다시 전음을 보냈다.

"놈의 내력 소모가 극심해 승산이 있소."

과연 기풍한의 안색은 백지장처럼 창백해져 있었다.

다시 무명노인의 전음이 전해졌다.

"거기에 목숨을 걸어보겠소?"

잠시 이어지는 침묵.

"…갑시다."

무명노인과 혈사련주가 태사의 위로 몸을 날렸다.

철컹!

드디어 기풍한을 가둔 묵룡한철에 구멍이 뚫리며 잘려진 쇠창살이 바닥으로 쓰러졌다.

기풍한이 눈을 번쩍 떴을 때 또다시 무명노인은 태사의를 조작하고 있었다.

그르릉!

괴이한 기계음을 내며 태사의 위쪽의 천장이 열렸다.

투웅!

순간 무명노인과 혈사련주를 실은 태사의가 천장으로 솟구쳐 올라갔다.

그 모습에 한창 격전 중이던 십이혈성은 그들이 자신들을 두고 달아났다는 사실을 알고는 욕설을 뱉어냈다.

"이런 개새끼들!"

창살에서 빠져나온 기풍한이 두 사람이 탈출한 곳으로 날아갔다.

통로 위를 올려다보자, 무서운 속도로 위로 날아올라 가는 의자의 바닥이 보였다.

벽을 타고 뒤쫓으려던 기풍한이 몸을 돌렸다.

쉬이익!

그의 손에서 빛처럼 무엇인가 날아갔다.

결과를 확인하지도 않고 기풍한이 어두운 통로 속으로 몸을 날렸다.

그것은 곧바로 비영과 싸우고 있던 백마를 향해 날아갔다.

한 자루의 비수.

비영이 날아드는 그 비수가 무엇인지 확인하곤 더욱 세차게 백마를 몰아붙였다. 비수를 피하지 못하게 함이었다.

백마가 콧방귀를 뀌며 한 손으로 비수를 튕겨냈다.

"이깟 비수 따윈!"

푹!

백마의 호신강기를 파괴하며 손바닥을 뚫은 비수가 그대로 백마의 심장에 박혔다.

비수를 내려다보는 백마가 믿을 수 없다는 표정을 짓고 있었다.

붉은 기운을 내고 있는 비수는 바로 검성에게 되돌려받은 혈옥수였다.

"백 형!"

흑마의 처절한 외침이 울려 퍼졌다.

백마의 죽음으로 백중세를 이루던 장내의 싸움은 질풍조 쪽으로 완전히 기울기 시작했다.

한편, 양쪽 벽을 번갈아 박차며 좁은 통로 위를 날아오르는 기풍한의 안색은 그야말로 분을 칠한 듯 창백했다.

방금 전, 심검을 시전하면서 큰 내력 소모를 한 것이었다.

이미 내력은 바닥을 드러내고 있었지만, 기풍한은 추적을 멈추지 않았다.

꽈아앙!

통로 끝에 멈춰 선 태사의를 부수며 기풍한이 밖으로 튀어나왔다.

비밀 통로의 밖은 천중산 정상의 절벽이었다.

절벽 끝을 향해 달려가던 무명노인과 혈사련주는 기풍한이 그곳까지 쫓아온 것을 보며 사색이 되었다.

"헉! 놈이오!"

"끈질긴 놈!"

기풍한이 그들을 향해 무서운 속도로 달려오기 시작했다.

두 사람이 체면이고 뭐고 걸음아 나 살려라 앞서거니 뒤서거나 미친 듯이 달리기 시작했다.

기풍한의 상태를 생각할 겨를이 없었다.

그들을 지배하는 마음은 오로지 잡히면 죽는다는 생각뿐이었다.

무명노인의 입장에서는 묵룡한철을 무 자르듯 잘라낸 악마였고, 혈사련주 입장에서는 자신의 아수라혈장을 맨몸으로 받아낸 괴물이 아니던가?

두 사람이 필사적으로 경공을 발휘하자, 내력이 거의 바닥이 난 기풍한은 쉽게 그들을 따라잡지 못했다.

절벽이 저만치 보였다.

절벽 끝에는 하나의 커다란 연이 준비되어 있었다.

두 사람이 나란히 연을 타고 절벽으로 날아올랐다.

"휴우!"

두 사람의 입에서 동시에 안도의 한숨 소리가 새어 나왔다.

힐끔 뒤를 돌아본 혈사련주가 경악하며 소리쳤다.

"헉!"

쉬이이잉!

질풍검이 그들을 향해 푸른빛을 내며 날아오고 있었던 것이다.

"이기어검!"

두 사람이 필사적으로 몸을 비틀어 연의 방향을 비틀었다.

서걱—

"큭!"

혈사련주의 어깨를 벤 질풍검이 그대로 연을 찢으며 날아갔다.

휘리리릭.

연이 이리저리 흔들리며 추락하기 시작했다.

그러나 제아무리 쫓기는 신세라 해도 두 사람이 어떤 이들인가?

두 사람이 장력을 허공에 발출하며 중심을 잡자, 이내 연의 중심이 잡히며 속도가 줄어들었다.

절벽 위의 기풍한이 질풍검을 회수하고 있었다.

"저놈! 두 번 다시 마주치고 싶지 않소."

혈사련주의 진심이었다.

연은 서서히 만장절벽 아래로 향하고 있었다.

이번에는 무명노인이 힐끔 절벽 위를 돌아보았다.

절벽 위에는 방금 전까지 검을 회수하며 서 있던 기풍한의 모습은 보이지 않았다.

"......?"

그때 다시 무명노인의 입에서 경악의 외침이 터져 나왔다.

"으아아악!"

무엇인가 무서운 속도로 자신들을 향해 날아오고 있었다.

기풍한이었다.

기풍한이 절벽 아래의 연을 향해 그대로 뛰어내린 것이다.

기풍한이 바람을 타고 그들을 향해 무서운 속도로 내려오고 있었다.

"피해야 하오!"

"이쪽으로!"

공포에 질린 두 사람은 당황해서 손발이 맞지 않았다.

그들이 뒤늦게 연의 방향을 바꾸려고 동시에 몸을 틀었지만, 이미 기풍한은 연 위로 떨어지고 있었다.

꽈작!

기풍한이 연 위로 떨어지면서 연의 살들이 부서졌다.

거기에 세 사람의 무게가 실리자 연이 빙글빙글 맴을 돌며 무서운 속도로 추락하기 시작했다.

"으아아아악!"

무명노인과 혈사련주가 체면도 잊고 비명을 질렀다.

그러나 무명노인의 공포는 이제부터였다.

쉬익!

추락하는 와중에 기풍한의 검이 연을 찢으며 자신을 찔러온 것이다.

무명노인이 본능적으로 고개를 젖히며 검을 피했다.

서걱!

무명노인의 왼쪽 볼이 찢어지며 피가 튀었다.

푹! 푹!

연을 뚫고 기풍한의 검이 사정없이 파고들었다.

무명노인은 미친 듯이 몸을 내저으며 검을 피했다. 그야말로 반격은 꿈도 꾸지 못할 상황이었다.

서걱—

다시 기풍한의 검에 무명노인의 귀가 잘려 나갔다.

"크악!"

그 와중에도 연은 무서운 속도로 바닥을 향해 추락하고 있었다.

무명노인의 상처에서 튄 피를 뒤집어쓴 혈사련주가 악을 썼다.

"으아아악! 이 미친놈아! 이러다 다 죽는다!"

풍덩!

그 순간 세 사람이 부서진 연과 함께 절벽 아래의 계곡으로 추락했다.

하얀 물보라가 일어나며 그들이 물속 깊숙이 잠겼다 다시 물 위로 올라왔다.

거센 물살에 휘말려 세 사람이 떠내려가기 시작했다.

물 위로 고개를 내민 혈사련주가 기겁을 해서 소리쳤다.

"허헉! 아직도 쫓아오오!"

기풍한이 검을 든 채 두 사람 쪽으로 헤엄쳐 오고 있었던 것이다.

혈사련주의 그 말에 너무 놀라 허우적대던 무명노인의 입으로 물이 쏟아져 들어왔다.

꼬르르륵.

완전히 공포심에 넋이 나가는 순간이었다.

"으아아악!"

내력이 바닥이 난 기풍한이 경공을 펼칠 힘조차 없어 헤엄을 친다는 사실을 분석할 여유도, 자신들은 내력이 충분해 등평도수(登萍渡水)로 물 위를 훨훨 날아갈 수 있다는 생각조차 할 수 없었다.

기풍한이 헤엄을 치니, 그보다 더 빨리 헤엄쳐야 한다는 생각뿐이었다.

화경에 이른 고수 둘이 개헤엄을 치며 필사적으로 달아났다.

쏴아아아아!

저 멀리서 들려오는 엄청난 물소리.

거대한 폭포가 그들을 기다리고 있었다.

"으아악!"

다시 세 사람이 동시에 폭포로 떨어져 내렸다.

잠시 후, 기풍한은 폭포의 중앙에 길게 튀어나온 바위에 매달려 있었다.

저 멀리 무명노인과 혈사련주가 계곡 아래로 휩쓸려 가고 있었다.

더 이상 기풍한은 그들을 쫓지 않았다. 아니, 쫓을 수 없었다.

몸을 움직일 단 한 줌의 내력도 남아 있지 않았던 것이다.

한참 동안 거센 물살에 떠내려가던 두 사람이 비로소 정신을 차렸는지, 육지 쪽으로 몸을 날렸다.

바위에 매달린 기풍한의 무심한 시선이 저 멀리 계곡 반대편으로 달아나는 두 사람을 바라보고 있었다.

…그들은 더 이상 뒤돌아보지 않았다.

第39章

사제의 정

*강*호의 사부들은 바쁘다.

하나를 알려주면 둘을 헷갈리는 어리석은 제자를 가르치느라 바쁘고, 무공 연마는 뒷전이고 사매들 젖가슴이나 넘보는 철딱서니를 두들겨 패느라 바쁘다.

어련히 가르쳐 줄 비급을 몽땅 들고튀는 끈기없는 싸가지가 있는가하면, 이제 가르칠 것이 없으니 나를 넘어서거라란 농담에 눈에 살기를 품고 달려드는 제자 놈 칼 피하느라 바쁘다.

어디 누구 사부는 무슨 절기를 지녔다더라 소문이 제자들 사이에 돌기라도 하면 놈들 눈치 보느라 식은땀이 나기 마련이다.

가끔은 절벽에서 떨어져 천년하수오 밭을 뒹군 철딱서니의 첫 대련 상대로 낙찰되어 수염을 뽑히기도 하는데 그땐 정당한 비무였으니 복수하지 말라는 멋진 말 한마디 남기고 죽는 게 제자들의 사기 진작에

좋겠지만 어디 인생이 그러한가?

병석에 누워 비실거리는 사부를 내려다보는 제자의 눈에는 이미 하산 길을 떠올라 있고 무공에 미친 자신 때문에 평생을 고생하던 늙은 아내의 한숨을 보며 바지에 오줌을 지릴 때쯤이면 마지막 힘을 짜내 자신의 천령개(天靈蓋)로 일장을 날리게 된다.

그것뿐이면 애초에 말을 꺼내지 않았을 것이다.

잘 키워 강호에 내보낸 제자 놈이 강호를 일통하겠다며 설쳐 대기 시작하면 그땐 정말 끔찍하다.

좋다! 뭐, 욕을 좀 듣더라도 기왕 강호에 뛰어든 것, 패기있게 시대의 효웅(梟雄)이 되는 것. 그럴 수 있다 치자.

기왕 마음먹은 것 제 손으로 하면 좋으련만 강호 역사상 그랬던 놈은 하나도 없다.

지가 맞짱 떠서 도저히 이길 수 없는 상대를 만나면 반드시 사부를 부른다. 보통 그런 제자 놈들은 명절 때면 바쁘다고 인사 대신 싸구려 술 몇 병 보내는 게 고작인 놈들이다.

그러나 힘없는 사부가 어쩔 것이냐?

안 도와주면 어차피 강호공적(江湖公敵)을 키운 사부로 몰려 이래저래 끝장인 것을.

망할! 그렇게 도우러 나섰다가 제대로 성공한 사부 역시 강호 역사상 단 한 명도 없다.

꼭 마지막 순간에 강호를 구해내는 놈이 하나쯤 나오기 마련인데, 그놈 칼 맞고 죽어가면서 저놈을 제자로 삼을 걸 후회해도 아무 소용이 없다는 말이다.

십이혈성의 본거지로 화노와 함께 뒤늦게 들어오는 단화경의 경우가 딱 그런 경우였다.

이미 앞서 죽은 야접은 물론이고 천외쌍마와 환희옥불마저 싸늘한 시체가 되어 누워 있었다.

유일하게 살아남은 십이혈성은 바로 단화경의 제자 유식이었다.

그가 단화경의 제자란 사실을 알고 있었기에 질풍조원들은 그에게 살수를 쓰지 않았다.

유식이 고개를 푹 숙인 채 무릎을 꿇고 앉아 있었다.

"이놈아."

단화경의 서글픈 한마디에 유식이 고개를 들었다.

사부를 확인한 유식의 표정이 복잡해졌다.

"살아계셨소?"

제자의 입에서 나올 말이 아니었기에 곽철과 비영, 팔용과 서린은 그저 한숨을 내쉴 뿐이었다.

곽철은 싸대기라도 한 대 올리고 싶었지만, 단화경의 지금 마음이 어떨지 알았기에 아무 말도 하지 않았다.

"미안하구나."

기풍한에게 흑문이 박살날 때, 혼자 몸을 빼낸 게 죄라면 죄였다.

"이제 날 죽이러 오셨구려."

한마디 한마디가 단화경의 마음에 비수가 되어 박히고 있었다.

"이놈아, 이제 정신 차려라!"

"내 정신은 말짱하오. 제자를 버리고 달아나는 사부를 만난 게 문제지."

그 독설에 단화경이 한숨을 내쉬었다.

"식아."

"나란 놈이 그렇게 미웠으면 애초에 왜 가르치셨소? 왜!"

이미 삐뚤어질 대로 삐뚤어진 그였다.

결국 참지 못하고 곽철이 끼어들었다.

"이 망할 놈! 네가 한 짓은 생각지도 않느냐?"

콧방귀를 뀌는 유식의 반응에 곽철의 인상이 일그러졌다.

"너 같은 놈은 살 가치가 없다."

곽철이 손을 들어 그의 머리통을 일격에 박살 내려 하자, 유식이 다급하게 소리쳤다.

"사부, 살려주시오!"

제 죽을 때가 되니 사부를 찾는 유식의 행태에 곽철은 더욱 화가 났다.

단화경이 애절한 얼굴로 말했다.

"살려주게. 내 부탁함세."

평소 단화경의 모습을 생각하니, 곽철은 절로 한숨이 나왔다.

곽철의 손이 서서히 내려왔다.

단화경이 서서히 유식을 향해 다가갔다.

"식아, 다시 시작하자. 내 기다리마. 네가 죗값을 치르고 나올 때까지 꼭 살아서 기다리마."

유식이 고개를 푹 숙였다.

왠지 마음이 흔들리는 그런 모습이었다.

"식아!"

"흑, 사부!"

단화경이 유식을 감싸 안으려던 그때였다.

유식이 품에서 비수를 뽑아 들고 사정없이 단화경을 찔렀다.

단화경이 맨손으로 그 비수를 잡았다.

손에서 피가 주룩 흘러내렸다.

단화경이 힘없이 말했다.

"내가 이렇게나 밉더냐?"

"밉소. 밉소! 왜 날 도와주지 않으시오! 왜 내게 천하무적의 무공을 전수해 주지 않으셨소! 왜!"

단화경이 한숨을 내쉬었다.

곽철이 묵묵히 단화경의 옆으로 다가왔다.

"마지막 인사를 하시지요."

곽철의 눈빛에는 이미 유식을 죽이겠다는 결심이 서 있었다.

이미 자의든 타의든 십이혈성에 개입되었다는 것만으로 적지 않은 죄였다.

그럼에도 진심으로 반성을 하면 살려주려고 했던 그들이었다.

그러나 유식은 이미 그 정도를 넘어선 상태였다.

"살려주게나."

단화경이 애원하듯 말했다.

"싫소."

곽철의 태도는 단호했다.

"이 사람아."

"싫소!"

곽철이 버럭 소리를 질렀다.

곽철이라고 어찌 그를 죽이고 싶겠는가? 그러나 지금의 유식을 살려 둔다면 두고두고 후환이 될 것이다.

아니, 곽철은 확신하고 있었다.

반드시 단화경은 그의 손에 죽고 말 것이라고.

단화경이 유식의 앞을 막아섰다.

"이놈아! 차라리 날 죽여라!"

그때 다시 유식이 품에서 또 다른 비수를 꺼내 단화경의 등을 찌르려고 했다.

서린이 잽싸게 그의 손을 걷어차, 비수를 날렸다.

"위선자!"

유식의 발악을 보며 곽철이 나지막이 말했다.

"이래도 살리고 싶소?"

"…그래. 살리고 싶다."

"납득할 이유를 대시오."

"이 아이를 잘못 가르친 것이 나니까… 제자의 죄는 사부가 짊어지고 가야 하니까. 그게 사부고 제자니까."

곽철이 긴 한숨을 내쉬었다.

이런 사부 밑에 저런 놈이 나왔다는 것이 너무나 화가 났다.

그때, 묵묵히 지켜보고 있던 화노가 나섰다.

화노가 자신에게 다가오자, 다시 유식이 소리쳤다.

"사부! 사부! 살려주시오!"

그야말로 파렴치한 행동의 극을 보여주고 있었지만, 단화경은 막아선 길을 열지 않았다.

"내게 맡기시오."

화노의 눈빛에 살기가 없음을 확인한 단화경이 옆으로 비켜섰다.

탁. 탁.

화노가 유식의 전신 혈도를 제압했다.

화노가 품속에서 침통을 꺼냈다.

그의 손이 춤을 추듯 재빨리 움직이기 시작했다.

팍! 팍! 팍!

유식의 머리통에 화노의 침이 총총히 박히기 시작했다.

이내 유식의 눈동자가 빛을 잃기 시작했다.

시술은 반 시진이나 계속되었다.

화노가 마지막 침을 빼내자, 유식이 그대로 쓰러졌다.

"이제 이 아이는 지난 기억을 모두 잊었소."

"아······."

단화경이 안타까움 반, 다행 반 한숨을 내쉬었다.

"그렇다고 백치가 되거나 하진 않았소. 다만 지난 일을 기억하지 못할 뿐이지요. 무공 또한 제압되었으니, 이제 강호를 떠나 평범한 삶을 살면 될 것이오. 아직 젊으니··· 가능할 것이오."

"고맙소. 고맙소."

단화경이 눈물을 글썽이며 화노의 손을 맞잡았다.

"미안하오. 이 방법밖에 없어서······."

화노는 미안하고 안타까운 얼굴이었다.

"아니오. 목숨이라도 부지할 수 있다면 그것으로 되었소."

"사는 게··· 참 쉽지가 않소."

다시 반 시진 후, 어느 정도 기력을 찾은 기풍한이 물에 흠뻑 젖은 채 돌아올 때까지 두 사람의 한숨은 계속되었다.

*　　　　*　　　　*

기풍한 일행이 낙양으로 돌아가던 그 시각. 마교의 비밀 시험장에서는 아주 중요한 시험이 이루어지고 있었다.

청년 하나가 커다란 유리관 속에 서 있었다.

청년은 바로 예전 천마의 마기에 발작을 일으켰던 그 신마기였다.

화르르르!

바닥에서 불길이 솟아나며 청년의 몸에 불이 붙기 시작했다.

모든 것을 태워 버릴 것 같은 화기가 청년의 몸을 태우기 시작했다.

그 뜨거운 불길에도 청년은 미동도 않고 서 있었다.

유리관 앞으로 고루신마가 걸어나왔다.

"신마기는 일반 불길에는 결코 손상을 입지 않습니다. 용암 속에 빠지지 않는 한, 화공에는 완벽한 면역을 지니고 있습니다. 따라서 화공으로 일가를 이룬 강북 염화방(炎火幇)은 단 한 구의 신마기로 반 시진 이내 몰살시킬 수 있습니다."

그의 설명을 듣고 있는 이들은 천마 기천기를 중심으로 줄지어 선, 권마를 비롯한 칠마존들이었다.

간단한 설명을 마친 고루신마가 신호를 보냈다.

쏴아아아!

이번에는 유리통 속으로 물이 쏟아져 들어왔다.

불이 꺼지며 이내 시커멓게 그슬린 신마기는 물속에 잠겼다.

얼마나 시간이 흘렀을까?

다시 고루신마의 설명이 이어졌다.

"강호의 절정고수가 물속에서 견딜 수 있는 시간은 이각 정도입니다. 하지만 신마기는 반 시진을 무호흡으로 견딜 수 있습니다. 신마기 다섯이면 장강수로채를 두 시진 내에 전멸시킬 수 있으리라 생각

됩니다."

다시 고루신마가 신호를 하자, 유리관 속의 바닥에 구멍이 열리며 물이 빠져나갔다.

다시 유리관의 바닥에서 작은 구멍이 열리며 이번에는 녹색의 연기가 피어오르기 시작했다.

"일부러 보시기 쉽게 색을 넣은 무형독입니다. 신마기는 강호에 존재하는 모든 독에 완벽한 면역을 지니고 있습니다. 신마기 다섯이면 사천당문을 세 시진 내로 몰살시킬 수 있습니다."

쉬이이이—

설명이 끝나자 바닥의 구멍으로 독이 빨려 들어갔다.

불과 물, 독의 모진 고문에도 신마기는 그저 몸이 조금 그슬린 상태로 물에 젖었을 뿐이었다.

위이이잉.

신마기의 주위에 있던 유리관이 바닥으로 내려갔다.

한옆에 서 있던 마인들 십여 명이 강궁을 겨누며 신마기를 포위했다.

고루신마가 고개를 끄덕이자, 일제히 강궁을 발사했다.

쉉쉉쉉—

텅텅텅!

무서운 속도로 날아든 화살이 그대로 튕겨졌다.

신마기의 몸에서 쇳소리가 나고 있었다.

다시 마인들이 강궁을 버리고 일제히 검을 뽑아 들었다.

그들이 신마기에게 몸을 날려 일제히 난도질을 시작했다.

쨍강! 쨍강!

검이 부러지며 마인들이 뒤로 물러섰다.

"일반 공격에는 완벽한 도검불침입니다."

처음의 마인들이 물러서고 이번에는 북풍혈마대의 고수들이 앞으로 나섰다.

"발검."

혈마대주의 명령에 십여 명의 혈마대 고수들이 일제히 검을 뽑았다.

"혈마섬(血魔閃)!"

십여 가닥의 검기가 신마기를 향해 쏟아졌다.

치이잉!

쇠가 쇠를 비껴나는 소리가 나며 신마기의 신형이 약간 비틀거렸다.

그러나 신마기는 쓰러지지 않았다.

혈마대주는 물론 검기를 날린 마인들 역시 놀란 얼굴이었다.

고루신마가 이번에는 혈마대주를 청했다.

우우웅!

혈마대주의 검에 붉은 기운이 일렁이기 시작했다.

그가 검강을 펼치기 시작한 것이다.

혈마대주가 괜찮겠냐는 얼굴로 고루신마를 쳐다보자, 고루신마는 그저 미소를 지을 뿐이었다.

혈마대주의 신형이 신마기를 향해 날아들었다.

"혈마강(血魔罡)!"

일렁이는 붉은 기운이 무서운 속도로 신마기에게 날아들었다.

꽈아앙!

엄청난 폭음과 함께 주루룩 신마기가 뒤로 날아갔다.

꽈당!

벽에 부딪친 신마기가 그대로 꼬꾸라졌다.

혈마대주는 그럼 그렇지 하는 얼굴이었지만, 공연히 신마기 하나를 부숴 버린 것 같아 미안한 심정이었다.

그때였다.

쓰러져 있던 신마기가 벌떡 자리에서 일어났다.

그리고 아무 일도 없었던 것처럼 제자리에 와서 섰다.

신마기와 자신의 검을 번갈아 내려다보던 혈마대주가 고개를 가로저으며 감탄했다.

놀람은 아직 끝나지 않았다.

몇 명의 마인들이 다시 강철로 만들어진 거대한 사자상을 가지고 들어왔다.

차아앙!

신마기가 검을 뽑아 들었다.

우우웅!

신마기의 검에서 앞서 혈마대주의 그것과 같은 검강이 일렁이기 시작했다.

쇄애애앵!

거대한 사자상이 그대로 절단되었다.

혈마대주가 깜짝 놀라 소리쳤다.

"강시가 혈마강을?"

고루신마가 미소를 지으며 설명하기 시작했다.

"신마기들은 바로 대주의 무공을 바탕으로 제작되었습니다."

기이이잉!

한쪽 벽면이 일제히 열리기 시작했다.

그 속에서 아흔아홉 구의 신마기가 웅장한 모습을 드러냈다.

지금껏 묵묵히 시험에 응했던 그 신마기가 드디어 입을 열었다.

"교주님을 뵙습니다."

조금 어눌하게 들렸지만, 분명 사람의 입에서 나는 소리와 같았다.

그가 무릎을 꿇자 일제히 나머지 신마기들이 부복하며 소리쳤다.

"천마불사 천교불패(天魔不死 天敎不敗)!"

그야말로 무섭도록 장엄한 모습이었다.

고루신마가 자랑스런 표정으로 말했다.

"도검불침에 만독불침. 검강을 사용하며 스스로 생각하고 발전해 나가는 본 교 역사상 최강의 강시, 신마기입니다."

그 모습을 바라보는 모든 마인들의 몸에 전율이 일기 시작했다.

마교의 새로운 역사가 열리고 있는 것이다.

짝짝짝!

기천기의 박수를 시작으로 칠마존들이 일제히 박수를 치기 시작했다.

"으하하하하!"

기천기의 웃음에 주위가 진동하기 시작했다.

"기어이 약속을 지키셨구려. 정말 수고하셨소."

기천기가 고루신마의 손을 손수 잡아주었다.

고루신마는 매우 감격한 얼굴이었다. 지난 백 일간, 거의 하루 한 시진의 수면으로 버티며 진행해 온 일이 드디어 결실을 맺은 것이다.

"강호의 희귀한 약재를 모두 동원해서 만든 것으로, 향후 오십 년간은 더 이상 신마기를 제조할 수 없습니다."

고루신마의 조심스런 말에 기천기가 고개를 가로저었다.

"더 이상의 신마기는 필요없을 것이오."

칠마존 역시 모두 감격스런 모습이었다.

검강을 맨몸으로 견뎌내며 혈마대주의 무공을 사용하는 신마기 백구!

그때, 옆에 서 있던 적호단주 막위가 걱정스럽다는 듯 물었다.

"혹, 전처럼 폭주를 할 가능성은 없소이까?"

고루신마가 미소를 띠며 말했다.

"물론 아예 없다고 할 순 없습니다만, 최대한 그 가능성을 낮춰두었습니다."

막위는 조금 걱정스런 얼굴이었다.

"한 치의 실수가 없어야 합니다."

고루신마는 막위의 걱정을 잘 알고 있었다.

막위는 천마의 호위대인 적호단의 단주. 혹, 신마기들이 발작을 일으켜 기천기에게 위협이 될까를 걱정하고 있는 것이다.

"그래서 한 가지 약점을 만들었습니다. 신마기는 모든 무공에 완벽한 면역력을 지니고 있습니다만, 단 하나의 무공에는 전혀 힘을 쓰지 못합니다."

고루신마가 기천기 앞에 고개를 숙이며 공손히 말했다.

"바로 교주님의 구화마공입니다."

그 말에 칠마존을 비롯한 막위의 표정이 밝아졌다.

"과연 빈틈이 없으시오."

고루신마는 현명한 사람이었다.

신마기 백 구라는 거대한 힘을 움직이게 되면 자연 기천기나 칠마존이 자신을 위협적으로 생각하게 될 것이다.

"이제 강호에 내보내 실전 시험을 해봐야겠습니다."

"어디가 좋을까?"

마교 군사 반숙이 고민을 하자, 혈마대주가 호탕하게 말했다.

"본보기로 소림부터 쓸어버립시다."

"하하, 좋은 생각입니다만, 아직 그럴 시기는 아닙니다. 강호의 이름 없는 문파 몇 개를 대상으로 가볍게 시험하는 게 좋을 듯합니다."

그때 기천기가 가볍게 손을 들었다.

모두들 입을 다물고 기천기의 다음 말을 기다렸다.

"난… 그 아이가 보고 싶네."

쿵!

반숙의 가슴이 철렁 내려앉았다. 자신을 바라보는 기천기의 날카로운 시선에 반숙의 고개가 숙여졌다.

"…교주님."

반숙이 기천기의 앞에 무릎을 꿇고 앉았다.

다른 칠마존들이 그의 난데없는 행동에 의아한 표정을 지었다.

"내가 모르고 있는 줄 아는가?"

칠마존 중 하나였던 환요 단여옥의 죽음에 대한 보고를 미적미적 미루는 반숙의 태도에 기천기가 따로 사람을 풀어 알아본 것이다.

철컹.

문이 열리며 천마 직속 무인들인 참마대(斬魔隊)가 쏟아져 들어왔다.

마교의 율법을 어긴 이들을 처단하는 맹주 직할의 특수 조직이 바로 그들이었다.

천마를 제외한 그 어떤 위치의 마인도 이들의 명령을 어길 수는 없
었다.

반숙이 고개를 푹 숙인 채 힘없이 말했다.

"죽여주십시오."

그러자 권마가 면목없는 얼굴로 반숙 옆에 무릎을 꿇고 앉았다.

칠마존 중 으뜸인 그가 나서자, 모두들 깜짝 놀랐다.

"저도 이미 알고 있었습니다."

두 사람은 고개를 푹 숙인 채 아무 말도 하지 못했다.

교주를 속인 죄는 가장 처참한 극형을 당하는 것이 마교의 율법.

참마대주가 그들을 끌고 나가려는 순간 기천기가 그를 제지했다.

"물러가시게."

"존명."

일제히 참마대의 마인들이 소리없이 사라졌다.

"일어들 나게."

두 사람이 자리에서 일어났다.

"그 아이가 살아 있다는 사실을 감춘 뜻… 이해하네. 하지만, 날 속
이는 일은 이번이 마지막이 되어야 할 것이네."

권마와 반숙이 한 목소리로 말했다.

"깊으신 은혜에 감사드립니다."

"그 아이, 질풍육조란 이름으로 활동한다지?"

기천기의 말에 반숙이 차분하게 설명했다.

"네. 오래전부터 활동해 왔던 바로 그 조직입니다. 전대 칠마존 중
검마 어르신을 비롯한 절반 이상이 그들에게 당했습니다."

"그 아이가 거기에 들어갔군."

"당대 조장입니다."

그러자 옆에 서 있던 혈마대주가 버럭 소리를 질렀다.

"그 중요한 사실을 지금껏 숨겼단 말씀이시오?"

반숙이 차분하게 말했다.

"제가 알고 있다는 것은 곧 본 교가 알고 있다는 뜻이기도 합니다."

방금 막 죽었다 살아난 처지치고는 너무 당당했다.

"반 군사!"

기천기가 미소를 지으며 버럭 소리를 지르는 혈마대주를 제지했다.

그는 눈치를 보거나 아부를 하는 이를 본능적으로 싫어했다.

기천기가 반숙을 신임하는 이유가 바로 저러한 자만심에 가까울 정도의 기백 때문이었다. 마교의 군사라면 저 정도의 결단력은 있어야 한다는 게 기천기의 생각이기도 했다. 게다가 반숙은 그 기대에 어울리는 좋은 머리와 충성심을 가지고 있었다.

"지금 그는 어디에 있나?"

"낙양입니다."

"그래서 요즘 낙양이 술렁대고 있었군. 데려오게."

"알겠습니다."

다시 반숙이 고루신마에게 말했다.

"신마기 다섯 구를 보내시오."

그러자 고루신마가 깜짝 놀란 얼굴로 말했다.

"다섯 구씩이나요? 두 구면 충분하다고 생각합니다."

그러자 반숙이 말했다.

"신마기 두 구로 법왕과 혈번을 전멸시킬 수 있소?"

"음… 그건 좀 무리지요. 설마 그 일이 그 아이가 한 일이었소?"

묵묵히 고개를 끄덕이는 반숙을 보며 고루신마가 놀람을 감추지 못했다.

과연 그 자신감만큼이나 반숙은 강호의 돌아가는 사정을 정확히 알고 있었다.

두 사람의 대화를 듣던 권마가 나지막이 말했다.

"열 구는 보내야 할 것이네."

이번에는 반숙과 고루신마 모두 깜짝 놀라 권마를 쳐다보았다.

이미 기풍한의 실력을 접한 그였다.

그러자 이번에는 기천기가 말했다.

"오십 구를 보내도록."

모두의 경악에 기천기가 담담하게 말했다.

"어려서부터 그 아이… 특별한 데가 있었지. 더구나 과거의 그들이 개입되었다면 어설프게 가면 오히려 당하고 말 것이야."

"명을 받들겠습니다."

"그리고 권마께서 함께 가주셨으면 하오."

기천기와 권마의 시선이 허공에서 만났다.

권마는 기천기의 마음을 읽을 수 있었다. 마교의 마인들 중 기풍한과 가장 사이가 좋았던 자신을 딸려 보내는 이유는 일단 그를 살려서 데려오라는 뜻이리라.

"알겠습니다."

반 시진 후, 권마와 고루신마가 이끄는 신마기 오십 구가 마교 본단을 출발해 낙양을 향해 질주하기 시작했다.

第40章

오십대일

十이혈성의 체포 작전에 직접 참여하지 않은 연화와 이현은 한발 먼저 낙양제일루로 돌아와 있었다.

"늦네요."

연화는 못내 걱정스런 모습이었다.

"괜찮을 거예요."

이현의 확신에 찬 말에 연화가 미소를 지었다.

"저보다 더 그들을 믿고 계시는군요."

연화는 이현에게 독특한 호기심을 가지고 있었다.

그녀가 본격적으로 강호에 출도한 이래 처음 만난 여고수는 서린이었다. 묻고 싶은 것도, 배우고 싶은 것도 많았지만 서린과는 의사소통이 잘 이뤄지지 않았다.

언제나 변함없는 맑은 미소만이 서린이 그녀에게 줄 수 있는 전부였다.

이현은 그녀와는 또 다른 느낌이었다.

그녀에게서는 강인한 생명력이 느껴졌다. 그것은 무공의 고하 문제가 아니었다.

본성의 강함.

분명 본질적으로 강한 기질을 타고나는 사람은 있기 마련이었다. 연화에게 이현은 바로 그러한 여인으로 비춰졌다.

초조하게 질풍조를 기다리며 별채 안을 서성이던 연화가 조심스럽게 말했다.

"우리 한잔할까요?"

술이라도 한잔하면 초조함이 가셔질까 하는 그녀였다.

이현이 흔쾌히 그녀의 제안을 받아들였다.

"좋아요!"

그렇게 두 사람이 별채를 나와 객잔으로 들어갔다.

술과 안주를 시키고 나서 두 사람이 마주 보며 미소를 지었다.

서린이 빠져 아쉬웠지만, 왠지 여인들끼리 술을 마신다는 생각에 연화는 재미있어하고 있었다.

이제 열아홉의 그녀였다.

강호의 여러 일들은 여전히 그녀에게 신기하고 재밌는 경험이었다.

오늘의 이 술자리 역시 마찬가지였다.

이윽고 술과 안주가 나오자 두 사람이 건배를 하며 술을 마셨다.

"큭, 쓰다."

연화가 채 반 잔의 술도 마시지 못하고 인상을 찡그렸다.

"이렇게 쓴 걸, 팔용 오라버니는 왜 그렇게 마실까요?"

"단주님도 진짜 술 맛을 알게 되시면 그런 말씀 못하실 거예요."

"그럴까요?"

"술이란 참 묘하죠. 같은 술이라도 어느 때, 누구와 마시느냐에 따라 그 맛이 다르지요. 좋은 사람과 마시면 술 맛도 좋아지고, 싫은 사람과 마시면 단 한 잔을 마셔도 머리가 아파오지요."

"…지금은 맛이 어때요?"

연화가 조심스럽게 묻자, 이현이 그녀를 빤히 쳐다보았다.

"맑고 깨끗하고… 순수한 맛이 나네요."

연화는 이현이 자신에 대한 느낌을 술 맛에 비교해 말하고 있다는 것을 깨닫고는 이내 양 볼이 붉어졌다.

"저기……."

연화가 잠시 망설이다 말했다.

"언니라고 불러도 될까요?"

이현이 난처한 얼굴로 고개를 가로저었다.

이제 질풍조와 합류한 지 얼마 안 된 그녀였다. 아무리 어리다 해도 연화는 엄연히 질풍조의 상관이었다.

"린이 언니는 이미 언니라 부르고 있는데… 하게 해줘요."

"하지만… 단주님이신데."

"언니! 전 그렇다고 생각해요. 호칭이란 그저 수단에 불과하잖아요. 겉으로는 예의 바르게 대하며 속으로 욕을 하는 경우가 얼마나 많아요. 철없는 생각일지 모르지만, 전 이런 부분들은 단순하게 생각하고 싶어요. 먼저 태어났으니까 언니잖아요. 네? 언니!"

이현이 결국 연화에게 지고 말았다.

"좋아요. 대신 전 계속 단주님이라 부르겠어요."

"그냥 편하게 동생이라 불러주시면……."

"그게 안 되면 저도 거절하겠어요."

이현의 단호한 태도에 연화는 그 정도 선에서 타협을 보았다.

"좋아요! 그런 의미에서 건배!"

두 사람이 활짝 웃으며 술을 마셨다.

몇 잔의 술이 오고 가자 연화가 문득 말을 꺼냈다.

"참… 특이한 사람들이에요."

"네?"

"기 조장님도 그렇고, 다른 오라버니들도 그렇고……."

"그래요. 쉽게 만날 수 없는 사람들이죠."

"그런 의미에서 전 행운아라 생각해요. 그분들이 아니었다면, 전 어떻게 되었을지……."

연화는 잠시 그들을 만나던 첫날 밤이 떠올랐다.

마치 하늘에서 내려온 천인들처럼 홀연히 나타났던 그들.

거기에 왠지 낯설지 않은 기풍한의 눈빛.

"기 조장님은 어떤 분이실까요?"

연화의 반짝이는 눈빛을 바라보던 이현이 미소를 지었다.

그 미소에 혹시 기풍한에게 마음을 주고 있는 것이 아닌가라는 물음이 담겨 있다는 것을 깨닫자 연화의 얼굴이 금세 붉어지며 황급히 부정했다.

"아니에요."

연화는 이미 곽철을 통해 이현이 기풍한에게 마음을 주었다는 사실을 들었다.

반면 이현은 아직 연화와 기풍한의 관계를 정확히 알지 못했다.

비영을 통해 얼핏 과거 모셨던 맹주님의 따님이란 사실 정도만 알 뿐이었다.

"제겐 이미……."

연화의 눈빛에 아련한 추억이 안겨주는 따스함이 떠올랐다.

같은 여자이기에 이현은, 그 눈빛만으로도 연화가 다른 누군가를 그리워하고 있다는 것을 알 수 있었다.

복면 오라버니에 대한 미련은 여전히 연화의 마음속에 남아 있었다.

한 번만이라도 그를 만나면 완전히 그를 잊을 수 있을 것 같았다. 먼 발치에서 그의 행복한 모습을 본다면 마음속의 모든 미련을 버릴 수 있을 것이다.

"그냥 기 조장님에 대한 마음은… 뭐랄까요? 듬직한 큰 오라버니랄까요? 참, 언니는 왜 조장님을……."

연화가 뒷말을 잇지 못했다.

이현이 술을 마시며 말했다.

"글쎄요… 아직 많은 이야기를 나눠보지도, 그 사람이 어떤 사람인지 잘 알지 못하지만… 왠지 그 사람이라면……."

이현이 쑥스러운 미소를 지으며 말을 줄였다.

연화는 뒷말을 듣지 않아도 그것이 어떤 마음인지 알 것 같았다.

"자, 두 분의 앞날을 위해……!"

두 사람이 다시 술잔을 기울이던 그때였다.

사내 둘이 객잔 안으로 들어섰다.

앞서 들어온 사내는 '날 건들면 좋지 않다' 란 경고를 얼굴에 써 붙인 파락호였고, 그 뒤를 무표정한 사내 하나가 뒤따르고 있었다.

"야야, 술 가져와라."

자리에 앉자마자 파락호 놈이 점소이를 닦달하며 큰 소리를 지르기 시작했다.

옆 자리에서 식사를 하고 있던 중년 사내가 그들의 눈치를 살피며 아내와 딸을 데리고 슬그머니 자리에서 일어났다.

그 조심스런 행동은 대번 파락호 놈의 눈에 띄었다.

"어이, 왜 일어나는 거야?"

"저, 저기, 식사를 다 했습니다."

파락호 놈의 시비에 중년 사내가 떨리는 목소리로 말했다.

놈이 식탁을 보며 이죽거렸다.

"돈 많네, 돈 많아. 이렇게 다 남기고 갈 정도면… 어이, 그 돈 우리에게도 좀 보태주지."

노골적인 행패에 중년 사내가 두려움에 마음을 졸이기 시작했다.

아내와 어린 딸은 그의 뒤에서 벌벌 떨고 있었다.

보다 못한 점소이 하나가 그들에게 다가갔다.

"손님, 이러시지 마시고……."

"어라, 요놈 보게."

점소이가 화들짝 놀라 그의 팔을 잡았던 손을 떼었다.

사내가 웃은 얼굴로 점소이 귀에다 속삭였다.

"넌 가서 술이나 가져오지? 확 쑤셔 버리기 전에."

그 기세에 놀란 점소이가 화들짝 물러섰다.

"뭘 봐, 새끼들아! 구경났어?"

그 험악한 기세에 멀찌감치 구경하던 이들이 화들짝 고개를 돌렸다.

다시 놈이 중년 사내의 아내와 어린 딸에게 다가갔다.

"이야, 돈이 많아서 그런지, 예쁜 마누라 데리고 사네."

그리고는 파락호 놈이 옆에 서 있던 어린 딸을 번쩍 안아 들었다.

"보자, 누굴 닮았나?"

아이가 소스라치듯 놀라 울먹이기 시작했고 중년 사내와 여인이 사색이 되어 소리쳤다.

"제 돈을 다 드리겠습니다! 제발!"

"허허, 이 사람 큰일나겠구먼. 누가 보면 돈 뺏는 줄 알 거 아냐. 나 그런 사람 아냐."

"그런 뜻이 아니라……."

중년 사내와 여인은 혹시 아이가 다칠까 안절부절못했다.

보다 못한 연화가 자리에서 벌떡 일어나려는 순간.

이현이 그녀의 팔을 잡으며 제지했다.

"말리지 마세요. 저런 놈은!"

이현의 시선은 그와 함께 들어온 또 다른 사내를 향하고 있었다.

이현의 얼굴은 몹시 굳어 있었다.

'뭐지? 이 기분 나쁜 느낌은…….'

보통의 파락호 패거리들이라면, 한 놈이 저리 설쳐 대면 나머지 놈들 역시 말을 거들며 입을 놀리기 마련이었다. 아니, 하다못해 힐끔 쳐다보기라도 해야 하는 법.

그러나 함께 온 사내는 그 소동에도 고개 한 번 돌리지 않고 있었다.

이현이 연화를 자리에 앉혔다.

그리고 대신 자신이 그들 쪽으로 다가갔다.

그녀가 다가가자 지금껏 설쳐 대던 파락호가 흠칫 놀랐다.

분명 상대가 강호인이란 것을 알아보았던 것이다.

이현은 그놈은 신경도 쓰지 않고 있었다.

그녀가 다가가자 이윽고 자리에 앉아 있던 사내가 그녀 쪽으로 시선을 돌렸다.

아무런 감정도 담기지 않은 투명한 눈.

이현이 발걸음을 딱 멈추었다.

그녀의 본능이 본격적으로 꿈틀대며 위험을 호소하기 시작했다.

이현의 전음이 연화에게 전해졌다.

"달아나세요."

"네?"

깜짝 놀라 전음으로 대답하는 것조차 잊은 연화였다.

사내가 자리에서 일어나고 있었다.

이현의 전음이 더욱 다급해졌다.

"어서 달아나요."

전음을 던지는 와중에도 이현은 사내의 눈에서 시선을 떼지 않고 있었다.

연화가 한 발짝 물러서던 그때였다.

이현을 향해 다가서던 사내가 그녀를 뛰어넘으며 연화를 향해 몸을 날렸다.

"어딜!"

이현의 검이 반원을 그리며 허공을 갈랐다.

가각!

'베었다!'

그러나 놀랍게도 사내는 그대로 연화를 향해 날아갔다.

이현이 피 한 방울 묻지 않은 자신의 검을 내려다보며 놀라는 순간, 사내의 손에 이미 연화가 제압당하고 있었다.

"아악, 언니!"

연화의 외침에도 이현은 묵묵히 사내를 노려볼 뿐이었다.

사내는 역시 무표정한 눈빛으로 이현을 쳐다보았다.

볼수록 기분 나쁜 눈빛이었다.

사내가 연화를 옆구리에 끼고 몸을 돌려 객잔 밖으로 성큼성큼 걸어 나가기 시작했다.

마치 이현에게 따라오라는 무언의 행동 같았다.

그 모습에 중년 사내에게 수작을 부리던 파락호가 후다닥 어디론가 달아나기 시작했다. 그의 역할은 거기까지였고 분명 사내의 협박에 저지른 짓이 틀림없었다.

이현이 품에서 하나의 주머니를 꺼냈다.

그것을 통째로 자신의 몸에 들이부었다. 은색 가루가 독특한 향기와 함께 퍼져 나갔다.

천리추종향(千里追蹤香).

적운조가 특정 인물을 미행할 때 뿌리는 바로 그것이었다.

아주 작은 양만 뿌려도 천 리를 갈 때까지 향이 사라지지 않는다고 알려진 그것을 이현은 온몸에 골고루 뿌렸다.

다시 이현이 그 주머니를 한옆에 서 있던 아칠에게 던졌다.

"일행이 돌아오면… 전해주세요."

아칠이 주머니를 받아 들었을 때는 이미 이현은 객잔 밖으로 사라진 이후였다.

이현은 심장이 터질 듯 달리고 있었다.

저 멀리 연화를 끼고 달리는 사내의 모습이 보였다.

천천히 걸어가던 사내는 번화가를 벗어나자마자 속도를 내며 달리기 시작한 것이다.

이현이 극성의 신법을 발휘했음에도 연화를 옆구리에 끼고 달리는 사내를 쉽게 따라잡지 못하고 있었다.

자취를 놓칠 정도로 거리가 벌어지면, 사내가 잠시 멈춰 서서 이현을 기다렸다.

그 모습에 이현은 더욱 불안해졌다. 놈은 분명히 자신을 끌어들이고 있었다.

드디어 사내가 커다란 공터에 멈춰 섰다.

곧이어 숨을 몰아쉬며 이현이 그곳에 들어섰다.

연화를 납치해 온 사내가 그녀를 한옆에 내려놓았다.

"언니."

연화의 불안한 얼굴을 보며 이현이 살짝 미소를 지어 보이며 안심시켰다.

"걱정 마세요, 단주님."

사실 상황은 그다지 좋지 못했다.

상대의 경공으로 짐작하건대 사내는 자신보다 무공이 뛰어났다. 게다가 보갑이라도 걸쳤는지, 검조차 허락하지 않았다.

그리고 공터 주변의 숲에서 느껴지는 섬뜩한 기운은 이곳이 말 그대로 용담호혈(龍潭虎穴)임을 잘 말해 주고 있었다.

'어쨌든 최대한 시간을 끌어야 한다.'

그녀의 희망은 오로지 질풍조가 제때 와주는 것이었다.

다행히 사내는 연화 옆에 서서 아무 행동도 하지 않았다.

'날 노린 것도 아니다.'

분명 사내의 목적은 연화도, 자신도 아니었다.

한편으로는 다행스러웠고, 또 한편으로는 불안해졌다.

만약 질풍조를 끌어들이려는 것이라면 그만한 준비가 되어 있기 때문일 것이다.

"그들을 기다리는 것이라면… 넌 크게 실수하는 거야."

말을 마친 이현이 땅바닥에 검을 박아 넣었다.

그리고 그 옆에 편하게 주저앉으며 말했다.

"괜찮으세요?"

이현의 물음에 연화가 불안한 얼굴로 고개를 끄덕였다.

난데없는 납치극에 몹시 놀랐지만, 눈앞에 이현이 있다는 사실에 조금 마음이 안정되고 있었다.

문득 사내가 연화를 빤히 들여다보았다.

감정이 깃들지 않은 그 눈빛에 피어오른 것은 분명 호기심이었다.

사내가 연화의 뺨을 만지려 손을 내밀었다.

깜짝 놀란 이현이 자리에서 벌떡 일어나며 소리쳤다.

"개새끼! 그 손 잘린다!"

그러자 사내의 시선이 이현을 향했다.

"개새끼?"

어눌한 사내의 말투.

사내가 고개를 갸웃거리더니 개 짖는 소리를 냈다.

"멍멍멍!"

그러나 이내 사내가 인상을 험악하게 구기며 말했다.

"난 개새끼가 아니다."

사내가 다시 말을 이었다.

"마일(魔一). 내 이름은 마일이다."

다시 사내가 자신의 팔을 앞으로 내밀었다.

"내 손은 절대 잘리지 않는다."

어눌한 그의 말투에 이현은 몹시 혼란스러웠다. 사내는 마치 어린 시절 무인도에 홀로 떨어져 자라다 이제 막 중원으로 돌아온 그런 느낌을 주고 있었던 것이다.

사내는 바로 일전의 시험에 이용되었던 첫 번째 신마기였다.

고루신마는 편의상 그들에게 마일부터 마이(魔二), 마삼(魔三)… 마일일(魔一一), 마이이(魔二二)… 마구구(魔九九), 마백백(魔百百)까지 이름을 지어준 것이다. 백 일 동안 고루신마의 교육을 받았지만, 아직 실제 생활에 있어 부족한 면이 많았다. 물론 여인을 직접 접하며 교육을 받았지만, 연화와 같은 미인을 접하자 본능적인 호기심이 일기 시작한 마일이었다.

다시 마일이 연화의 뺨으로 손을 내밀었을 때, 이현의 신형은 그를 향해 날아가고 있었다.

쉬이익—

허공에서 떨어지는 이현의 검은 정확히 마일의 팔을 노리고 있었다.

까앙!

불꽃이 튀며 쇳소리와 함께 이현의 검이 튕겨 나왔다.

"철포삼(鐵布衫)?"

그녀가 깜짝 놀라 소리쳤다.

분명 마일의 맨살에 검이 부딪쳤음에도 그의 팔은 끄떡도 하지 않았다.

"하지 마."

마일의 나지막한 경고에 이현이 미소를 지으며 고개를 끄덕였다.

"알았어. 미안."

그러나 그녀의 검은 전혀 미안해하지 않고 있었다.

쉬이잉—

다시 그녀의 검에서 검기가 일며 마일의 가슴을 가로그었다. 마일은 피하지 않고 그 검기를 고스란히 맞았다.

까강!

다시 쇳소리가 나며 옷자락이 길게 찢어졌지만, 마일은 쓰러지지 않았다.

'헉! 단순한 철포삼 따위가 아냐!'

그녀는 검기에 적중하고도 피 한 방울 흘리지 않는 호신공(護身功)에 대해 들은 바가 없었다.

"하지 마!"

마일의 신경질적인 목소리가 더욱 커졌다.

"알았다니까!"

그러나 상대가 하지 말란다고 연화를 손대려는 마일을 그냥 두고 볼 이현이 아니었다.

그녀가 미끄러지듯 몸을 날리며 정확히 마일의 무릎 관절을 향해 검을 길게 그었다.

까아앙!

다시 튕겨져 나오는 무기력한 그녀의 검.

'약점이 없다?'

이현을 향해 돌아서는 마일의 목소리에 살기가 실렸다.

"죽인다!"

그녀가 흠칫 놀라 뒷걸음질을 치자, 마일이 그녀를 향해 날아들었다.

어눌한 말이나 행동에 비해 무섭도록 빠른 속도였다.

이현이 검을 세워 몸을 방어하며 이를 악물었다.

사내의 주먹이 이현의 가슴에 적중하려던 그 순간이었다.

휘이이잉!

이현의 뒤쪽에서 무서운 속도로 달려온 누군가가 그녀를 뛰어넘으며 마일을 향해 주먹을 날렸다.

꽈아앙!

마일의 몸이 그대로 뒤로 튕겨져 날아갔다.

이현 앞에 나타난 든든한 등의 주인은 바로 기풍한이었다.

"아, 오셨군요."

이현이 안도의 한숨을 내쉬었다.

"괜찮소?"

"네. 그보다 단주님을……."

"전 괜찮아요!"

연화가 기풍한의 등장에 감격해 소리쳤다.

기풍한이 연화의 혈도를 풀어주었다.

다시 기풍한이 이현을 돌아보며 그녀가 아칠에게 맡겼던 주머니를 흔들며 말했다.

"그대의 천리추종향 덕분이오."

"다행이에요."

휘이익!

뒤이어 곽철이 도착했고, 비영과 서린, 팔용이 뒤이어 도착했다.

"감히 어떤 놈이 우리 예쁜 단주님을 괴롭힌 거야?"

곽철이 씩씩대며 주변을 돌아보았다.

그때 쓰러져 있던 마일이 자리에서 벌떡 일어났다.

그 모습에 기풍한의 서늘한 눈빛이 이채를 발했다. 분명 자신의 주먹에 정통으로 일격을 허용한 자였다.

"보통 놈이 아닙니다."

이현의 말에 기풍한이 고개를 끄덕였다.

그런 말에 물러설 곽철이 아니었다.

"네놈이냐?"

곽철이 질풍봉을 뽑아 돌리며 성큼성큼 마일을 향해 다가갔다.

"음? 근데 너 좀 이상하다."

마일의 코앞에 멈춰 서서 위아래를 훑어보던 곽철이 고개를 갸웃거렸다.

자신을 바라보는 마일의 눈빛에서 그 어떤 감정도 읽지 못한 것이다.

"마음에 안 드는 눈빛이야!"

말을 하면서 곽철이 질풍봉으로 마일의 머리를 기습적으로 내려쳤다.

땅!

어느새 마일이 팔을 들어 곽철의 질풍봉을 막고 있었다.

"어라?"

곽철이 한 발짝 몸을 빼며 사정없이 마일의 턱을 걷어찼다. 무섭도록 빠르고 강한 공격이었다.

퍽!

마일의 몸이 허공에 붕 떴다가 그대로 쓰러졌다.

"자식이 까불고 있어."

곽철이 의기양양 미소를 지으며 돌아섰다.

기풍한을 비롯한 질풍조의 얼굴은 여전히 굳어져 있었다.

"……?"

등 뒤의 기척에 다시 돌아선 곽철의 얼굴에서 장난기가 사라졌다.

마일이 다시 자리에서 일어나고 있었던 것이다.

"어라?"

몇 차례의 공격에 기분이 상했는지 마일의 인상이 굳어 있었다.

곽철이 힐끔 팔용을 돌아보며 말했다.

"네 숨겨둔 동생이냐?"

그 놀랄 만한 맷집에 대한 농담이었지만, 곽철의 눈은 웃고 있지 않았다. 방금 전 일격은 설령 팔용이라 해도 저렇게 쉽게 일어날 수 있는 공격이 아니었던 것이다.

기풍한은 곽철을 제지하지 않고 지켜보고 있었다.

마음을 무겁게 짓누르는 한 가지 불길한 생각이 점차 커지고 있었다.

다시 곽철의 몸이 마일을 뛰어넘었다.

쩌엉!

곽철의 무릎이 정확히 그의 얼굴을 강타했다.

휘청거리며 마일이 다시 몇 발짝 물러섰지만, 이번에도 쓰러지지 않고 있었다.

"아, 아파라."

곽철이 무릎을 만지며 인상을 썼다.

"대갈통에 쇳덩이라도 집어넣었나?"

마일이 인상을 잔뜩 찌푸린 채 뒤쪽 숲 쪽을 돌아보았다.

누가 보아도 숲에 있는 누군가에게 새로운 명령을 내려주길 바라는 그런 모습이었다.

아니나 다를까, 곽철을 죽여도 좋다는 명령이라도 내려왔는지, 마일의 기도가 완전히 바뀌었다.

마일이 검을 뽑아 들었다. 이미 검끝에서는 무럭무럭 살기가 피어오르고 있었다.

"어이, 무섭게 왜 이래?"

입에서는 농담이 흘러나왔지만 곽철의 눈빛 역시 차갑게 가라앉기 시작했다.

쉬이익—

마일의 검이 허공을 가로질렀다.

'빠르다!'

아슬아슬하게 마일의 검을 피한 곽철이 내심 깜짝 놀랐다.

그 공격 속도가 장난이 아니었던 것이다. 놀랄 일은 그뿐이 아니었다.

마일은 곽철의 공격을 쉽게 피해내고 있었다.

곽철의 질풍봉을 연속해서 피해내는 마일의 모습에서 앞서는 어쩔 수 없이 맞아주었다는 것을 알 수 있었다.

파아악!

흙먼지가 일며 땅바닥이 갈라졌다.

쉭! 쉭! 쉭!

마일의 검에서 검기가 쏟아지기 시작한 것이다.

빠각!

검기 사이를 미꾸라지처럼 빠져나가던 곽철의 팔꿈치가 그의 천령개에 작렬했지만, 마일은 잠시 휘청거렸을 뿐 공격을 멈추지 않았다.

오히려 마일의 검은 더욱 빨라지고 있었다.

곽철의 놀람만큼이나 지켜보는 기풍한과 질풍조의 안색이 굳어졌다.

이윽고 허공을 박차며 날아오른 곽철의 가슴에서 빛이 폭사되었다.

쉬이이이이이잉!

백풍비가 발출된 것이다.

꽈아앙!

수십 가닥의 빛줄기에 연속해서 적중당한 마일이 그대로 날아갔다.

휘리리리릭—

백풍비를 회수하며 곽철이 비영에게 말했다.

"내가 약을 잘못 먹었나 보다. 저런 놈 하나 상대하는 데 백풍비까지 날려야 하다니."

비영과 서린, 팔용은 그의 말을 듣지 않고 있었다. 그들의 시선은 곽철의 등 너머를 향하고 있었다.

"…설마?"

곽철이 돌아서자, 마일이 오뚝이처럼 일어나고 있었다.

곽철의 눈에 한기가 일기 시작했다.

백풍비의 절예 중 최고의 절기를 사용한 것이 아니라 하더라도 지금의 공격을 정통으로 맞고 일어난다는 것은 절대 있을 수 없는 일이었다.

"금강불괴?"

곽철의 목소리가 살짝 떨리고 있었다.

그때 기풍한이 나지막이 말했다.

"저자는 강시다."

그 말에 모두들 깜짝 놀란 표정이었다.

곽철이 눈을 껌벅이며 말했다.

"강시라뇨? 말하는 강시도 있습니까? 검기를 시전하는 강시도 있답니까?"

기풍한이 짤막한 한숨을 내쉬며 말했다.

"저기 있구나."

팔용이 인상을 쓰며 말했다.

"마교가 드디어 큰 사고를 치는구나!"

곽철이 기풍한을 돌아보며 말했다.

"일단 저놈부터 때려잡읍시다. 화 선배가 저놈 머리통이라도 갈라보면 뭔가 파해법이 나오겠지요."

"그것 역시 쉽지 않겠구나!"

기풍한의 말이 끝나자마자 사방에서 어마어마한 살기가 솟구쳤다.

하나둘씩 모습을 드러내는 신마기들.

그 숫자는 정확히 마흔아홉이었다.

마일이 공격을 당한 것에 대해 그들은 몹시 화가 난 표정이었다.

그들을 향해 곽철이 두 손을 내저으며 말했다.

"…어이, 침착해. 내가 잘못했어."

기풍한이 검을 뽑아 들며 앞으로 나섰다.

동시에 곽철이 뒤로 몸을 날려 연화와 이현 앞을 막아섰다.

비영과 서린, 팔용 역시 두 여인을 중심으로 대열을 갖추었다.

침착한 이현에 비해 연화는 몹시 놀란 얼굴이었다.

태어나 처음으로 강시를 접한 그녀였다. 더구나 오십 구나 되는 강시가 일제히 살기를 내뿜자, 그녀는 다리가 후들거려 제대로 서 있을 수조차 없을 지경이었다. 그나마 질풍조원들이 자신을 지켜줄 것이란 믿음이 없었다면 벌써 혼절을 했을 것이다.

우우우웅!

질풍검이 푸른 빛을 일렁이며 울기 시작했다.

기풍한은 곽철과 마일의 대결을 통해 일반 공격으로는 그들을 제압할 수 없다는 것을 이미 확인한 상태였다.

기풍한이 그들을 향해 몸을 날리는 순간 오십 구의 신마기가 일제히 날아올랐다.

동시에 기풍한을 향해 오십 가닥의 검기가 일제히 쏟아졌다.

허공을 수놓는 오십 가닥의 검기.

그 모습은 그야말로 장관이었다.

그들은 서로의 검기에 자신이 상하는 것을 걱정하지 않았다.

그랬기에 더욱 무서운 합공이 이루어지고 있었다.

기풍한의 몸이 아슬아슬하게 검기를 피하며 허공으로 날아올랐다.

퍽퍽퍽퍽!

방금 전 기풍한이 자리했던 땅바닥이 수십 가닥의 선을 만들어내며 갈가리 찢겨 나갔다.

곽철이 재빨리 연화를 감싸 안고 뒤로 몸을 날렸다. 그 뒤로 이현을 비롯한 나머지 질풍조가 뒤따랐다.

연화의 눈에 허공을 날아오른 기풍한의 모습이 보였다.

쉭! 쉭! 쉭! 쉭!

사방에서 들리는 검기 소리들.

검기의 그물이 허공에 거대한 거미줄을 만들고 있었다. 그 총총한 검기를 피하며 기풍한이 아슬아슬하게 몸을 날리고 있었다.

"아, 아앗! 조심하세요!"

연화는 쉴 새 없이 소리치고 있었다.

자신의 의지와는 상관없이 소리가 나오고 있었다.

그녀는 그 격전을 도저히 맨 정신으로 지켜볼 수가 없었다. 금방이라도 기풍한이 그 무시무시한 공격에 쓰러질 것만 같았다.

쉭! 쉭! 쉭! 쉭!

검기가 만들어내는 소리만이 쉬지 않고 울려 퍼졌다.

오십 가닥의 검기가 만들어내는 선이 생겼다 사라지고, 또다시 새로운 그림을 그리며 생겨나기를 반복하고 있었다.

오십의 신마기가 만들어내는 합공은 상상 초월이었다.

그것은 곧 혈마대주보다 열 배는 더 강한 체력과 맷집을 지닌 고수 오십이 합공을 하는 것과 같은 위력이었다.

피하는 것만으로도 기적 같은 일이었다.

반면 질풍조원들은 눈 하나 깜짝 않고 그 모습을 지켜보고 있었다.

기풍한의 완벽한 움직임은 그들에게 큰 깨달음을 주고 있었다.

만약 자신이라면 어떻게 피할까?

결코 자신들이라면 피할 수 없을 그들의 공격을 기풍한은 생각지도 못한 방위로 활로를 찾아내며 그들에게 해답을 알려주고 있었다. 마치 이러한 상황에서는 이렇게 피하는 것이다라고 친절한 설명을 해주는 것처럼.

그렇게 피하기에 급급하던 기풍한의 검이 이윽고 허공을 갈랐다.

쇄애애애애!

질풍검이 검기를 가로지르며 날아갔다.

"저, 저것이 바로 이기어검술?"

강호출도 후, 처음으로 어검술을 견식하는 연화였다.

퍽!

하얀 빛무리가 일어나는 순간, 어느새 질풍검은 신마기의 몸을 꿰뚫고 있었다.

신마기의 그 단단한 몸도 기풍한의 어검술을 막아내진 못했다.

그러나 비명은 신마기가 아니라 연화의 입에서 터져 나왔다.

"아악!"

가슴에 구멍이 뻥 뚫린 채, 신마기가 다시 검을 휘두른 것을 보고 연화가 내지른 비명이었다.

모두들 간담이 서늘해지는 순간이었다.

쉭! 쉭! 쉭! 쉭!

끝없이 이어지는 검기의 물결을 계곡을 거슬러 오르는 한 마리 연어처럼 질풍검이 꿈틀대며 날아올랐다.

퍽!

다시 또 다른 신마기의 팔이 떨어져 나갔다.

그러나 피는 기풍한의 어깨에서 튀어 올랐다.

어검술에 집중하는 사이 날아들던 검기 한 가닥을 놓친 것이다.

"아, 안 돼!"

연화의 깍지 낀 두 손이 부들부들 떨리기 시작했다.

허공을 거칠게 비행하던 질풍검이 기풍한의 손으로 회수되었다.

기풍한의 눈빛이 달라졌다.

휘이이이이잉—

기풍한의 몸이 무서운 속도로 회전하며 검기를 뚫으며 날아갔다.

몇 가닥의 검기가 그를 스쳤지만, 기풍한은 멈추지 않았다.

이른바 살을 내어주고 뼈를 취하는 고육지책(苦肉之策)의 필사적인 공격이었다.

쇄애애애액!

귀를 찢는 바람 소리와 함께 한줄기 빛이 허공을 가로질렀다.

마치 밤하늘을 가로지르며 내리 꽂히는 뇌전과도 같은 기세였다.

서걱!

동시에 기풍한의 검강을 피하지 못한 신마기 다섯의 몸이 그대로 일도양단되었다.

후두두둑.

그대로 바닥으로 쏟아져 내리는 열 조각의 몸통들.

몸이 반으로 잘렸음에도 신마기들은 완전히 숨이 끊어지지 않고 바닥에서 꿈틀대고 있었다.

그 끔찍한 모습에 결국 연화는 두 눈을 질끈 감아버렸다.

잠시 신마기들이 공격을 멈추었다.

동료들의 끔찍한 최후에도 그들은 표정 하나 변하지 않았다.

반면 고작 신마기 다섯을 처리한 상태에서 기풍한의 몸 곳곳에서 피가 흘러내리고 있었고 안색은 백지장처럼 창백했다.

그때 숲 속에서 누군가 걸어나왔다.

"놀랍군, 정말 놀라워."

바로 고루신마였다.

"인간의 검으로 이들을 잘라낼 수 있다고는 정녕 생각해 본 적이 없거늘."

그는 믿을 수 없다는 표정으로 잘려진 신마기를 내려다보았다.

그가 하나하나 신마기의 머리에 손을 대며 내력을 주입하자, 꿈틀대던 신마기들이 모두 편안하게 눈을 감았다.

분노가 극에 달한 고루신마의 옷자락이 펄럭이고 있었다. 신마기 다섯 구가 완전히 망가졌고, 두 구는 치명상을 입은 상태였다. 천마의 명령과 함께 온 권마가 아니었다면, 기풍한과 사생결단을 냈을 것이다.

분노한 고루신마의 뒤로 권마가 모습을 드러냈다.

기풍한과 권마의 복잡한 시선이 허공에서 얽혔다.

"함께 가야겠네."

권마의 말에 기풍한이 한숨을 내쉬었다.

"…아직은… 갈 수 없습니다. 일을 마친 후, 찾아뵙겠습니다."

"그럴 수 없네."

고개를 가로젓는 권마의 태도는 너무나 단호했다.

기풍한의 시선이 연화와 이현 쪽을 향했다.

그들을 보호하며 서 있는 곽철 등의 모습을 바라보는 기풍한의 눈빛에 아쉬운 빛이 떠올랐다.

가지 않을 수 없는 상황이었다.

이제 다시 가해질 공격은 자신에 국한되지 않을 것이다.

더구나 권마와 고루신마가 가세한다면 결과는 보지 않아도 뻔했다.

"저들은……."

"권마의 이름을 걸고 약속하마. 저들은 무사할 것이다."

그 말에 기풍한이 흔쾌히 고개를 끄덕였다.

이어서 기풍한의 전음이 곽철에게 전해졌다.

"뒷일을 부탁한다."

곽철의 마음이 철렁 내려앉았다.

평소의 기풍한의 목소리가 아니었다.

아나나 다를까, 기풍한의 다음 전음은 곽철의 마음을 격동시키기에 충분했다.

"절대 날 구하러 오면 안 된다."

"……!"

"이건 명령이다!"

평소와는 다른 그 강한 어조에서 곽철은 느낄 수 있었다.

분명 기풍한은 자신의 죽음을 예감하고 있었다.

"네, 알겠습니다."

곽철의 대답에 기풍한이 가볍게 미소를 지었다.

다시 기풍한의 시선이 이현과 연화를 향했다.

그녀들에게 살짝 미소를 지어 보이며 기풍한이 대수롭지 않게 말했다.

"걱정 말고 기다리시오. 곧 돌아오겠소."

그리고는 그녀들의 대답을 듣지 않고 몸을 돌렸다.

그렇게 신마기와 함께 기풍한이 그곳을 떠나갔다.

휘이잉—

빈 공터로 한줄기 바람이 불어왔다.

곽철이 히죽 웃으며 말했다.

"자, 이제 돌아가서 술이나 마십시다."

곽철의 말에 연화가 다급하게 말했다.

"그냥 돌아가나요?"

"그럼 어떻게 합니까?"

"기 조장님을 구해내야지요."

그러자 곽철이 심드렁한 표정으로 말했다.

"방금 전, 보시지 않으셨소? 도저히 상대가 안 됩니다."

"하지만… 지금까지 잘해내셨잖아요."

"상대는 마교입니다! 마교!"

곽철이 인상을 잔뜩 쓰며 버럭 소리를 내질렀다.

"제발 철없는 소리 그만 하시오! 이제 지겹소, 지겨워! 그렇게 구하고 싶으시면 직접 가시든지!"

평소와는 전혀 다른 곽철의 모습에 비영과 서린, 팔용은 짐작할 수 있었다. 곽철은 이미 죽을 각오를 했고, 조금이나마 연화와 정을 떼기 위해 상처가 되는 말을 하고 있다는 것을.

예상 밖의 곽철의 반응에 놀란 연화가 다른 질풍조원들을 돌아보았다.

그러나 이미 곽철의 마음을 짐작한 그들은 그 흔하게 짓던 미소 한 줌 지어주지 않았다. 오히려 그들에게선 싸늘한 기운이 흘러나왔다.

이윽고 서러움에 북받친 연화의 눈에 눈물이 그렁그렁 맺히기 시작했다.

뒷걸음질을 치던 연화가 뒤돌아서 달려가기 시작했다.

그때까지 이현은 아무 감정도 드러내지 않고 있었다.

저 멀리 눈물을 뿌리며 뛰어가는 연화의 뒷모습을 보며 곽철이 담담하게 이현에게 말했다.

"단주님을 부탁드립니다."

"네."

이현이 묵묵히 연화가 달려간 곳을 향해 걸음을 옮겼다.

몇 걸음 옮기던 그녀가 잠시 질풍조를 향해 돌아섰다.

"…조심하세요."

이미 그녀는 질풍조의 결심을 짐작하고 있었다.

네 사람이 동시에 미소를 지었다.

이현이 미소로 화답했다.

기풍한이 죽게 된다면 그녀 역시 죽음을 선택하리란 것을 모두들 느낄 수 있었다. 일단은 연화를 지켜주는 것이 지금 자신이 해야 할 최선이란 것을 그녀는 잘 알고 있었던 것이다.

그녀가 연화를 따라 사라졌다.

이윽고 공터에는 네 사람만이 남았다.

"단주님께 너무 심한 것 아니냐?"

팔용의 말에 곽철이 한숨을 내쉬었다.

"이대로 우리가 잘못되면… 평생 울기만 할걸?"

모두들 아무 말도 하지 않았다. 자신들의 마음이 이럴진대, 평소 연화와 가장 친하게 지내던 곽철의 마음이 어떨지는 묻지 않아도 알 수 있었다.

다시 곽철이 힘없이 말했다.

"구하러 오지 말라더라."

그러자 팔용이 인상을 찡그리며 말했다.

"우리 조장님은 다 좋은데… 이런 점이 싫다니까."

"잘난척쟁이지. 혼자 멋이란 멋은 다 부린다니까."

"맞다, 맞아."

"그럼 그냥 내버려 두고, 선배들이 새 조장 보내줄 때까지 기다리자."

곽철의 미끼에 걸린 팔용이 곽철의 멱살을 흔들었다.

"이놈아! 그걸 말이라고 하냐!"

그 단순한 팔용의 반응에 모두들 웃지 않을 수 없었다.

"근데 조장님의 무공이라면 무사히 탈출하지 않으실까?"

팔용의 그 말은 과연 일리가 있었다.

근래 기풍한의 무공은 끝없이 성장하고 있었으니까. 과연 천마라도 기풍한을 당해낼 수 있을까 하는 정도였다.

곽철과 서린의 시선이 만났다.

예전, 기풍한과 권마와의 만남에 두 사람은 함께 있었다.

분명 기풍한은 마교와, 그것도 천마와 깊은 은원이 있었다.

아직 조원들에게 자세히 그 말을 하지 않았지만, 두 사람은 느끼고 있었다.

그것 때문에 기풍한은 죽게 되리란 것을.

스스로 죽음을 선택할 수밖에 없는 어떤 과거가 있으리란 것을.

"이대로라면 반드시 조장님은 죽는다."

비영과 팔용은 곽철의 호언장담과도 같은 말에 의아하고 불안했지만, 분명 곽철이 짐작한 바가 있다고 생각했다.

"풍운령(風雲令)을 발동하면……."

비영의 조심스런 말을 곽철이 단호하게 잘랐다.

"절대 안 돼!"

풍운령.

질풍조가 단 한 번 사용할 수 있는 최후의 패.

"조장부터 살리고 봐야지."

팔용의 말에 곽철이 단호하게 고개를 가로저었다.

"조장 성격 몰라? 지금 풍운령을 발동하면… 정말 우리와 마교 간에 전쟁이 일어난다. 무명노인 그자가 아직 잡히지 않은 상태에서… 놈에게 양패구상의 기회를 줄 뿐이야. 그건 우리가 죽는 것보다 좋지 않아."

"그럼 어떻게 하지?"

"힘으로 밀어버릴 수 있는 곳이 아니니… 최대한 머리를 굴려봐야지."

팔용이 한숨을 쉬며 물었다.

"꽤 위험하겠지?"

"흐흐."

"매 소저에게 줄 서찰 아직 못 전했는데… 쩝."

"다음 세상에서나 사랑하시게."

곽철의 말에 팔용이 고개를 푹 숙였다.

비영이 평소답지 않게 미소를 띠며 말했다.

"너, 솔직히 말해."

"뭘?"

"사실은 조장님이 걱정돼서가 아니지?"

"무슨 소리야?"

"너… 마교 구경하고 싶은 거지?"

"으하하!"

비영이 모처럼 농담을 하자, 곽철이 호탕하게 웃었다.

네 사람이 서로를 마주 보며 환하게 웃었다. 어쩌면 마지막이 될지도 모를 웃음이었다.

곽철이 자신의 왼쪽 가슴을 오른손으로 세 번 치며 말했다.

"바람으로 태어나……."

나머지 세 사람이 역시 같은 동작을 하며 말했다.

"바람으로 사라지리라."

그렇게 마교를 상대로 한 질풍조 역사상 가장 위험한 작전이 시작되었다.

『일도양단』 5권으로 이어집니다